COMBIEN TU COMPTES

SÉRIE LES NUITS DE MIAMI, LIVRE 2

MARIE FORCE

Combien tu comptes
Série Les Nuits de Miami, Livre 2
Marie Force

Publié par HTJB, Inc.
Copyright 2020. HTJB, Inc.
Couverture par Kristina Brinton
Mise en forme ebook par E-book Formatting Fairies
ISBN: 978-1958035061

Merci de respecter le travail acharné de cet auteur. Pour obtenir la permission d'extraire des parties du texte, veuillez contacter l'auteur à *marie@marieforce.com*.

Tous les personnages de ce livre sont imaginaires et créés par l'auteur.

marieforce.com

La meilleure façon de garder le contact, c'est de vous abonner à ma newsletter. Rendez-vous sur marieforce.com et souscrivez dans la boîte en haut de l'écran qui demande vos nom et adresse mail. Si vous n'avez pas régulièrement de mes nouvelles, merci de vérifier que votre filtre anti-spam ne bloque pas mes messages et configurez votre boîte mail pour recevoir mes messages et ne jamais rater un nouveau livre, une opportunité de gagner des prix fabuleux ou une de mes visites dans votre région.

SÉRIE LES NUITS DE MIAMI

CHAPITRE 1

AUSTIN

J e dors profondément, après avoir lancé tout le match contre les Mariners sans qu'un coureur ne puisse marquer de point, lorsque mon téléphone sonne avec la tonalité que j'ai attribuée à mes parents. Ils ne m'appelleraient jamais à cette heure-ci, à moins qu'il y ait un problème avec Everly, alors je m'arrache à un sommeil de plomb pour attraper mon portable sur ma table de chevet.

— Salut.

Alors que je m'installe, la poche de glace que j'avais sur l'épaule tombe avec un bruit sourd sur le lit. Comme toujours, mon bras me fait mal après avoir lancé.

— Je suis vraiment désolée de te réveiller, Austin, dit Maman, l'air épuisée, mais Ev a de la fièvre. Nous sommes aux urgences là, et je me suis dit que tu voudrais être au courant.

Je m'assois, maintenant bien réveillé.

— Quelle est sa température ?

— Trente-neuf cinq.

— Sérieusement ? Depuis combien de temps elle a cette fièvre ?

— Environ huit heures maintenant.

Ce qui veut dire qu'ils ont attendu que finisse la première partie pour appeler, sachant que les soucis d'Everly auraient perturbé ma concentration.

— On lui a donné des médicaments, mais ça ne marchait pas, alors on l'a amenée ici.

— Je vais rentrer.

Je suis tenu de voyager avec l'équipe, même entre deux matchs, mais certaines exceptions sont permises. La direction de l'équipe sait que je suis un père célibataire et elle est conciliante, jusqu'à un certain point. Puisqu'il me reste quatre jours avant mon prochain début de jeu, cela ne devrait pas poser de problème si je rentre en avion à Baltimore.

— Nous sommes désolés d'avoir à t'appeler pour t'annoncer cette nouvelle, mais nous nous sommes dit que tu voudrais savoir.

— Vous avez bien fait. Je serai là dès que je pourrai.

Je termine l'appel avec ma mère et en passe un autre à mon manager, Mick Danvers.

— Pourquoi tu ne dors pas ? demande-t-il, la voix rocailleuse de sommeil.

— Désolé de te déranger, Coach, mais j'ai un problème à la maison. Ma petite a une forte fièvre et est aux urgences. Je dois rentrer chez moi et j'espère que ça ne te dérangera pas si je vous rejoins à Oakland.

Ça va être pénible d'ajouter à ma semaine deux vols d'un bout à l'autre du pays, mais je m'en fiche. Ce n'est pas important quand Ev est malade et a besoin de moi.

— Bien sûr. Fais ce que tu as à faire. Fais-nous savoir comment elle va.

— D'accord.

Je pousse un profond soupir de soulagement. Mick est équitable mais sévère, alors je n'étais pas sûr qu'il me laisserait partir.

— Un sacré début ce soir, AJ. Tout le monde est ravi.

— Merci, Coach.

— Tiens-moi au courant.

— Je n'y manquerai pas.

Mon prochain appel est pour réserver un vol de retour aussi vite que possible.

Sept des plus longues heures de ma vie plus tard, mon vol – dans un avion sans wifi, bordel – atterrit à BWI[1]. J'allume mon téléphone et je tombe sur une série de nouveaux messages de ma mère, tous plus paniqués les uns que les autres. Ils ont hospitalisé Everly. Quelque chose ne va pas avec son sang.

Ma poitrine est si serrée que je me demande si je ne suis pas en train de faire une crise cardiaque lorsque je traverse l'aéroport en courant et que j'attrape le premier taxi que je vois, passant devant tout le monde dans la queue. Je m'en fiche. J'ai besoin d'aller voir ma fille chérie. Elle est tout pour moi et la possibilité que quelque chose n'aille pas chez mon ange est trop horrible à supporter.

Le trajet de trente minutes jusqu'à l'hôpital me semble aussi interminable que le vol. Lorsque je rejoins mes parents dans la salle d'attente de l'unité de soins intensifs pédiatriques, je suis presque sûr d'être moi-même au bord d'une crise cardiaque. Comment a-t-elle pu passer d'une fièvre à l'unité de soins intensifs pédiatriques de Hopkins en l'espace de quelques heures ? Ma mère éclate en sanglots quand j'entre. Je passe le seuil de la porte et pose mon sac pour la serrer dans mes bras, ainsi que mon père, qui semble tout aussi abattu.

— Dieu merci, tu es là, mon fils, dit mon père.

En les regardant, je me rends compte qu'ils savent quelque chose que je ne sais pas, et à en juger par leurs expressions, quoi que ce soit, cela va bouleverser mon monde.

— Austin, dit Maman en larmes, Everly est atteinte de leucémie.

MARIA

Quinze mois plus tard...

Je me force à endurer le brunch du dimanche avec ma bruyante famille élargie sans vérifier mon téléphone. Je fais ensuite les courses pour manger et un certain nombre d'autres courses nécessaires à la préparation de ma semaine de travail, tout en continuant à ignorer mon téléphone. Il ne m'a jamais été aussi pénible d'éviter mon téléphone qu'aujourd'hui, car des mois d'attente ont conduit à ce jour. Je suis ravie, excitée, nerveuse et inquiète que le lien entre moi et Monsieur A, tel que je le connais, ne sera plus le même une fois que nous ne serons plus anonymes.

Il y a un peu plus d'un an, j'ai fait un don de moelle osseuse pour sauver la vie d'une petite fille de deux ans qui luttait contre une leucémie à Baltimore. À l'époque, je ne savais rien d'autre sur elle ou son père, si ce n'est que ma greffe lui avait sauvé la vie.

Depuis six mois, je sais qu'il l'aime plus que tout au monde, que la mère de l'enfant n'est pas présente et qu'il me remercie d'avoir donné une seconde chance à sa petite. L'enfant a depuis eu trois ans et sa rémission se maintient, ce qui est la partie la plus importante de cette histoire.

Mais ce n'est pas toute l'histoire.

Tout a commencé par un appel, un mardi soir, de « Be the Match », une organisation qui avait fait une campagne d'inscription dans la clinique où je travaille à Little Havana, plus de trois ans auparavant. Honnêtement, j'avais oublié avoir fait un prélèvement sur ma joue jusqu'à ce que je reçoive l'appel m'annonçant que j'étais compatible avec une enfant luttant contre la leucémie. Serais-je prête à subir d'autres tests ?

Bien sûr, j'étais d'accord et le test a été programmé.

Cet appel de Be the Match a bouleversé ma vie pendant quelques semaines. Mes parents ont paniqué à l'idée que je subisse une anesthésie générale pour faire un don de moelle osseuse à une inconnue. Et si quelque chose se passait mal ? m'ont-ils demandé. Heureusement, Nonna est intervenue auprès d'eux, après avoir vu à quel point j'étais déterminée à sauver la vie de cette enfant que je n'avais jamais rencontrée.

— Maria est une infirmière, a dit Nonna. C'est son travail. Il faut lui faire confiance et avoir foi en son jugement.

J'ai toujours adoré ma Nonna, mais jamais autant qu'à ce moment-là. Elle a géré mes parents, ce qui m'a donné l'espace dont j'avais besoin pour me préparer mentalement et physiquement à la procédure. Lorsque nous avons assisté à des séances d'information et que mes parents ont appris que le donneur courait très peu de risques, ils se sont ralliés à ma décision de faire un don.

Ma cousine Carmen qui, avec ma sœur Dee, est mon amie la plus proche, m'a accompagnée à l'hôpital et a tenu le reste de la famille au courant de ce qui se passait tout au long de la journée.

Nonna et Abuela, la grand-mère de Carmen et une troisième grand-mère pour moi, ont préparé assez à manger pour dix personnes et nous ont livré la nourriture quand nous sommes rentrées de l'hôpital. En réalité, il s'agissait plus de s'assurer que j'allais vraiment bien que de manger, mais j'ai apprécié leur attention. Carmen a passé deux nuits chez moi, s'assurant que je me portais bien avant de rentrer chez elle.

J'étais courbaturée et endolorie pendant deux ou trois semaines, mais j'ai repris le travail une semaine plus tard. J'étais d'avis que tout cela n'était qu'un petit prix à payer pour sauver la vie d'un enfant.

Six mois après l'intervention, j'ai reçu un mail anonyme du père reconnaissant de l'enfant, par le biais des réseaux de Be the Match.

Chère Madame M,

Vous avez sauvé la vie de ma fille. Je n'ai pas les mots pour vous dire ce que vous représentez pour ma famille et moi, ni à quel point nous apprécions ce que vous avez fait pour nous. Je veux vous parler de ma fille, E. C'est un petit bolide aux boucles blondes et aux grands yeux bleus. Elle adore danser et se déguiser. Je suis père célibataire et elle est tout pour moi. Lorsque les médecins nous ont annoncé qu'elle avait une leucémie, j'ai cru que j'allais mourir à l'idée que mon amour précieux souffre de quelque façon que ce soit. Les mois qui ont suivi ont été un véritable enfer. C'est le seul mot qui me vienne à l'esprit pour le décrire. Ils ont tout essayé mais n'ont pas réussi à la mettre en rémission. C'est alors qu'ils ont décidé qu'elle avait besoin d'une greffe de moelle osseuse.

Je vais être honnête avec vous – tout cela était terrifiant. Heureusement que j'avais mes parents à mes côtés, sinon je n'aurais peut-être pas survécu à l'enfer que j'ai vécu en regardant mon bébé vivre une telle épreuve. Et E était une vraie battante, si courageuse et forte. Elle a continué à essayer de me réconforter. Imaginez ça : un enfant de deux ans qui réconforte un homme de vingt-huit ans. Mais ça, c'est ma fille. Elle est incroyable et pleine d'amour et maintenant, grâce à vous, elle est en pleine rémission et recommence à chanter ses chansons absurdes dans sa langue à elle, à danser, à jouer et à rire. Ses cheveux ont repoussé – plus bouclés que jamais – et ses joues sont à nouveau roses. C'est grâce à vous.

Je ne vous ai jamais rencontrée et je vous aime comme un membre de ma famille. Vous êtes un membre de ma famille. Et quand la période d'attente d'un an sera terminée, j'espère que nous pourrons

*nous rencontrer, parler et partager des photos et que vous pourrez
voir par vous-même la vie que vous avez sauvée.
Merci. Du fond de mon cœur reconnaissant. Merci. Nous vous
aimons.
Monsieur A*

J'ai dû lire ce mail mille fois après l'avoir reçu et j'ai pleuré à chaudes larmes à la première, deuxième et troisième lecture. J'étais si émue par l'amour de cet homme pour son enfant qui se dégageait de la page. Je vais être totalement honnête. Je suis tombée un peu amoureuse de lui en voyant comment il parlait de sa fille. Comment pourrais-je ne pas l'être ?

Lorsque j'ai montré le mail à Carmen et Dee, elles ont eu la même réaction. Dee a dit qu'elle s'était un peu pâmée. Les deux ont pleuré.

Carmen, qui est follement amoureuse de son fiancé Jason, neurochirurgien pédiatrique, n'a pas complètement craqué comme Dee, mais même Carmen a reconnu que Monsieur A faisait rêver.

Il m'a fallu quelques jours, et plusieurs centaines de relectures supplémentaires de son message, pour me calmer suffisamment pour lui répondre.

*Cher Monsieur A,
Votre mail m'a profondément touchée.
Non, tu ne peux pas dire ça ! Pourquoi pas ? Il m'a profondément
touchée et il faut qu'il le sache.*

Ignorant mon propre dialogue interne, j'ai déversé mon cœur sur la page, refusant de lui donner moins que ce qu'il m'avait donné. Jusqu'au premier anniversaire, nous ne sommes pas autorisés à parler de quoi que ce soit d'autre que la transplantation et l'état de santé de la personne greffée. Je ne peux pas lui dire, par exemple, que je suis de Miami et que j'ai une grande famille élargie ou que je travaille dans un dispensaire gratuit de Little Havana. J'ai vérifié, et je peux lui dire que je suis infirmière, puisque c'est pertinent pour la transplantation.

Votre mail m'a profondément touchée. Entendre parler de votre

merveilleuse E m'a fait fondre en larmes. Je suis tellement, tellement heureuse d'apprendre qu'elle se porte bien et qu'elle est en rémission. Je suis infirmière, donc je sais ce que cela signifie et je partage votre joie que « notre projet » ait abouti à des résultats aussi heureux. Je suis sûre que vous faites très attention à elle pendant cette première année délicate, où vous devez limiter son exposition aux autres, mais lorsque vous pourrez à nouveau sortir, je n'aimerais rien de plus que de la rencontrer, de la serrer dans mes bras et de célébrer son retour à la santé. Je vous remercie de m'avoir fait part de cette heureuse nouvelle et j'espère avoir de vos nouvelles le moment venu.
Cordialement,
Madame M

Je me suis demandé si je devais signer « Avec affection, Madame M », mais j'ai fini par choisir « Cordialement ».
Deux jours plus tard, il m'écrit à nouveau.

Chère Madame M,
J'ai oublié de vous demander si vous avez souffert d'effets secondaires après votre don. J'espère vraiment que non. Faites-le moi savoir quand vous en aurez l'occasion et je vous enverrai d'autres nouvelles dès que j'en aurai le droit.
Affectueusement,
Monsieur A

Cher Monsieur A,
À part quelques bleus et une certaine raideur pendant une semaine ou deux, l'intervention a été relativement indolore pour moi. C'était un petit prix à payer pour aider à sauver votre petite. Je le referais sans hésiter. Merci de prendre de mes nouvelles.
Affectueusement,
Madame M

Oui, vous avez bien lu. La deuxième fois, j'ai choisi de parler d'affection. Parce que j'aime déjà beaucoup ce père et cette fille que je n'ai jamais rencontrés. J'aime la façon dont il parle d'elle et combien il est reconnaissant de ce que j'ai fait pour eux. J'ai lu les mails que nous avons échangés tellement de fois que je les ai mémorisés.

Son dernier mail était bref et gentil.

Chère Madame M,
Je suis tellement heureux de savoir que la procédure a été presque
indolore pour vous. Je vais certainement vous écrire davantage dès
que j'en aurai le droit. C'est promis.
Affectueusement,
Monsieur A

La greffe a eu lieu il y a un an aujourd'hui. Pendant six mois, je me suis dit qu'il n'était pas possible de tomber amoureux de quelqu'un à cause de quelques mails. Mais essayez de dire cela à mon cœur trop investi. Tout ce à quoi je pense, c'est à Monsieur A et à Mademoiselle E. Mon imagination active a passé des heures à s'interroger sur eux alors que je comptais les jours jusqu'aujourd'hui. J'ai essayé de m'occuper autant que possible, en faisant des remplacements au dispensaire et en aidant Carmen à organiser son mariage, mais les journées sont encore beaucoup trop longues à mon goût.

Et oui, je suis pleinement consciente du fait que c'est ridicule de s'emballer pour un type que je n'ai jamais rencontré. Je ne connais même pas son vrai nom, seulement sa première initiale. Est-ce qu'il s'appelle Alex, Anthony ou Andrew ? Est-ce que c'est Asher, Adrian ou Aidan ? Et la petite E, est-ce Emma, Emily, Emerson ou Ellen ?

Je vais me rendre folle avec toutes ces spéculations. Je veux tout savoir sur eux deux et même si je me rends compte que je risque d'être très déçue, je ne peux m'empêcher de me demander si A est vraiment aussi merveilleux qu'il le semble dans ses mails. Est-ce qu'il boit, fait la fête, court les femmes ou... ?

— Arrête, Maria, me dis-je en rentrant en voiture de faire les courses.

Je vis dans un garage converti en appartement qui appartient à ma tante Francesca et à mon oncle Domenic, la sœur et le beau-frère de mon papa. Heureusement, mon oncle et ma tante ont mis en location la maison principale aussi, donc ils ne sont pas là pour surveiller mes allées et venues.

Je n'aurais jamais vécu ici s'ils étaient juste à côté. Non pas que je ne les aime pas. Je les adore, mais je ne veux pas qu'on me surveille – ou qu'on dise à mes parents à quelle heure je rentre ou avec qui je sors. Non, merci. J'aime mon petit appartement douillet, mais plus que tout, j'aime ma vie privée. Il y a quelques années, Dee a déménagé à New York avec notre cousin Domenic Junior, tous deux impatients de quitter les griffes de cette famille soudée qui passe beaucoup trop de temps à s'occuper des affaires des autres.

J'ai hâte de les voir tous les deux au mariage de Carmen, qui aura lieu dans un peu plus d'un mois. Depuis que Monsieur A et moi nous donnons des nouvelles, je compte les jours qui me séparent du premier anniversaire de la greffe et il m'est très difficile de rester concentrée sur le travail et le mariage, ou sur quoi que ce soit d'autre.

J'ai l'impression que dix ans se sont écoulés depuis ce premier mail de Monsieur A, il y a six mois aujourd'hui. En rentrant chez moi, je range mes courses et me prépare une tasse de thé avant de m'asseoir à mon bureau et d'allumer mon ordinateur portable pour consulter mes mails. Parmi les courriers indésirables et une note de ma sœur contenant un lien vers un article sur la décoration intérieure qui, à son avis, me plaira, se trouve un message d'un nom qui m'est familier, mais je ne peux pas dire pourquoi.

Austin Jacobs.

Je clique pour ouvrir le message et je pousse un cri en lisant le début.

Chère Maria,
J'ai cru qu'aujourd'hui n'arriverait jamais.

CHAPITRE 2

MARIA

*O*h punaise. Il s'appelle Austin. Austin Jacobs. Pourquoi est-ce que *je connais ce nom ?* Ça me travaille – il me semble connaître ce nom – mais je ne peux pas prendre le temps de résoudre cela maintenant alors qu'il y a un mail entier de lui à dévorer.

Je ne sais pas pourquoi j'étais si impatient de partager notre histoire avec vous, mais ces six derniers mois, j'ai pensé à vous tous les jours, en comptant les heures jusqu'à ce que nous puissions à nouveau nous parler, cette fois sans restriction. C'est bizarre, je le sais, mais vous avez sauvé la vie de ma fille et je meurs d'envie de mieux vous connaître. J'étais tellement excité de découvrir votre vrai prénom et votre adresse mail directe, et je vous jure que je ne suis pas un pervers ! MDR. Bien que, je ne vous blâmerais pas de le penser. Cette situation avec Everly a dominé ma vie de toutes les manières possibles, jusqu'à mon obsession pour sa donneuse de moelle osseuse.

Le prénom de sa fille est Everly ! Il est aussi obsédé par moi que je le suis par lui ! Maintenant je me pâme !

Je suppose que mon excitation déraisonnable a quelque chose à voir

avec le lien que nous partageons maintenant sous la forme d'une petite fille turbulente de trois ans qui est toujours là grâce à vous. Elle s'épanouit grâce à vous. Elle a une chance de grandir, de tomber amoureuse et d'avoir une vie, grâce à vous. Je suis très ému quand je pense à ce que vous avez fait et à ce que cela représente pour nous. J'en suis tellement reconnaissant. J'ai joint quelques photos récentes d'elle pour que vous puissiez voir par vous-même à quel point elle est adorable.
Bon, assez parlé de moi en tant que papa bizarre, louche, reconnaissant et obsédé...

Je ris de son résumé, l'aimant davantage à chaque mot que je lis. Je fais défiler la page pour regarder les photos, car je meurs d'envie depuis longtemps de voir le visage de l'enfant que j'ai contribué à sauver. Et oh, mon cœur. Elle est absolument parfaite.

À propos de moi – je suis lanceur pour les Baltimore Orioles.

C'est ça ! C'est de là que je le connais ! Mais ce n'est pas un simple lanceur. C'est un lanceur lauréat du Cy Young Award qui a remporté vingt-et-un matchs il y a deux ans, dont un match presque parfait qui a été sabordé à la neuvième manche lorsqu'un de ses coéquipiers a raté une balle de baseball ordinaire. Je le sais parce que je suis une grande fan de baseball. Mon papa et moi suivons les Miami Marlins depuis que je suis toute petite, à l'époque où ils s'appelaient les Florida Marlins.

Ma vie est assez folle et elle l'est devenue encore plus quand mon ex-petite amie et moi avons eu Ev. Cela s'est transformé en cauchemar quand j'ai découvert qu'elle faisait la fête avec d'autres gars pendant que j'étais sur la route. La femme d'un de mes meilleurs amis de l'équipe a pu prouver qu'elle laissait notre bébé seul, parfois pendant plusieurs heures, pendant qu'elle sortait. Je ne peux même pas y penser sans perdre la tête. Cela m'a permis d'obtenir la garde exclusive de ma fille au moment où ma carrière commençait à vraiment décoller. Quelle belle époque !
Heureusement, mes parents ont décidé de prendre une retraite anticipée et de venir vivre près de nous. Ils m'aident avec Ev quand

je suis sur la route. Je ne sais pas ce que je ferais sans eux, surtout depuis qu'elle est tombée malade.

J'ai raté presque toute la saison dernière à cause de sa maladie. Tout le monde dans mon équipe a été d'un soutien incroyable et je leur en suis très reconnaissant. Non seulement ils ont continué à me payer pendant que je ne pouvais pas jouer, mais ils ont fait en sorte qu'Ev ait le meilleur de tout — des médecins aux infirmières privées et toutes les formes de soutien qu'ils pouvaient penser à m'offrir. C'est drôle comme les priorités changent lorsque la personne que vous aimez le plus au monde est malade. Avant sa maladie, je ne pouvais pas imaginer manquer un match et encore moins la majeure partie d'une saison.

La gratitude fait partie de ma vie après ce que nous avons traversé et c'est nouveau pour moi. Ma mère pense que je souffre d'une forme de syndrome de stress post-traumatique depuis la maladie d'Ev, car j'ai constamment peur qu'elle fasse une rechute ou qu'une autre catastrophe survienne. Je la surveille de très près et je réagis de façon excessive à chaque éternuement, reniflement et ecchymose. Le médecin de l'équipe m'a mis en contact avec une thérapeute, qui m'a beaucoup aidé à m'adapter à la vie après la crise. Comme vous l'avez mentionné dans votre dernier mail, nous avons été TRÈS prudents cette année. Personne en dehors de notre famille n'a été autorisé à être avec Ev, et oui, aujourd'hui est aussi le jour où nous pouvons lever ces restrictions et recommencer à vivre. Nous le ferons avec précaution au début, bien sûr, mais nous sommes tous deux prêts à revenir à la « normalité », quelle qu'elle soit. Elle a hâte d'aller à l'aire de jeux et de manger au restaurant, l'une de ses choses préférées.

Je ne sais pas trop pourquoi je vous raconte tout cela. Je suppose que c'est parce que je ressens une telle connexion avec vous et pas seulement à cause de ce que vous avez fait pour Everly (et moi), mais aussi à cause de nos précédents mails.

Bon, j'en ai probablement assez dit. Trop, en fait. Hi hi. Je ne serai pas offensé si vous décidez de ne plus jamais me répondre, mais je serai triste de ne pas avoir la chance d'apprendre à vous connaître. Je m'arrête là. S'il vous plaît, écrivez-moi.

Affectueusement,

Austin

Je dévore chacun de ses mots et je souris comme une folle quand j'arrive à la fin. Je regarde à nouveau les photos d'Everly, puis je le cherche sur Google parce que je n'arrive pas à me rappeler à quoi il ressemble.

Quand sa photo s'affiche, je deviens gaga, mes yeux s'embuent et j'en reste bouche bée. Dieu merci, personne n'est là pour assister à ma réaction face à sa perfection masculine.

Il a des cheveux bruns parsemés de reflets blonds naturels, de magnifiques yeux bleus, un superbe sourire et un corps à tomber par terre, avec des tatouages sur les bras et des clous de diamant aux deux oreilles. Je ne peux pas. Je ne peux pas, c'est tout. Regarder ailleurs, je veux dire. Je fixe des photos de lui en uniforme ou non, avec ou sans chemise. Il a des tatouages complexes sur la poitrine qui s'arrêtent juste à la base de son cou et couvrent la plupart de la peau disponible sur son torse. Je n'ai jamais été très fan d'autant d'encre, mais sur lui c'est tout simplement... Waouh. Mon cœur bat à un rythme effréné qui doit être malsain.

Qui se soucie de ce qui est bon pour la santé dans un moment comme celui-ci ?

J'appelle Carmen et je la mets sur haut-parleur.

— Il t'a écrit ?

Dee et elle sont les seules à savoir qu'aujourd'hui est le jour où je pourrais avoir des nouvelles de lui.

— Absolument.

— Qu'est-ce qu'il a dit ?

— Google Austin Jacobs, le joueur de baseball.

Je l'entends taper sur son ordinateur portable.

— Oh, putain. Ce n'est pas *vrai* !

— Ouais, *hein* ?

Je pousse un cri strident et je ne semble pouvoir contrôler rien de tout cela. C'est de la folie totale et je m'en fiche. Je ne suis habituellement pas comme ça. Je suis toujours prudente et réservée, surtout depuis Scott, et voilà que je perds la tête pour un homme que je n'ai jamais rencontré.

— C'est le père de l'enfant à laquelle elle a fait un don, dit Carmen. J'explique à Jason.

— C'est une superstar, j'entends dire Jason. Je l'ai vu lancer contre les Yankees et il était excellent.

— Mari ? Tu es toujours là ? demande Carmen.

— Je suis là.

— Qu'est-ce qu'il dit dans son mail ?

Je le lui lis, absorbant chaque mot délicieux une fois de plus, et je copie les photos d'Everly pour les lui envoyer.

— Oh, waouh, dit Carmen dans un long souffle. C'est *incroyable* ! Et Everly est si mignonne !

— *Qu'est-ce que je dois faire ?*

— Réponds-lui ! dit Carmen en riant. Tu sais que tu en meurs d'envie !

— Pouah, j'en meurs d'envie, c'est sûr.

— Allez, Mari. Tu n'as rien à perdre. Cet homme t'adore. Comment ne pourrait-il pas après ce que tu as fait pour lui et sa fille ?

— Je suis toute... *investie*. À un niveau malsain.

— Bien sûr que tu l'es ! Tu as *sauvé la vie de son enfant*. Avant que tu n'aies échangé un seul mot avec lui, tu étais à un tout autre niveau avec ce type.

Comment expliquer que ses mots m'ont terrassée, la façon dont il parle de sa fille, l'immensité de son amour pour elle... C'est ce qui m'a le plus interpellée.

— Tu vas répondre ?

— Oui, dès que je me serai calmée et que j'aurai trouvé ce que je veux dire.

— Tu lui dis ça. Tu m'écoutes ?

— Oui, je t'écoute, dis-je en riant.

— Cher Austin, je t'aime. Je veux t'épouser et avoir d'autres beaux bébés avec toi.

— Tu n'es d'aucune aide, Car.

Elle éclate de rire.

— Pense à tout le temps que tu gagneras sans tourner autour du pot.

— Je mets fin à cet appel.

Surtout parce que mes ovaires se sont redressés avec intérêt à la mention d'avoir de beaux bébés avec lui.

— Je suis là si tu as besoin de moi.

— Merci, mais je pense que ça ira.

— C'est trop cool, Mari. Imagine que ça se transforme en quelque chose et que tu l'aies rencontré parce que tu as sauvé la vie de son enfant. Mon Dieu, c'est tellement romantique ! C'est encore plus romantique que moi tombant amoureuse de Jason quand je l'ai aidé à sauver sa réputation.

— Hé, dit Jason, il n'y a rien de plus romantique que ça.

— Vous voulez bien arrêter ? Ça ne va pas se transformer en quoi que ce soit. C'est un mec sympa qui apprécie ce que j'ai fait pour son enfant. C'est tout ce que c'est.

— Oui, oui. OK.

— Je dois y aller.

— Invite-le au mariage !

— Salut, Carmen.

J'appuie sur la touche Fin et je regarde l'écran de mon ordinateur portable, où les photos d'Austin sont en arrière-plan avec son mail devant.

Je le relis.

Chère Maria,
J'ai cru qu'aujourd'hui n'arriverait jamais.

En relâchant une profonde inspiration pleine de pâmoison, je clique sur le bouton de réponse et fixe l'écran blanc pendant un long moment avant de commencer à taper, les mots sortant tout droit de mon cœur.

Cher Austin,
Je suis ravie de savoir que vous vous appelez Austin et que Miss E
est Everly ! J'adore ce prénom. Après avoir vu ses photos, j'ai décidé
que son joli prénom lui convient parfaitement. Elle est magnifique.
Merci beaucoup d'avoir envoyé ces images. Je les apprécie tellement
et je suis si heureuse de voir son joli visage souriant et en BONNE
SANTÉ. J'ai pensé à vous deux tous les jours au cours des six
derniers mois, et moi aussi, je comptais les jours jusqu'à celui où
nous pourrions enfin parler librement. Je suis si heureuse
d'apprendre que la rémission d'Everly se maintient et qu'elle s'est
remise de son épreuve.

Bien sûr, cela va prendre un peu plus de temps pour vous. Il n'y a rien de plus difficile que voir quelqu'un que l'on aime traverser une maladie grave. Je ne peux pas imaginer ce que cela a dû être pour vous de devoir faire face à un diagnostic et un traitement aussi effrayants avec votre précieuse petite. Cela a dû être terrifiant et je pense que vous avez raison de suivre une thérapie pour vous aider à gérer les conséquences de ce traumatisme. Everly a de la chance, elle ne se souviendra probablement pas de quoi que ce soit. Alors que vous, vous ne l'oublierez jamais.

Vous m'avez demandé des nouvelles de moi... J'ai dit que j'étais infirmière, mais maintenant je peux vous dire que je travaille dans un dispensaire de Little Havana, qui est le quartier de Miami où j'ai grandi dans une grande famille aimante et très IMPLIQUÉE (hi hi). Mes parents, Lorenzo et Elena, possèdent une entreprise qui fait de la comptabilité et du travail juridique pour des tonnes d'entreprises locales. Mon père est comptable et ma mère est avocate, ils forment donc une bonne équipe à la maison et au travail.

Ma tante Vivian et mon oncle Vincent (le frère de mon père) possèdent un célèbre restaurant appelé Giordino, qui est mon nom de famille. C'est un lieu incontournable de Little Havana et tout le monde y est passé un jour ou l'autre. Je suis serveuse au restaurant le samedi soir parce que c'est amusant et que c'est un bon complément à mon salaire du dispensaire. Ma tante et mon oncle organisent des brunchs familiaux tous les dimanches au restaurant, qui propose des menus italiens et cubains, avec un côté séparé de la maison pour chacun. Ma Nonna s'occupe du côté italien et l'Abuela de ma cousine Carmen du côté cubain. Elles se battent comme chien et chat, mais Nonna et Abuela sont vraiment les meilleures amies du monde et feraient tout pour aider leur prochain. Je considère Abuela comme ma troisième grand-mère.

Je m'arrête quand j'ai l'impression de divaguer sur des choses qui ne l'intéresseront pas. Mais il a dit qu'il voulait me connaître et pour me connaître il faut connaître ma famille.

J'ai une sœur qu'on appelle Dee. Son vrai nom est Delores, mais ne l'appelez pas comme cela, sauf si vous voulez qu'elle vous frappe.

Elle vit à New York avec notre cousin Domenic Junior, et oui, il est toujours appelé par son nom complet « Domenic Junior », pour le différencier de son père, Domenic Senior. Sa mère Francesca est la sœur de mon père, et ils ont trois autres enfants en plus de Dom Jr. J'ai aussi deux frères, Nico et Milo. Nico est plus âgé que moi et Milo est plus jeune. Vous suivez tout ça ? Hi hi ! Carmen est ma meilleure amie (et celle de Dee), et nous avons toujours traîné ensemble toutes les trois. Carmen est fille unique, alors elle nous appelle ses sœurs et nous adorons ça. Elle va se marier le mois prochain avec un neurochirurgien pédiatrique nommé Jason, que nous ADORONS toutes. C'est un type tellement bien. J'ai beaucoup appris à le connaître lorsqu'il était bénévole au dispensaire et j'approuve totalement le choix de cet homme pour ma cousine chérie. C'est son second mariage, après que Tony, son premier mari qui était officier de police, a été tué par balle au travail quand ils avaient 24 ans. Cela a été une perte si difficile pour nous tous et la voir sourire à nouveau est la meilleure chose qui soit.

J'ai l'impression de m'éterniser là, mais bon, vous avez demandé... De vrais aveux : je suis une grande fan de baseball. Mon père et moi avons des tickets pour la saison des Miami Marlins et j'ai certainement entendu parler de vous. Je pense que je vous ai peut-être vu lancer il y a quelques années quand les O ont joué contre les Marlins en match inter ligues. Est-ce possible ? Je vais demander à mon papa. Il s'en souviendra sûrement.

Vous m'avez demandé d'en dire plus sur moi et j'ai écrit un pavé ! Je suppose que je vais simplement finir en disant que je suis tellement, tellement heureuse d'avoir de vos nouvelles, de connaître vos noms et d'en savoir plus sur vous deux. Mais surtout, je suis soulagée de savoir qu'Everly continue à bien se porter. J'ai prié pour elle – et pour vous – tous les soirs depuis la dernière fois que nous avons communiqué.

Affectueusement,

Maria

J'envoie le mail avant d'avoir pu remettre en question chaque mot. À peine l'ai-je envoyé que je réalise que je ne lui ai pas demandé de me répondre. Je veux vraiment qu'il me réponde.

J'ouvre un nouveau mail avec pour objet : PS

Le message est le suivant : *Merci de me répondre.*

J'appuie sur Envoyer avant de perdre mon cran. Et puis j'essaie de trouver ce que je vais bien pouvoir faire en attendant qu'il me contacte. Je pourrais relire son mail à nouveau. C'est ce que je fais. Quatre fois, en fait, avant de me lever, prendre une douche, finir mon linge, préparer mon déjeuner pour demain, préparer mon café pour le matin et arrêter d'être obsédée par Austin Jacobs.

Mon téléphone sonne avec un texto de Carmen.

Tu lui as répondu ?

Oui, oui. Je lui ai déballé toute l'histoire de ma vie.

Toute l'histoire ?

Pratiquement tout sur la famille, le restaurant, toi, Dee et les autres. C'était probablement trop.

Je suis sûre que c'était bien. Il a dit qu'il voulait apprendre à te connaître. Est-ce que tu vas bien ?

Oui, bien sûr que ça va. J'essaie de ne pas devenir folle d'un gars que je connais à peine.

Et ça marche ?!?! Tu le connais déjà mieux que tu ne connaissais Scott après un an.

C'est bien vrai. Austin m'a montré qui il était vraiment dès le premier message qu'il a envoyé. J'ai vu son cœur, et c'est tout ce à quoi j'ai réussi à penser pendant six fichus mois. Et ce que j'ai reçu de lui aujourd'hui n'a fait que confirmer ma première impression.

Je me couche tôt et je garde mon téléphone à portée de main. J'essaie de ne vérifier mes mails que toutes les quinze minutes, mais en réalité, c'est plutôt une fois par minute. D'accord, c'est plutôt toutes les dix secondes, mais qu'on ne me juge pas. Vous vérifieriez pareil. Je ne sais même pas à qui je parle, là.

— Tu as besoin d'y aller mollo, ma fille. Tu vas trop loin avec ce type que tu n'as jamais rencontré.

Fixant le plafond que j'ai peint d'un rose pâle, j'essaie de redescendre de l'état d'euphorie dans lequel je me trouve depuis que j'ai reçu ce nouveau message de lui.

Je me force à fermer les yeux et à respirer pendant cinq minutes complètes.

Lorsque je les rouvre, je constate qu'il ne s'est écoulé qu'une minute. Naturellement, je vérifie à nouveau mes mails.

Quelle obsédée !

Un nouveau message d'Austin apparaît, me faisant sursauter et donnant un nouveau sens à l'expression *avoir deux mains gauches*. Je tâtonne pour ouvrir le message sans l'effacer accidentellement. Parce que ce serait tragique.

Chère Maria,

J'ai adoré votre message et entendre parler de votre famille. Y a-t-il un diagramme que vous utilisez pour aider les nouvelles personnes à suivre ? S'il existe, j'en ai besoin ! Votre famille a l'air formidable et je suis ravi que vous travailliez dans un dispensaire gratuit. J'imagine que votre travail est essentiel pour tant de personnes dans votre communauté, et le restaurant a l'air génial. (Est-ce bizarre que j'aie regardé le menu en ligne et que j'aie envie d'un sandwich cubain tout de suite) ? J'ai aussi deux frères : Asher et Carter. Ash joue pour les Cubs de l'Iowa, une équipe pépinière des Cubs de Chicago, et Carter est à l'université de Florida State, mais il joue aussi et espère devenir professionnel quand il aura son diplôme l'année prochaine. Nous avons grandi à Green Bay, dans le Wisconsin, et comme vous pouvez sans doute le constater, le baseball occupe une place importante dans notre vie. (Bah ouais – hi hi.) Mon papa était notre entraîneur et son objectif est de nous voir tous les trois dans les grandes ligues. Pour l'instant, il en est à un sur trois, mais mes frères ont tout le talent. Parfois, c'est plus une question de chance et d'être au bon endroit au bon moment qu'une question de talent. J'ai tellement d'espoir qu'ils finiront par y arriver tous les deux. Et en effet, j'ai lancé à Miami il y a trois ans. Vous y étiez ? ! Ce serait tellement cool !

Je suis très proche de mes frères, et eux aussi ont été une énorme source de soutien quand Ev était malade. Nous formons aussi un groupe incroyable chez les O. Beaucoup d'entre eux – et leurs épouses – sont devenus une famille pour nous depuis qu'Ev est malade. Ils nous ont soutenus, elle et moi, de tant de façons, petites et grandes.

Bref, vous voyez comment on en revient toujours au fait qu'Ev est malade avec moi ? C'est sur quoi je travaille avec la thérapeute.

Elle dit que ça prendra du temps et qu'au bout d'un moment, tous les chemins ne me ramèneront plus automatiquement au traumatisme. Comme vous pouvez le voir, je n'en suis pas encore là. Je continue à me dire que j'ai beaucoup de chance, et croyez-moi, ce ne sont pas que des mots. J'ai une chance incroyable, en particulier parce qu'une femme merveilleuse nommée Maria Giordino à Miami était parfaitement compatible avec mon bébé. Je suis chaque jour reconnaissant pour cela et pour vous. Et j'apprécie que vous ayez prié pour nous. C'est tellement incroyable de l'entendre.

Il y a deux choses que vous ne m'avez pas dites : êtes-vous mariée ? Avez-vous des enfants ? Pouvez-vous m'envoyer une photo de vous puisque vous pouvez me Googler ? Vous m'avez googlé ? Dites-moi la vérité. MDR.

Bon, je dois me mettre au pieu, comme dit mon entraîneur. Nous avons un vol matinal pour Detroit pour une série de quatre matchs avec les Tigers, suivis de trois matchs avec KC et de quatre avec Seattle. Je vais faire le calcul pour vous : cela fait onze jours loin de mon bébé. Mes parents restent avec elle pendant mon absence, mais elle me manque tellement quand je ne suis pas là. Heureusement, il y a FaceTime !

Oh, et encore une chose : si vous m'écrivez, je vous répondrai toujours. Vous vous souvenez de ce que j'ai dit la première fois que nous avons « parlé » ? Vous faites partie de la famille maintenant. Si vous préférez me contacter par SMS, c'est cool. Vous trouverez mon numéro de téléphone ci-dessous. N'hésitez pas à l'utiliser.

Avec toute mon affection,

Austin

Oh mon Dieu, il m'a donné son numéro de téléphone, que je m'empresse de programmer dans mon portable. Je trouve la photo que Carmen a prise de moi quand on faisait du shopping l'autre jour. Je n'aime pas toujours les photos de moi, mais celle-là, je ne la déteste pas. Mes cheveux noirs bouclés ne sont pas ébouriffés à cause de l'humidité du sud de la Floride, comme c'est souvent le cas, et nous nous étions fait maquiller à titre d'essai pour le mariage. Je suis aussi belle que possible, alors j'envoie un message avec la photo avant de pouvoir m'en dissuader.

Je vous écrirai plus longuement demain, mais voilà ma photo. Pas mariée, pas d'enfant et oui, j'ai fait des recherches sur vous sur Google. Je joins les émojis qui rient et qui font des bisous et j'envoie le message. Je suis étourdie par l'excitation de lui parler.

Il me répond tout de suite avec l'émoji qui fait les yeux écarquillés, suivi d'un autre texte :

WAOUH. Vous êtes BELLE. Mais je le savais déjà. Répondez-moi demain. J'attendrai. Avec toute mon affection, Austin

C'est fait. Je suis fichue. Comment vais-je survivre jusqu'à ce que je puisse lui parler à nouveau ? Mieux encore, comment vais-je dormir ?

CHAPITRE 3

AUSTIN

Je suis collé à mon téléphone à l'instant même où je pose mon cul sur mon siège dans le vol de l'aube pour Détroit. Je lance pour le troisième match de notre série avec les Tigers, alors j'ai quelques jours pour me détendre et me préparer pour mon prochain début. En d'autres termes, j'ai le temps d'être obsédé par la photo que Maria m'a envoyée. Je ne peux pas m'empêcher de fixer son magnifique visage et son sourire sexy.

Elle a dit qu'elle n'était pas mariée, mais elle n'a pas précisé si elle était seule.

J'espère qu'elle l'est, car mon obsession pour elle grandit à chaque message que nous échangeons.

Croyez-moi, je sais que tout ça est dingue. Je ne peux pas tomber amoureux de la femme qui a donné de la moelle osseuse pour sauver la vie de mon enfant. Ou est-ce que je peux ? Non, je ne peux pas, mais c'est un peu ce qui se passe, pour être honnête.

Le seul avantage d'un vol matinal, c'est que personne n'est d'humeur à bavarder, ce qui me convient parfaitement. Je passe la première heure à relire les messages qu'elle et moi avons échangés jusqu'à présent, ressentant la même émotion que la première fois. C'est une femme chaleureuse, adorable et belle, et le fait que je développe un béguin de première classe pour elle ne devrait pas me surprendre.

Elle a *sauvé la vie de mon enfant*. Comment pourrais-je ne pas l'aimer ? Mais à part ce fait capital, c'est d'elle, Maria, que je suis en train de m'éprendre et non de la donneuse de mon enfant. C'est presque comme si elle était devenue deux personnes séparées pour moi. Bien sûr, je l'ai rencontrée *parce qu'*elle a fait un don, mais après avoir appris à la connaître un peu, elle me plaît pour un million d'autres raisons.

Je me demande à quelle heure elle se lève et dans combien de temps je pourrais avoir de ses nouvelles, vu que c'est un jour de travail pour elle. La balle est dans son camp, pour ainsi dire, mais cela ne veut pas dire que je ne peux pas lui envoyer un autre message entre-temps, n'est-ce pas ?

Non, ça ne veut pas dire que je ne peux pas lui envoyer un message, et oui, je sais que cela commence à ressembler au collège, lorsque le débat sur les filles « devrais-je ou ne devrais-je pas faire ceci ou cela » occupait quatre-vingt-dix pour cent des cellules de mon cerveau, d'où mes mauvaises notes.

Je veux lui parler un peu plus, alors je retrouve le dernier message qu'elle m'a envoyé hier soir et je clique sur Répondre.

Salut,
Je sais que c'est votre tour d'écrire, mais je ne voulais pas attendre
pour vous parler un peu plus. Je suis dans l'avion pour Détroit et je
relis nos messages. Je dois être honnête – attendre d'avoir de vos
nouvelles est un peu de la torture.

J'ai l'air d'une vraie mauviette et je m'en fiche. Que peut-t-on en déduire ?

À quelle heure devez-vous être au travail ? Comment se déroulent
vos journées au dispensaire ? Oh, et encore une question... Vous
m'avez dit que vous n'êtes pas mariée, mais vous n'avez pas dit si
vous êtes seule. L'êtes-vous ? Juste au cas où vous vous demanderiez
la même chose à mon sujet, je le suis. Pas de petite amie, pas de sex
friend, rien depuis que j'ai rompu avec la mère d'Ev. Elle m'a en

quelque sorte dégoûté de tout ce qui a trait aux femmes et aux rendez-vous amoureux.
Je vais envoyer ça avant de pouvoir me dissuader de vous demander si vous voyez quelqu'un. <émoji qui fait la grimace>
Bien à vous,
Austin

J'appuie sur le bouton « Envoyer » et je me rends compte que mes paumes sont soudainement moites, ce qui n'arrive que juste avant un match, quand mes nerfs sont à vif. Pouah, ça veut dire que je suis nerveux à l'idée de demander à Maria si elle voit quelqu'un ?

Bah, ouais, plutôt.

Je pose mon téléphone et appuie ma tête contre le dossier du siège, fermant les yeux et essayant de me détendre, bordel. J'ai laissé cette histoire avec elle devenir plus importante qu'elle ne devrait l'être, ce qui est probablement dû au fait que je suis totalement déboussolé depuis qu'Ev est malade. Je fais une grimace quand je me rappelle avoir parlé à Maria de la thérapie et du syndrome de stress post-traumatique et tout ça.

Ce n'est pas comme si c'était un grand secret, mais fallait-il vraiment que je lui raconte tout cela le premier jour où j'ai pu parler librement avec elle ?

Comme toujours ces derniers temps, mes propres pensées me rendent dingue. Je n'étais pas un désastre ambulant plein d'anxiété avant, mais accompagner son enfant lors d'une maladie mortelle a le don de transformer même le gars le plus décontracté en quelqu'un de totalement différent de ce qu'il était auparavant. Et si j'ai appris quelque chose en thérapie, c'est que je ne peux pas fuir les sentiments que la maladie d'Ev m'a laissés. Je peux seulement essayer d'y faire face.

Après mon traumatisme, il me serait impossible d'apprendre à connaître Maria, ou n'importe qui d'autre d'ailleurs, sans que cela fasse partie de l'équation. C'est qui je suis maintenant, pour le meilleur ou pour le pire. Et je ne peux pas m'en cacher, même si j'aimerais pouvoir oublier ce que nous avons traversé.

Parfois, cela m'irrite que mes parents aient repris le dessus et aient continué comme si de rien n'était. Je suis conscient que le fait que je surveille Ev avec des yeux de lynx les embête, mais je n'y peux rien. La peur que le monstre de la maladie revienne plane sur moi comme un nuage noir dont je ne peux me débarrasser, quels que soient mes efforts.

Je pense que c'est pour cela que ce flirt ou quoi que ce soit d'autre avec Maria est si excitant. Pour la première fois depuis qu'Ev est malade, j'ai autre chose en tête que le malheur.

Lui écrire et lire ses réponses m'a donné quelque chose que je n'avais pas eu depuis bien trop longtemps : l'espoir. Bien sûr, je réalise que c'est idiot de trouver de l'espoir chez quelqu'un que je connais à peine. Je ne lui ai jamais parlé en fait et pourtant, cela ne change rien à ce que je ressens pour elle. C'est un *tel soulagement*, putain, d'avoir autre chose à penser que le baseball et les désastres de santé.

Je devrais probablement m'abstenir de partager cette pensée avec elle, car je ne veux pas qu'elle pense que c'est ce qu'elle est devenue pour moi – quelque chose pour soulager mon anxiété – même si c'est ce qu'elle fait pour moi.

Mon téléphone vibre sur mes genoux et je le saisis, pleinement conscient que je suis pire qu'une minette de quinze ans qui vit son premier béguin.

Bonjour !

J'espère que vous faites bon vol. Je déteste prendre l'avion et je ne pourrais jamais avoir un travail qui m'oblige à voler autant que le vôtre. Ils ne pourraient pas me payer assez cher ! Que faites-vous en arrivant à Detroit ?

J'arrive au travail vers 8 h 30 et nous ouvrons à 9 h. Nous essayons de fermer aux alentours de 16 h ou 16 h 30 si nous arrivons à voir tous ceux qui sont venus ce jour-là. Certains jours, nous sommes tellement occupés que nous devons distribuer des numéros pour que les gens puissent reprendre leur place dans la file d'attente le lendemain. J'enregistre les patients et je note leurs signes vitaux (taille/poids, température, pression sanguine et pouls). Je m'occupe de tous les dossiers des patients et je fais un million d'autres choses pour assurer le bon fonctionnement de cet endroit. Je suis au dispensaire à cet instant, mais la matinée a été calme jusqu'à présent. Je suis dans le bureau et je vous envoie ce message en douce. Non pas que quelqu'un s'intéresse à ce que je fais. C'est un endroit très sympa pour travailler.

Nous avons une infirmière diplômée nommée Miranda (elle et son mari ont fondé le dispensaire il y a trente ans) qui voit tous les patients, sauf les jours où Jason (le fiancé de ma cousine Carmen) vient. Il remplace notre médecin habituel qui se remet des blessures qu'il a subies dans un accident de voiture, et Miranda a travaillé à temps partiel pendant des mois pendant qu'elle se remettait d'une opération du genou. On était débordés et Jason a été une bénédiction pour nous ces deux derniers mois. Il a arrangé son emploi du temps à l'hôpital général de Miami-Dade, où lui et Carmen travaillent tous les deux, pour pouvoir être ici le jeudi après-midi.

Beaucoup de gens que nous voyons n'ont pas de mutuelle, alors le dispensaire leur sauve vraiment la vie. En fait, c'est grâce au dispensaire que mon nom figurait dans la base de données de Be the Match. Nous avons fait une campagne d'inscription ici il y a environ quatre ans et c'est à ce moment-là que j'ai été testée. C'est une de ces choses que l'on fait et auxquelles on ne pense plus jusqu'à ce que l'on reçoive un appel vous annonçant que vous êtes compatible avec quelqu'un.

À propos de vos questions... J'ai aussi vingt-huit ans, je suis complètement célibataire après une rupture difficile il y a quelques années (bien que j'imagine que votre rupture remporte la palme de la pire de tous les temps) et au cas où vous vous le demandez, attendre de vos nouvelles est une torture pour moi aussi !

Bon, je ferais mieux de me remettre au travail. Si vous y pensez, envoyez-moi un message quand vous atterrissez, comme ça je ne m'inquiéterai pas pour votre vol.

Bien à vous,

Maria

Mon cœur fait une drôle de palpitation quand je lis la dernière phrase et que je vois qu'elle a inclus son numéro. Depuis combien de temps quelqu'un d'autre que mes parents ne s'est soucié de savoir si j'avais bien atterri quelque part ? Kasey ne s'est jamais souciée de savoir où j'étais. Malheureusement, je n'ai pas réalisé à quel point elle s'en fichait jusqu'à ce que la femme de mon coéquipier me dise ce qui se passait pendant mon absence.

Je trouve ça mignon que Maria dise qu'ils ne pourraient pas la payer assez pour voler comme je le fais. Est-ce que dix millions par an la feraient prendre l'avion chaque semaine pendant six mois ? Je me le demande, mais je ne lui poserais jamais une question aussi conne.

Re-bonjour,
Je ne suis pas non plus fan de prendre l'avion, mais c'est une partie
nécessaire de mon travail pendant la moitié de l'année. Je m'y suis
adapté, mais je peux penser à un million d'autres choses que je
préférerais faire.

Aujourd'hui, par exemple, je préférerais de loin me rendre dans un dispensaire de Little Havana... J'aimerais qu'elle vérifie mes signes vitaux. Je parie que ma pression sanguine est un peu élevée depuis que j'ai reçu cette photo sexy d'elle hier soir. Je l'ai regardée une centaine de fois, facile.

Quand on atterrira à Detroit, un bus nous emmènera dans un
hôtel près du stade. Nous pourrons nous détendre jusqu'à environ
15 h, heure à laquelle nous nous rendrons au parc pour
l'entraînement à la batte et les échauffements. Parfois, un groupe
d'entre nous va déjeuner, mais la plupart du temps, nous profitons
des temps morts quand nous le pouvons. Les jours de match, je fais
généralement la grasse matinée, je me fais servir à manger dans
ma chambre, je regarde la télévision et je me détends, surtout les
jours où je lance. La saison, c'est du boulot et lorsque le mois de
septembre arrive, nous nous sommes battus contre des blessures
pénibles et avons essayé de jouer malgré elles depuis des mois. Nous
ne sommes pas dans la course pour l'après-saison cette année, donc
c'est notre avant-dernier déplacement. Devinez où nous allons
pour le dernier ? Tampa et Miami ! C'est dans deux semaines et les
trois matchs à Miami mettront fin à la saison pour nous. Peut-être
qu'on pourrait se voir pendant que je suis en ville ?

Je lance ça comme ça, comme si la possibilité de la rencontrer n'était pas la chose la plus excitante qui puisse arriver depuis très longtemps.

Votre dispensaire a vraiment l'air d'être un endroit formidable. C'est gentil de la part du fiancé de votre cousine de faire du bénévolat au dispensaire. J'en sais beaucoup plus sur les médecins et les spécialités que je ne l'aurais jamais cru possible. (Et nous sommes de retour au traumatisme ! Vous voyez pourquoi je peux à peine me supporter ? Je ne sais pas comment quelqu'un d'autre peut le faire). Quoi qu'il en soit, je suis heureux d'entendre que vous êtes célibataire. Cela m'importe plus que ça ne le devrait, pour être honnête. J'ai presque vingt-neuf ans, ce qui fait de moi pratiquement un senior à ce jeu.

Entre tout ce qui s'est passé avec mon ex et la maladie d'Ev, je ne suis plus le même gars qu'il y a quelques années. Mon père aime dire que la vie vous change et c'est certainement vrai dans mon cas. Il ne m'était jamais venu à l'esprit que Kasey pourrait être infidèle ou qu'elle laisserait notre BÉBÉ seul à la maison pour aller faire la fête. Vous ne pouvez pas savoir à quel point j'ai pété les plombs quand c'est arrivé. Au début, je n'y croyais pas, mais il y avait une vidéo. Les autres femmes la soupçonnaient de laisser le bébé seul et elles ont voulu le prouver. C'est grâce à cette vidéo que j'ai pu obtenir la garde exclusive d'Ev. Je lui ai dit que si elle se battait contre moi à ce propos, je donnerais la vidéo aux flics. Non pas que je l'aurais fait, car Ev aurait fini en famille d'accueil pendant qu'ils enquêtaient sur nous, mais Kasey a à peine hésité à renoncer à ses droits. Toute cette histoire était dégoûtante, bouleversante et terrifiante. Quand je pense à ce qui aurait pu se passer pendant que mon BÉBÉ était SEUL à la maison... Ça me dépasse. Je savais que c'était fini avec elle lorsque je ne me suis même pas soucié de savoir si elle baisait d'autres mecs. Elle a laissé ma fille seule à la maison. Rien ne dit que c'est FINI aussi bien que ça !

— À qui tu envoies un texto, AJ ?

Surpris par mes souvenirs sinistres de Kasey, je jette un coup d'œil à Santiago, notre premier receveur et mon ami le plus proche dans l'équipe.

— Personne.

La dernière chose dont j'ai besoin, c'est que les gars aient vent du fait que je « parle » à quelqu'un. Ils vont en faire toute une histoire et je ne veux pas qu'ils mettent la main sur quelque chose qui est devenu si important pour moi.

— Beaucoup de mots pour personne, murmure Santiago.

Je lui tourne le dos et continue à taper. J'aurais aimé avoir mon ordinateur portable avec moi. C'est plus facile que de taper sur mon téléphone.

Bref, je commençais à peine à me remettre de ce désastre quand le suivant m'a frappé avec Ev. Je vous ai parlé de ma rupture épique, alors maintenant vous devez me parler de la vôtre... Si vous le voulez, bien sûr. Pas d'obligation. Une confession du cœur ? J'ai regardé votre photo une centaine de fois depuis hier soir, et je suis vraiment, vraiment, VRAIMENT content que vous soyez célibataire. L'ai-je déjà mentionné ?!
Je vous embrasse,
Austin

Je l'envoie avant de changer d'avis sur la dernière partie super suggestive. Qu'est-ce que je fais exactement ? Elle vit à Miami. Je suis à Baltimore quand je ne suis pas dans une autre ville lointaine. Qu'est-ce que je pense qu'il peut advenir de cette « amitié », de toute façon ?

Si je disais à l'attaché de presse de l'équipe que la donneuse de moelle osseuse d'Everly vit à Miami, il voudrait faire quelque chose avec elle quand on jouera là-bas dans deux semaines. Serait-elle prête à le faire ? Et moi ?

Bon sang, j'adorerais la rencontrer et voir si l'attirance que j'ai ressentie pour elle à travers les photos et les mots se confirme en personne.

Et si c'est le cas ? Alors quoi ?

Après cette saison, je suis un agent libre ou joueur disponible[1], ce qui signifie que je peux aller où je veux – et plus ou moins fixer mon prix. C'est un moment excitant que j'attends avec impatience depuis un bout de temps maintenant, sauf pour ce qui est de déménager à nouveau. J'aime les O. J'aime mes coéquipiers, leurs femmes et leurs enfants. J'aime la direction et les propriétaires, mais jouer dans l'AL East est difficile si vous n'êtes pas les Sox ou les Yankees. L'idée de quitter les O me brise le cœur, mais il n'y a pratiquement aucune chance que je signe à nouveau avec eux.

Je n'ai pas sérieusement envisagé d'autres équipes parce que mon agent m'a conseillé de rester cool et de faire tout ce que je peux pour terminer cette saison en beauté. L'objectif est d'obtenir un gros contrat qui me mettra à l'abri pour la vie et me permettra de terminer ma carrière dans la prochaine ville où je me trouverai. Plus je remporterai de victoires lors de ces derniers matchs, plus mon prix en tant que joueur libre augmentera. Après avoir perdu la majeure partie de la saison dernière à cause de la maladie d'Ev, cette saison est plus importante que jamais. Je suis à dix-neuf victoires, quatre défaites et deux matchs nuls avec trois matchs à jouer.

Ce voyage est essentiel pour finir en beauté. Ce n'est pas le moment pour les distractions, même les belles distractions comme Maria.

Je peux me le répéter mille fois, mais je sais déjà que je n'arrêterai pas de lui parler, quel que soit l'enjeu. Grâce à elle je me sens mieux que depuis des années et je n'y renoncerai pour rien au monde.

Quand nous atterrissons, je lui envoie un petit message. *Les pieds sur terre ferme à Detroit.*

Nous sommes dans le bus, en direction de l'hôtel quand elle répond.

Contente que vous soyez bien arrivé. Bon match. Je vais le regarder.

J'ai des papillons dans le ventre en sachant qu'elle va regarder et je ne joue même pas dans le match de ce soir. Peut-être qu'on peut se FaceTimer plus tard. Nous venons juste d'arriver et je compte déjà les heures jusqu'à la fin du match pour pouvoir lui parler un peu plus.

J'ai hâte.

CHAPITRE 4

MARIA

Je profite de ma pause déjeuner pour répondre à Austin sur l'ordinateur du bureau, car je déteste taper sur mon téléphone. Le fait d'entendre qu'il fixe ma photo depuis hier soir m'a rendue super distraite. J'ai dû prendre plus d'une fois la tension artérielle des patients ce matin parce que j'avais oublié les résultats avant de pouvoir les enregistrer, ce qui ne me ressemble pas du tout.

besoin de sortir ? !? Je me sens mal de juger quelqu'un que je ne connais même pas, mais c'est tout simplement impardonnable. Je suis SI CONTENTE que vous ayez la garde exclusive d'Everly maintenant.

Je viens de regarder le calendrier des Marlins et je n'arrive pas à croire que j'avais oublié que leur dernière ligne droite à domicile est contre les O ! Mon papa et moi partageons nos billets avec d'autres membres de la famille, mais je lui ai déjà dit de me garder ces trois matchs-là. Vous êtes premier lanceur pendant que vous êtes ici ? Et oui, on devrait se voir pendant que vous êtes en ville. Est-ce qu'Everly vient avec vous, par hasard ? J'aimerais beaucoup la rencontrer aussi.

Vous avez dit que les gars ont beaucoup de blessures à ce stade de la saison. Est-ce que vous faites partie des blessés ?

Ma rupture épique était loin d'atteindre le niveau de destruction massive de la vôtre, mais c'était quand même assez grave. J'étais avec Scott depuis qu'on avait 21 ans. On s'est rencontrés au restaurant, en fait, lorsqu'il travaillait comme aide cuisinier pendant qu'il terminait ses études. On a emménagé ensemble après l'université et pendant quelques années tout allait bien. J'ai obtenu le poste au dispensaire et il travaillait dans une société de marketing en ville. Je voulais me marier, mais il esquivait le sujet chaque fois que je l'abordais (ce que j'ai compris avec le recul – tout est toujours clair a posteriori, n'est-ce pas ?). J'étais complètement inconsciente des problèmes qui existaient entre nous. Je pensais que sa distance était juste ce qui arrive quand on est avec quelqu'un depuis longtemps.

Puis ma sœur, Dee, était de retour pour le week-end et l'a croisé au supermarché avec une autre femme. Il l'a présentée comme une amie du travail, mais Dee a dit qu'il avait l'air très paniqué de la voir, ce qui lui a fait penser qu'il s'agissait d'autre chose. Elle m'a donc raconté ce qui s'était passé, je l'ai confronté et il a admis qu'il était amoureux de sa collègue et ce, depuis un certain temps. Pendant que je parlais de me marier, lui essayait apparemment de trouver un moyen de mettre fin à notre relation. Je me souviens avoir été complètement choquée. Il n'y avait aucun signe qu'il voyait quelqu'un d'autre, du moins pas que j'aie remarqué, et cela a fait que je me suis sentie stupide en plus d'avoir le cœur brisé. Je l'ai mis à la porte ce jour-là et je ne l'ai plus jamais revu. Nous étions ensemble depuis cinq ans à ce moment-là, alors j'étais un peu déstabilisée. La trahison a été la partie la plus difficile, sans parler de la nécessité de faire un test de dépistage des MST au cas où il aurait ramené quelque chose à la maison (il ne l'avait pas fait, mais quand même...). Que la personne en qui j'avais le plus confiance au monde puisse faire une chose pareille a été difficile à accepter. Depuis, tout le monde veut me caser avec quelqu'un, mais j'ai évité ces bêtises. Je n'ai juste PAS envie de vivre ça, vous voyez ? Pouah, les gens sont décevants parfois, hein c'est vrai ?

Vous m'avez demandé ce qui s'est passé lorsque j'ai reçu l'appel de Be the Match et je n'ai jamais répondu à votre question. Ils m'ont demandé de participer à des séances d'information sur les implications du don. Je dois admettre que j'avais peur que ça fasse mal et ils m'ont mise en confiance. Mes parents ont paniqué quand je leur ai dit ce que j'allais faire, mais ma Nonna a été vraiment géniale et les a convaincus de faire confiance à mon jugement d'infirmière. Ils sont venus à l'une des séances d'information avec moi et ils se sont sentis mieux après avoir appris davantage. Tout s'est bien passé. Ce n'était rien, vu ce que ça signifiait pour vous et Everly.

Bon, je ferais mieux de me remettre au travail. Faites un bon match ! Je vais dire quelque chose que je n'ai jamais dit pour une autre équipe que les Marlins : allez les O !

Je vous embrasse,
Maria

Je me force à me concentrer sur le travail pendant un après-midi chargé. Après le travail, je dois rencontrer Carmen pour un dernier essayage de ma robe de demoiselle d'honneur. Dee et moi sommes ses demoiselles d'honneur et leur amie Betty, qui a joué un grand rôle le jour de leur rencontre, est la seule autre personne dans le cortège. Dans notre famille, il est difficile de se limiter à « quelques » personnes. Elle a donc décidé de ne faire appel qu'à nous deux et à une amie spéciale pour ne pas se retrouver avec douze demoiselles d'honneur.

En quittant le travail, je suis plutôt fière de moi, car j'ai passé trois heures entières sans consulter mon téléphone. Avant de démarrer ma voiture, je le vérifie et je trouve un nouveau message d'Austin. Le simple fait de voir son nom dans ma liste de messages me fait perdre la tête.

Pouah. C'est mauvais et ça empire de minute en minute, et je ne me soucie pas le moins du monde de savoir si je me prépare à une énorme déception en m'investissant autant avec un homme que je n'ai jamais rencontré. Et s'il sentait mauvais ou avait mauvaise haleine ou était grossier avec les serveuses ou...

— Arrête, Maria. Arrête.

Avant de lire son message, je ferme les yeux, prends une grande inspiration et la relâche lentement.

— Calme-toi et arrête d'être une folle furieuse.

Une fois que j'ai réussi à maîtriser un peu les choses, pour le moment en tout cas, je lis son nouveau message.

Coucou,

Je n'ai que quelques minutes avant de devoir prendre le bus pour le stade, mais je voulais juste écrire pour vous dire que SCOTT EST UN IDIOT ! Vous êtes mieux sans lui. Vous le savez, non ? Ça m'a pris du temps pour le réaliser avec Kasey, mais qui a besoin de quelqu'un dans sa vie qui ferait ce qu'il vous a fait ou ce qu'elle m'a fait ? Et oui, les gens sont souvent minables, mais parfois ils ne le sont pas. Par exemple, je ne ferais jamais à quelqu'un ce que Scott vous a fait ou ce que Kasey m'a fait. (Je ne laisserais aussi JAMAIS mon enfant seule à la maison, au cas où vous vous poseriez la question...) Après avoir vécu cette merde, nous savons tous les deux ce que c'est que d'être traité de cette façon et ce n'est pas quelque chose que je veux dans ma vie.

En ce qui concerne les blessures, je souffre d'une certaine raideur dans le coude de mon bras de lancer. J'ai travaillé avec les entraîneurs de l'équipe pour le gérer, mais mon bras a besoin de repos.

Merci de m'avoir raconté comment ça s'est passé après que Be the Match vous a contactée. J'ai tellement d'autres questions, mais je ne peux pas les poser maintenant. Y a-t-il une chance que vous vouliez qu'on se rencontre en face-à-face après le match ? Oh, et merci de supporter les O pour la toute première fois. C'est un

honneur pour moi. Donc FaceTime... Oui ? Non ? S'il vous plaît,
dites oui...
Je vous embrasse,
Austin

Je réponds par un seul mot : OUI !

Et ensuite je dois me remettre les idées en place pour aller retrouver Carmen à la boutique de mariage à Coral Gables. La circulation est toujours aussi pénible et j'arrive avec dix minutes de retard à notre rendez-vous. Je me précipite dans le magasin et trouve Carmen debout sur la petite estrade à l'arrière du magasin, portant sa robe de mariée pendant que la couturière l'examine sous tous les angles.

C'est la première fois que je la vois sur elle depuis le jour où elle l'a choisie et je suis surprise par l'énorme boule qui se loge soudain dans ma gorge.

Elle me surprend en train de la regarder dans le miroir, son joli visage s'illuminant d'un sourire.

— Te voilà. Qu'est-ce que tu en penses ?

Il me faut une seconde pour retenir la vague d'émotion que suscite le fait de la voir à nouveau en heureuse mariée.

— C'est absolument parfait.

— Je suis si heureuse que tu le penses. Je l'aime encore plus que la première fois que je l'ai essayée.

La robe est de soie d'un blanc cassé crémeux qui parvient à être à la fois sexy et classe, tout comme Carmen. Son dos est presque entièrement dénudé et le devant forme un V serré sur ses seins ronds. La robe est perlée, sans manches et moulante. Elle a décidé de ne pas porter de traîne, dit-elle, parce que c'est son deuxième mariage et que les traînes sont pour les premières mariées.

Je sais qu'elle se sent coupable de se remarier après avoir perdu son premier mari de façon si tragique, mais elle semble être ravie et se tourner vers l'avenir plutôt que vers le passé.

— Qu'as-tu décidé pour le voile ?

— Pas de voile, répond-elle. Je vais utiliser un diadème que la mère de Tony m'a donné.

— Ça me plaît.

Pour les parents de son premier mari, Carmen est comme leur

fille. Ils l'ont soutenue sans réserve depuis qu'ils ont perdu Tony. J'ai tout de suite aimé Jason, mais quand j'ai appris qu'il était allé voir les parents de Tony avant de demander Carmen en mariage, il a gagné l'amour éternel de toute notre famille. C'est un homme de grande classe.

— Josie voulait faire quelque chose et quand elle a proposé le diadème de sa mère, j'ai été heureuse d'accepter. Elle a été tellement géniale pour tout.

— J'en suis très heureuse. Imagine si elle ne l'avait pas été ?

Carmen grimace.

— Je ne veux même pas y penser.

Elle pose ses mains sur son abdomen.

— Je deviens si nerveuse quand je pense à Jason me voyant dans cette robe.

— Il va en perdre la tête.

— Je pense que tu as probablement raison, dit-elle en gloussant. Tu veux bien prendre des photos pour moi ? J'ai dû menacer ma mère, ta mère, Nonna et Abuela d'une injonction d'éloignement pour les empêcher de venir ce soir. Je veux que la robe soit une surprise pour tout le monde.

Je ris en imaginant Nonna et Abuela se faire dire qu'elles ne pouvaient pas venir à l'essayage.

— Tu as commis une erreur critique en prenant le rendez-vous pour le seul soir où elles sont toutes de repos.

Le lundi est le seul jour où elles confient occasionnellement le restaurant à leur personnel compétent pour qu'elles puissent prendre une pause.

— Crois-moi, je m'en suis rendu compte. Je leur ai dit qu'elles la verraient bien assez tôt.

Lorsque la couturière a terminé, je prends des photos sous tous les angles pendant que Carmen fait la vamp pour l'appareil. J'aime la voir souriante et heureuse après les années sombres qui ont suivi la mort tragique et insensée de Tony. Pendant un temps, je me suis demandé si elle se remettrait un jour de ce choc, mais elle s'est ressaisie. Elle est allée à l'université jusqu'au troisième cycle, elle a trouvé un nouveau travail formidable à l'hôpital et elle est tombée amoureuse de Jason. Personne dans ce monde n'est plus heureuse pour elle que moi.

— À toi, dit-elle, en m'envoyant dans la cabine d'essayage pour enfiler ma robe.

J'adore le modèle qu'elle a choisi pour nous. Elle est en soie bleu marine foncé et simple, ce qui me plaît. Pas de fioritures de demoiselle d'honneur, juste des lignes droites et un décolleté sexy et plongeant qui met en valeur ma poitrine, si je puis me permettre.

— Je l'adore sur toi, dit Carmen comme elle l'a fait à chaque fois que je l'ai enfilée depuis le jour où nous l'avons choisie. Dee est en train de faire modifier la sienne à New York.

Je monte sur l'estrade et la couturière se met au travail avec ses épingles.

Alors que nous quittons la boutique de mariage vingt minutes plus tard, Carmen passe son bras dans le mien.

— Allons prendre un verre.

J'avais prévu de rentrer directement chez moi pour voir le match d'Austin sur MLB Network, mais je ne dis jamais non à un moment seule à seule avec ma cousine préférée. Nous sommes toutes les deux si occupées et souvent entourées de membres de la famille que du temps entre nous est parfois difficile à trouver.

Nous nous installons à une table en terrasse d'un café qui propose une happy hour et commandons des boissons – une vodka-soda pour moi et un gin-tonic pour elle. Nous ne prendrons qu'un verre chacune parce que nous conduisons, alors nous les sirotons lentement pour les faire durer. Je lui montre les photos que j'ai prises au magasin et elle se les envoie pour les avoir.

— J'ai hâte d'être le grand jour, dit-elle avec un sourire rêveur. Je n'arrive pas non plus à croire que Jason m'ait convaincue d'organiser un mariage en trois mois.

— Cet homme a hâte de t'épouser.

— Je ressens la même chose. Dis-moi la vérité, Mari. C'est acceptable pour moi d'être à nouveau si follement heureuse après avoir perdu T ? Penser à lui, au fait qu'il n'aura jamais que 24 ans... Ça me rend tellement triste.

— C'est bien que tu sois heureuse à nouveau. C'est ce qu'il aurait voulu pour toi.

— J'ai beaucoup pensé à lui ces derniers temps, plus que d'habitude.

— Ce qui est tout à fait naturel quand on est sur le point

d'épouser quelqu'un d'autre. Il fut un temps où l'idée d'un second mariage aurait été absurde.

Elle acquiesce.

— Nous y serions arrivés, Tony et moi. Nous aurions été ensemble pour la vie.

— Aucun doute là-dessus. Je suis sûre qu'il veille sur toi et te soutient pleinement dans tout ce que tu fais. Il aimerait Jason.

— Je le pense aussi. Ils auraient été amis.

— Absolument.

Elle se libère de son chagrin et fait un effort pour se reprendre. J'ai vu cela si souvent que je reconnais les signes maintenant.

— Alors, comment va ton joueur de baseball ?

Je postillonne en riant.

— Tu es pire que Nonna et Abuela.

— Eh bien, merci. Elles m'ont appris tout ce que je sais sur l'indiscrétion.

— Y compris comment être subtile.

— Pourquoi s'embêter à être subtile quand tu meurs d'envie d'en parler ?

Elle a raison sur ce point.

— Il est génial. On n'arrête pas de parler depuis hier.

C'est seulement depuis hier ? Il me semble que ça fait plus longtemps, après six longs mois d'attente pour avoir la chance qu'il se livre davantage à moi.

— Vraiment ? C'est fabuleux. De quoi avez-vous parlé ?

— De la vie, de trahisons, de traumatismes, de baseball et de la vie à Miami. Ce genre de choses.

— Oh, la, c'est du lourd. Tu lui as parlé de Scott ?

Je hoche la tête en remuant mon verre.

— Et il m'a parlé de son ex, Kasey, qui a laissé leur petit bébé seul à la maison pour sortir et faire la nouba pendant qu'il était en déplacement avec l'équipe.

Carmen me regarde d'un air ébahi.

— Tu te moques de moi, là ?

— Non.

— Comment l'a-t-il découvert ?

— Certaines des autres épouses et petites amies soupçonnaient qu'elle laissait le bébé seul, elles l'ont porté à son attention – et elles ont pris une vidéo d'elle quittant la maison sans le bébé. Je ne suis pas vraiment sûre de tous les détails, mais la vidéo a suffi à la convaincre de lui accorder la garde exclusive.

— Waouh. C'est affreux.

— Je sais. Je ne pouvais pas y croire. Comme je le lui ai dit, je suppose qu'il est bien payé pour jouer au baseball. Pourquoi n'a-t-elle pas pris une baby-sitter ?

— Qu'est-ce qu'il a répondu ?

— On n'en a pas encore discuté. On va se parler sur FaceTime après son match ce soir.

— Waouh ! Je suis tellement emballée par ce mec !

— Ne t'excite pas. On ne fait que parler.

Je lui jette un regard timide.

— Mais il joue ici dans quelques semaines.

— Oh mon Dieu ! Tu vas le voir ?

— Je pense que oui.

— Je *crève* de joie ! C'est trop *génial*.

— Je ne veux pas trop m'avancer.

— Mais tu l'aimes bien ?

— Euh, ouais, je l'aime bien.

C'est peut-être le plus grand euphémisme de ma vie.

Carmen pousse un cri qui attire l'attention des autres tables.

— Mais tais-toi, tu veux ?

— Je ne peux pas contenir mon excitation ! Depuis que tu as viré Scott l'ordure, j'espérais que tu rencontres quelqu'un de nouveau. Comme nous tous. Imagine si quelque chose se passe avec Austin, le joueur de baseball sexy !

— Car, s'il te plaît... Ne fais pas ça. Je... Je ne peux pas.

Elle secoue la tête.

— Je déteste que Scott t'ait fait ça.

— Fait quoi ?

— Il t'a rendue si prudente et effrayée de prendre des risques par peur d'être à nouveau blessée. Avant lui, tu n'étais pas comme ça.

— Ce n'est pas seulement ça. C'est toute cette histoire... Depuis la seconde où j'ai reçu l'appel pour la greffe, en passant par la première fois où je l'ai entendu, jusqu'aux deux derniers jours. C'est tellement...

— Quoi ?

— Énorme, dis-je doucement. C'est tellement énorme. Comment puis-je être à moitié amoureuse d'un type que je n'ai jamais rencontré ?

— Est-ce que le rencontrer changera quelque chose à ce que tu sais déjà de lui ?

— Non, mais...

— Pas de mais. Il est tout à fait possible de se lier à quelqu'un ainsi, un mail ou un texto après l'autre. Cela arrive tout le temps quand les gens se rencontrent en ligne. Pourquoi cela ne pourrait-il pas se produire pour toi aussi ?

Elle a bien raison à propos des rencontres en ligne.

Carmen se penche pour que je ne rate pas un mot.

— Tu te souviens de Becky, avec qui j'étais à l' université ? Elle a rencontré son mari en ligne et a refusé de le rencontrer en personne avant la fin de son semestre. Ils ont parlé pendant *des mois* avant de se rencontrer, et quand ils se sont enfin rencontrés, ils savaient tous les deux qu'ils voulaient être ensemble pour toujours. Alors ne me dis pas que ça ne peut pas arriver.

Je pose mes mains sur mon ventre qui est soudainement rempli de papillons battant des ailes. Je ne peux pas vraiment lui dire que je n'ai jamais ressenti une connexion comme celle que j'ai avec Austin avec qui que ce soit, même Scott quand tout allait bien entre nous. C'est *tellement plus* que la relation avec Scott ne l'a jamais été. Et c'est ce qui me rend si nerveuse. Je suis déjà bien trop investie.

Carmen vérifie l'heure sur son téléphone.

— Je ferais mieux de rentrer à la maison. Jason était chargé de faire le dîner et maintenant je suis sûre que ma cuisine est une véritable zone de désastre.

— C'est mignon qu'il essaye quand même.

— Tout est mignon chez lui, sauf le bordel qu'il fout quand il cuisine. Ce n'est pas mignon.

Elle insiste pour payer nos boissons et nous nous séparons en nous embrassant sur le trottoir.

— Je suis là si tu as besoin de parler de tout ça et je promets de ne pas anticiper ta relation avec lui.

— Merci.

— Pour ce que ça vaut, je pense que c'est OK d'être un peu excitée par ce type.

— Je vais prendre ça en considération.

En riant, elle me salue et s'en va. Je me dirige vers ma voiture, en pensant à ce qu'elle a dit sur son amie Becky et comment elle est tombée amoureuse de son mari avant même de l'avoir rencontré en personne. Savoir que cela est possible n'arrange en rien les papillons dans mon ventre.

CHAPITRE 5

MARIA

Quand je rentre à la maison, la première chose que je fais est d'allumer la télé et de trouver le match d'Austin. Je garde un œil sur le match, que les O mènent deux à zéro dans la troisième période, tout en préparant des pâtes et en me versant un verre de vin. J'apporte le dîner sur le canapé pour mieux voir le match. J'ai fini mon repas et presque tout le vin quand la caméra trouve Austin dans l'abri, regardant l'action sur le terrain alors que les Tigers font entrer un lanceur de relève.

— Tous les regards sont tournés vers Austin Jacobs alors que la saison touche à sa fin et qu'il entre sur le marché des agents libres, dit le diffuseur. Il est revenu en force cette année après avoir perdu la majeure partie de la saison dernière lorsque sa fille luttait contre une leucémie. Heureusement, elle est en rémission et se porte bien maintenant. Qu'en pensez-vous, Tom ? Y a-t-il une chance qu'il reste avec les O après cette saison ?

— Aucune chance, dit Tom.

Ils discutent ensuite du business du baseball et des équipes qui seront capables de trouver l'argent auquel Austin peut prétendre.

— En résumé, dit Tom, attendez-vous à ce que Jacobs rejoigne une équipe qui a) puisse se le permettre et b) ait une chance de participer à l'après-saison.

— Diriez-vous qu'il est l'agent libre le plus prometteur pour l'intersaison à venir ?

— Sans aucun doute. Et il devrait coûter cher. C'est un lanceur rare qui possède plus d'une arme mortelle dans son arsenal. Sa balle est fulgurante et son cutter[1] est presque inatteignable.

— Sans oublier qu'il sait aussi frapper, ce qui le rend intéressant pour les équipes de la Ligue nationale.

— C'est sûr. J'ai hâte de voir où il va finir.

— Où que ce soit, attendez-vous à ce qu'il signe un accord qui lui permette de terminer sa carrière avec la prochaine équipe pour laquelle il joue. Il a donné une interview il y a quelques mois, indiquant que quoi qu'il arrive après cette saison, il aimerait que ce soit dans un endroit permanent, pour le bien de sa fille.

Je suis suspendue à chaque mot, entendant certains de ces propos pour la première fois, en particulier la partie sur la façon dont il veut finir sa carrière avec l'équipe avec laquelle il signera ensuite. Le fait qu'il pense à Everly et qu'il veuille s'enraciner quelque part pour le bien de sa fille témoigne du genre de père qu'il est. Plus j'entends de choses sur lui, même de la part de commentateurs à la télévision, plus je l'apprécie.

Il est super sexy dans son uniforme et quand il sourit en parlant à ses coéquipiers, je fais un arrêt sur image pour le voir de plus près. Je rembobine et repasse la partie le concernant quinze fois, au moins. Et il pense que c'est lui, l'obsédé !

Le match se termine par une victoire 8 à 4 en faveur des O. Je me demande combien de temps il lui faudra pour rentrer à l'hôtel et à quelle heure il appellera.

Je me précipite sous la douche, je rapplique un peu de maquillage en espérant ne pas avoir l'air d'avoir fait trop d'efforts, j'enfile un pyjama et la robe de chambre rose que ma mère m'a offerte à Noël. Je prépare mon déjeuner pour demain et plie un panier de vêtements tout en devenant de plus en plus nerveuse. Je suis en train de reconsidérer le pyjama quand mon téléphone sonne avec la sonnerie de FaceTime.

Je saisis le téléphone et prends l'appel, retenant mon souffle jusqu'à ce qu'il apparaisse sur l'écran, souriant alors qu'il s'allonge contre une pile d'oreillers.

— Salut, dit-il.

— Salut.

Pendant un long moment, nous nous regardons simplement l'un l'autre. Je ne cligne pas des yeux pendant une minute entière.

— Vous avez vu le match ? demande-t-il.

— J'ai regardé. Félicitations pour la victoire.

— Merci, bien que je n'aie rien à voir avec ça.

— Les journalistes parlaient de vous.

— Ah oui ? Qu'est-ce qu'ils ont dit ?

— Ils spéculaient sur le fait que vous soyez un joueur libre et votre prochain déménagement.

— Ah, oui, la grande histoire de l'intersaison. Je reçois beaucoup de demandes d'interview de la part de journalistes de baseball, mais je ne dirai rien avant le moment venu.

— Avez-vous déjà une idée de l'endroit où vous pourriez atterrir ?

— Pas vraiment. Il paraît que San Francisco, Seattle et Anaheim sont intéressés, ainsi que les Cubs et peut-être les Red Sox. Je reste en dehors de tout ça jusqu'à la fin des World Series[2], quand on pourra commencer à parler argent.

Mon cœur se serre quand il énumère tous les endroits lointains où il pourrait finir.

— Comment s'est passé le reste de votre journée ? demande-t-il.

— C'était bien. J'ai rencontré ma cousine Carmen après le travail pour un autre essayage de sa robe et de la mienne pour le mariage. On a pris un verre après. Puis je suis rentrée à la maison pour regarder la fin du match.

— Quand est le mariage de Carmen ?

— Le deuxième week-end d'octobre.

— Ah, pas longtemps à attendre, alors.

— Non. Ils auront eu des fiançailles de trois mois.

— Waouh, c'est rapide. Et vous avez dit que c'est son deuxième mariage ?

— Oui. Son premier mari, Tony, était officier de police et a été tué dans le braquage d'une épicerie quand lui et Carmen avaient 24 ans. Ils étaient mariés depuis moins d'un an.

— Oh, mon Dieu, c'est terrible.

— En effet. C'était le meilleur des hommes et ils étaient si heureux ensemble depuis qu'ils étaient au collège, quelque chose comme depuis la troisième. Tout ça craint tellement.

— Je ne peux qu'imaginer.

— Je suis si heureuse pour elle et Jason. Ils vont très bien ensemble.

— Tant mieux.

Je déteste le fait que ce soit gênant de lui parler en face à face. Je ne m'y attendais pas et c'est un peu décevant.

— Ça vous fait drôle ? demande-t-il en souriant.

— Oui, réponds-je dans un soupir, soulagée qu'il ressente la même chose. Je me disais juste que je ne m'attendais pas à ce que ce soit gênant après la façon dont nous avons parlé de tout par mail.

— J'avais tellement hâte de vous parler en vrai. Je suis rentré à pied à l'hôtel parce que je n'avais pas envie d'attendre que les autres prennent leurs affaires et montent dans le bus.

En entendant cela, je me détends un peu.

— J'avais très hâte, moi aussi.

— J'espérais que le match ne finirait pas en prolongations.

— Ç'aurait été nul.

— Ouais.

— Que faites-vous normalement après un match ?

— Je vais peut-être boire une bière avec les gars.

— Est-ce qu'ils vont se demander pourquoi vous n'y êtes pas allé ce soir ?

— Je ne pense pas. Je n'y vais pas toujours.

— Avez-vous pu parler à Everly ?

— Avant le match. Je l'ai bordée. C'est notre tradition quand je suis sur la route.

Je fonds !

— C'est vraiment adorable.

— Elle me manque tellement quand je suis loin pendant ces longues périodes. Ça craint.

— Ça doit être tellement dur.

— Ça l'est. Onze jours sans ma petite puce, c'est terrible.

— Vous pourriez l'emmener avec vous si vous le vouliez, maintenant qu'elle n'est plus en quarantaine, non ?

— Bien sûr, mais ce serait tellement perturbant pour elle. On a un bon emploi du temps pour elle et d'après ma mère, les enfants s'épanouissent dans la routine. La vie sur la route gâcherait tout ça, alors pour l'instant, elle est mieux à la maison. En plus, j'ai toujours très peur de l'exposer aux microbes. Ce n'est pas comme si quelque chose de magique se produisait au bout d'un an. Son système immunitaire est toujours compromis.

— Vous êtes un père merveilleux, Austin.

— Merci. J'essaie de l'être. Elle est tout pour moi. Mais assez parlé de moi. Parlez-moi plutôt de vous. Je veux tout savoir.

Je ris de la façon intense dont il dit cela, d'une voix bourrue et sexy qui me donne des frissons.

— Je vous en ai dit plus que la plupart des gens n'en sauront jamais sur moi.

— Pareil. Dites-moi quelque chose d'autre.

— Voyons voir... J'ai gagné le concours d'orthographe quand j'étais en quatrième.

— C'est trop sexy.

J'éclate de rire.

— Je peux vous confier un secret ? demandé-je.

— Je vous en prie, allez-y.

— J'aurais arrêté de vous parler si l'orthographe, la grammaire et la ponctuation de vos mails n'avait pas été correcte.

Il frissonne et évente son visage de façon dramatique.

— Vous êtes à cheval sur la grammaire, alors ?

— Pas toujours, mais les gens qui ne connaissent pas la différence entre « son » et « sont » ou « leur » et « l'heure », dis-je en épelant les mots, ne devraient pas être autorisés à quitter l'école.

— Je n'imaginais pas que la grammaire en troisième serait un jour aussi importante.

— Vous aviez de bonnes notes ?

— Bien sûr que non, dit-il en riant. J'ai fait le strict minimum pour me tirer de là, tant au lycée qu'à l'université. J'ai fait deux ans d'université et je me suis inscrit sur les listes de sélection pour les équipes professionnelles. Le meilleur jour de ma vie. Plus d'école. Et vous ?

— J'étais forte pour les études.

— Pourquoi ne suis-je pas surpris ?

— J'adorais l'école. Je réfléchis encore à y retourner pour obtenir une maîtrise en santé publique.

— Vous pensez que vous allez le faire ?

— Je ne sais pas. C'est plutôt agréable de pouvoir faire ce que je veux quand je ne travaille pas. Si je retournais à l'école, tout mon temps libre serait consacré aux études et aux devoirs.

— Que faites-vous pour vous détendre ?

— Je vais à la plage dès que j'en ai l'occasion. J'aime faire du shopping et déjeuner avec ma cousine ainsi que ma sœur lorsqu'elle est en ville. Nous le faisons souvent le samedi. J'aime passer du temps avec ma famille et aller danser.

— Êtes-vous bonne danseuse ?

— J'ai dansé dans un club local de l'âge de quatre ans jusqu'à l'âge de vingt-deux ans.

— C'est un oui, alors.

— Je me débrouille bien. Et vous ?

— Euh, eh bien... je n'ai jamais cassé le pied de quelqu'un, mais je suis un peu maladroit en matière de danse.

— Prudence en matière de danse, alors ?

— Quelque chose comme ça, dit-il en riant.

Il est sexy, gentil et tout à fait parfait. Mais il vit à des centaines de kilomètres de moi et pourrait se retrouver à des milliers de kilomètres si être libre de tout contrat se passe bien pour lui, ce qui sera le cas. Mon sens de l'auto-préservation l'emporte sur mon désir de passer plus de temps avec lui.

— Je devrais probablement aller me coucher. Je travaille demain matin.

— J'aimerais qu'on puisse parler toute la nuit. J'aime parler avec vous.

— Moi aussi, j'aime beaucoup.

— Vous m'enverrez un mail demain du travail ?

— Voulez-vous que je le fasse ?

— Bien entendu, je le veux. J'adore vos mails. Je les ai lus tellement de fois.

J'aime qu'il n'hésite pas à admettre qu'il a relu mes mails. Beaucoup de mecs n'avoueraient pas cela.

— Si j'ai une minute de libre, je le ferai.

— J'espère que oui. Dormez bien.

— Vous aussi.

— Bonne nuit, Maria.

— Bonne nuit, Austin.

J'appuie sur le bouton rouge pour mettre fin à l'appel FaceTime. Pendant un long moment après m'être couchée, je regarde fixement mon plafond rose, assimilant tout ce que je sais maintenant. Anaheim, Seattle, San Francisco, Chicago et Boston sont tous très loin de Miami. Je n'ai jamais eu envie de vivre ailleurs qu'ici. Dee était impatiente d'aller ailleurs. Elle est partie à New York pour l'université et n'est jamais revenue. Domenic Junior était pareil. Ils voulaient tous deux partir d'ici dès que possible. Pas moi. J'aime ma ville natale et je ne veux pas déménager, même pour un gars aussi génial qu'Austin semble l'être.

Je me sens découragée après notre appel FaceTime. J'ai compris que m'enthousiasmer pour un homme que je connais à peine pouvait s'avérer une énorme erreur. J'ai besoin de prendre du recul par rapport à lui et de trouver une certaine perspective.

Sachant qu'il n'y a aucune chance que je puisse dormir avant un certain temps, je fais défiler à nouveau nos messages, en commençant par le premier d'il y a six mois, puis ceux d'hier et d'aujourd'hui, en ressentant la même magie que la première fois que je les ai lus.

Le lendemain, je me force à résister à toute tentation. Je n'écris pas de mail à Austin et je ne consulte pas mon compte personnel pour voir s'il m'a contactée. Je passe toute la journée à essayer de me remettre les idées en place en ce qui le concerne, mais le surlendemain matin, je ne suis pas plus avancée que la veille.

Pendant que je déjeune avec mes collègues, mon téléphone sonne avec un texto de lui. *Je lance ce soir et je ne pense qu'à vous et à pourquoi je n'ai pas eu de vos nouvelles depuis l'autre soir. Je ne veux pas paraître obsédé. Je le jure. Mais je suis inquiet pour vous et il n'y a personne d'autre à qui je puisse demander si vous allez bien. J'ai besoin de me concentrer sur le jeu, mais d'abord je dois savoir si vous allez bien. Alors pouvez-vous juste me dire cela ?*

Je fonds en lisant ce texte et toute la détermination que j'ai accumulée ces deux derniers jours disparaît en quelques secondes. Je lui réponds immédiatement, car il a d'autres choses à faire aujourd'hui et je ne veux pas qu'il s'inquiète. *Je suis désolée. J'avais besoin de souffler un peu et de me remettre les idées en place à votre sujet.*

Et c'est fait ?

Pas vraiment.

Moi non plus. Appelez-moi après le match si vous voulez parler. En attendant, je vais juste dire ceci : vous me manquez. Il inclut les émojis « cœur » et « bisou ».

Je regarde son message en pensant la même chose. *Vous me manquez aussi.*

AUSTIN

Je suis tellement soulagé d'avoir des nouvelles de Maria. Je commençais à m'inquiéter que quelque chose d'affreux lui soit arrivé, ce qui fait partie de ce que la maladie d'Ev a laissé en héritage. Je suis toujours en train d'anticiper les pires scénarios.

— Tu as eu des nouvelles de ton ami ? demande Larry, l'entraîneur des lanceurs.

Je lui ai dit que j'étais inquiet pour un ami qui ne donnait plus de ses nouvelles.

— Oui, j'en ai eues. Tout va bien.

Je range mon téléphone dans le casier, en pensant encore à ce qu'elle a dit. Elle a essayé et pas réussi à se remettre les idées en place à mon sujet. J'ai besoin d'en savoir plus à ce sujet, mais il faudra que cela attende.

— Super, maintenant on peut peut-être parler de ce match que tu commences dans une heure ?

— Allons-y.

Au moment où nous entrons sur le terrain au début de la première manche, je suis dans ma zone, concentré sur la tâche à accomplir. J'ai poussé tout le reste au fond de mon esprit pour pouvoir faire mon travail. C'est comme ça que j'ai réussi à revenir au jeu après la maladie d'Ev, en visualisant tout le reste dans les coins les plus reculés de mon esprit lorsque je lance. Ma thérapeute m'a vraiment aidé avec cela. Elle m'a appris à visualiser l'objectif immédiat et à me concentrer uniquement sur celui-ci pour pouvoir être opérationnel au moment voulu.

Comme la concentration est essentielle pour réussir dans mon travail, les visualisations m'ont été extrêmement utiles. C'est la première fois que je monte sur le monticule avec Maria rangée dans un de ces coins, avec Ev, ma carrière, le fait d'être agent libre et toutes les autres choses qui occupent mon attention entre deux matchs ces derniers temps.

Je me demande si Maria regarde le match, ou si le fait de se remettre les idées en place signifie qu'elle évite tout ce qui a trait à moi.

Je lance quatre manches de trois frappeurs que j'élimine tour à tour et je prends le monticule dans la cinquième, avec un jeu parfait qui dure plus de la moitié du temps. Cela signifie que nous avons retiré tous les batteurs que nous avons affrontés. Je parlais justement de choses qui doivent être rangées tout au fond dans les coins de l'esprit... Les lanceurs ne s'autorisent jamais à penser à lancer des parties parfaites, surtout en plein milieu d'une telle possibilité. Je suis passé à côté de peu dans le passé et j'ai appris à ne pas m'enthousiasmer pour cette possibilité, surtout après le presque raté d'il y a deux saisons qui a été sabordé par une balle de baseball de routine qui a mal tourné dans la neuvième manche.

Personne ne dit un mot à ce sujet et je n'y pense certainement pas en fixant le numéro un de la série des Tigers. Le premier batteur en envoie une au centre du terrain et je retiens mon souffle en attendant que Donny l'attrape, ce qu'il fait. Je sors le batteur suivant sur des frappes, et le troisième bat trop haut dans le champ intérieur. Je fais signe à tout le monde de partir et je l'élimine moi-même avant de retourner à l'abri.

Tout le monde me laisse tranquille entre les manches et c'est ce que je veux. Il fait frais à Detroit, alors j'enfile une veste pour garder mon bras au chaud pendant que nos gars marquent trois points sur les tableaux. Plus de quarante minutes plus tard, je retourne sur le monticule pour la sixième manche. Mon nombre de lancers est encore faible, alors il n'est pas question de me faire sortir, d'autant plus que j'ai un jeu parfait en cours dans la septième.

Je jette un coup d'œil derrière moi et note la concentration féroce sur les visages de mes coéquipiers adorés. Ils savent ce que cela signifierait pour moi – et pour ma candidature en tant que joueur libre – de réussir un match parfait et aucun d'entre eux ne veut être celui qui le gâche. Sachant qu'ils me soutiennent, j'affronte le batteur, qui réagit à mon premier lancer et envoie une balle basse et rapide, que Jose manipule sans problème, retirant le batteur à la première tentative.

Un de moins.

Une heure plus tard, nous entrons dans la neuvième manche avec trois batteurs entre moi et le premier match parfait de ma carrière. La tension dans l'abri et dans le stade a augmenté à chaque manche, ce qui fait que je dois faire un effort énorme pour rester calme et concentré et ne pas m'emballer. Je prends une seconde pour me demander à nouveau si Maria regarde. J'espère vraiment qu'elle le fait et qu'elle sait ce qui se passe. L'idée qu'elle m'encourage me rend heureux pour des raisons auxquelles je ne peux pas penser pour l'instant.

Encore trois éliminations. Tu peux y arriver.

Je me donne à fond face à ces deux premiers batteurs, les éliminant avec des balles tellement rapides qu'ils ne les voient pas venir. Six frappes d'affilée. C'est fini.

Avec un batteur entre moi et un match parfait, j'ai les mains moites. Combien de fois ai-je vu un lanceur se planter sur le dernier batteur ? Trop pour pouvoir les compter. *Ne sois pas ce type, AJ. Fais-le. Termine la partie en beauté.*

Je rejette le signal de Santiago. Il veut une autre balle rapide. Les batteurs doivent s'y attendre. Je choisis le cutter. Le batteur s'élance et rate. J'ai besoin de deux autres prises.

Santiago demande à nouveau une balle chaude.

Je secoue la tête et lance une balle courbe qui atterrit en dehors de la zone de prise pour une balle. Je me ressaisis et lance une autre balle glissante, que le batteur envoie dans les sièges de la troisième base. Deux prises.

Santiago demande un temps mort et s'approche du monticule. Les joueurs de champ intérieur le rejoignent et forment un cercle autour de moi. On tient nos gants sur nos bouches pour que l'autre équipe ne puisse pas lire sur nos lèvres.

— Mets la pression, mec, dit mon receveur. Ils ne peuvent pas te toucher ce soir.

— Vas-y, dit Carlo, le joueur de première base. Tu es en pleine forme avec cette balle rapide. C'est ce que je ferais.

— Très bien.

Ils ont raison. Je serais fou de ne pas utiliser le lancer qui m'a si bien servi pour faire la dernière prise.

Je suis à une prise d'ajouter mon nom à la courte liste des lanceurs qui ont fait des parties parfaites. Je vais y arriver. Je l'espère...

CHAPITRE 6

AUSTIN

Une fois que tout le monde a repris sa place, je fixe la cible que représente le gant de receveur de Santiago, je prends une profonde inspiration et je la relâche en entrant dans ma rotation et en lançant ma balle fétiche. Le son de la batte arrête mon cœur alors que la balle se dirige vers le mur du champ gauche. Je suis presque sûr qu'il s'agira d'un simple jusqu'à ce que Rodrigo s'élance et attrape la balle de volée – et réussisse à la retenir en atterrissant durement.

Mes coéquipiers se déchaînent, m'entourent et deviennent fous.

Avec un grand sourire, Rodrigo revient en courant du champ extérieur et me tend la balle qu'il a attrapée.

Je le serre dans mes bras.

— Merci, mon pote, dis-je.

— Je chiais dans mon froc quand cette balle est arrivée sur moi.

En riant, je lui donne une tape dans le dos et le serre à nouveau dans mes bras. C'est à moi que revient le mérite du match parfait, mais je n'aurais pas pu le faire sans lui et mes autres coéquipiers qui m'ont soutenu en attaque et en défense.

Même les fans des Tigers m'applaudissent chaleureusement, ce que je salue en levant ma casquette alors que nous nous dirigeons enfin vers l'abri.

— Putain de merde, AJ, dit Mick en me serrant dans ses bras. C'était vraiment génial.

— Merci, Coach.

Pendant que les autres célèbrent, Larry attache une poche de glace à mon bras qui englobe mon épaule et mon coude. C'est presque du jamais vu de nos jours pour un premier lanceur de lancer un match complet et je vais payer le prix plus tard. Mais pour l'instant, je ne ressens que de l'exaltation. Lancer un match parfait est un exploit rare qui a toujours été un de mes objectifs.

J'ai envie de trouver mon téléphone, d'appeler mes parents et de voir si Maria a envoyé un texto, mais pour l'instant, je dois accorder toute mon attention aux coéquipiers qui m'ont aidé à réaliser cet exploit.

Les Tigers nous envoient du champagne, ce qui est très classe de leur part. Nous célébrons pendant au moins une heure avant qu'ils ne laissent entrer les médias. Les journalistes se jettent sur moi. Je réponds à toutes leurs questions tout en essayant d'être patient avec eux. Les journalistes du baseball ont été si gentils avec moi quand Ev était malade et je garde cela à l'esprit quand j'ai l'impression qu'ils vont me piéger toute la nuit.

— Ça suffit, tout le monde, dit Mick. Les entraîneurs attendent AJ.

— Merci à tous, leur dis-je alors que Mick m'extrait de la mêlée et me conduit dans la salle d'entraînement où Mary Ellen, coach affectée aux lanceurs, va me frictionner le bras.

— Comment te sens-tu ? demande Mick.

— Plutôt bien pour l'instant.

On sait tous les deux que ça ne va pas durer.

— Quel était le nombre de lancers au final ? demandé-je.

— Quatre-vingt-douze. Onze retraits sur trois prises.

— Ça fait longtemps que je n'en ai pas lancé autant.

— J'allais te faire sortir à cent.

— Il aurait fallu que tu m'emmènes de force.

— J'aurais fait ce qu'il fallait, dit Mick en souriant. Content que tu aies réussi avant d'en arriver là.

— Moi aussi.

Nous savons tous les deux que je viens de me rendre encore plus recherché sur le marché des agents libres avec cette performance, mais nous n'en parlons pas. Toutes les personnes qui travaillent avec les O savent que je vais m'en aller après la saison et il n'y a pas de rancune à ma connaissance. Chacun d'entre eux ferait la même chose à ma place.

Le massage de Mary Ellen est sacrément bon sur mon bras et mon épaule fatigués. Elle utilise ce que j'appelle son baume magique et travaille également sur les muscles tendus de mon cou jusqu'à ce que ceux-ci soient souples et sans douleur.

— Mets de la glace régulièrement pendant les prochaines vingt-quatre heures, me rappelle-t-elle.

— D'accord. Tu es la meilleure, ME.

— Félicitations. C'était passionnant à regarder.

— Merci.

Je me dirige vers la douche et laisse l'eau chaude ruisseler sur mon bras et mon épaule avant de me laver et puis je me dirige vers mon casier, une serviette nouée autour de ma taille. Je prends mon téléphone et j'y jette un coup d'œil rapide pour trouver des centaines de texto d'amis, de famille, d'anciens coéquipiers et d'entraîneurs qui me félicitent. Je fais défiler la longue liste, cherchant un nom dans la marée de textes.

Maria.

Je les ai presque tous parcourus quand son nom apparaît. Son texto est le seul que je lis maintenant.

C'était EXCELLENT ! Je suis si heureuse pour toi ! J'avais peur de respirer dans la 9ème. Je ne peux qu'imaginer ce que tu as ressenti. Incroyable. FÉLICITATIONS !!

Je lui réponds tout de suite.

Merci ! C'est irréel. Tu vas rester éveillée un moment ?

Je me sens un peu coupable de lui demander d'attendre alors qu'elle doit travailler demain matin, mais après la plus grande nuit de ma vie, c'est la seule personne à qui j'ai envie de parler.

C'est fou. Je sais que ça l'est et pourtant... Voilà. Je devrais être au téléphone avec mon papa, qui a fait de moi le lanceur que je suis aujourd'hui, et je vais l'appeler. Mais c'est à elle que j'ai le plus envie de parler.

Je m'habille et passe un coup de fil rapide à mes parents, qui doivent attendre de mes nouvelles.

— Austin, dit mon papa quand il répond à la première sonnerie.

C'était fantastique, putain !

Son enthousiasme est toujours divertissant.

— Merci, Papa. C'était une bonne soirée.

— Tu étais déchaîné, fiston. J'étais complètement bouleversé.

— Il l'était, dit Maman. Il me rendait folle à faire les cent pas et avec ses jurons et ses prières.

Je ris, en imaginant la scène.

— J'imagine.

— Félicitations, mon fils, dit Maman. Nous sommes tellement fiers.

— Merci.

Les rendre fiers a toujours été important pour moi.

— Comment va le bras ? demande Papa.

— Bien pour l'instant. On verra ce que ça donne plus tard. Je dois y aller. Les gars veulent fêter ça.

La dernière chose que j'ai envie de faire, c'est d'aller boire, mais je ne refuserai jamais à mes coéquipiers de faire la fête après une saison frustrante où pas grand-chose ne s'est passé comme prévu. Au moins, on a cette nuit parfaite qu'aucun de nous n'oubliera de sitôt.

— Comment va Ev ?

— Elle va très bien, dit Maman. Papa n'a eu à lire que quatre livres avant qu'elle ne s'endorme.

Je déteste ne pas être celui qui lui fait la lecture, mais mon Papa est le meilleur substitut.

— Merci, les gars. Vous savez... pour tout.

Je ne sais pas ce qu'il serait advenu de moi après Kasey s'ils n'avaient pas réorganisé leur vie pour être là pour Ev et moi.

— On t'aime, Austin, dit Maman.

— Je vous aime aussi.

Je mets fin à l'appel et vérifie si Maria a répondu à mon message – elle ne l'a pas fait – puis je range le téléphone dans ma poche arrière. Je suis le dernier à prendre le bus pour retourner à l'hôtel et quand je monte à bord tout le monde est fou de joie, sifflant et topant pendant que je me dirige vers le siège du fond qu'ils ont gardé pour moi. Nous finissons dans un pub en bas de la rue de l'hôtel. J'ouvre un compte et insiste pour acheter des boissons pour tout le monde.

Une heure plus tard, je vérifie mon téléphone pour trouver le message que j'attendais.

Je vais être debout pendant un moment.

— Je dois passer un appel rapide, dis-je à Santiago. Je reviens tout de suite.

— Tu appelles la personne à qui tu écris dès que tu en as l'occasion ?

— Tu veux aller te faire foutre, oui ?

— C'est à elle qu'il faut le dire, remarque-t-il alors que je commence à m'éloigner. Ça pourrait faire avancer les choses.

Pendant qu'il rit de sa propre blague, je lui fais un doigt d'honneur et traverse le bar bondé, marchant dans la fraîcheur de la soirée de septembre pour appeler Maria.

— Salut, dit-elle quand elle décroche. C'est Monsieur Parfait ?

— Lui-même.

— Comment vous sentez-vous ?

— Ravi et soulagé. Les deux dernières manches étaient tendues.

— Ça ne se voyait pas. Vous étiez si calme et posé.

— En apparence, peut-être. À l'intérieur, je me disais : *Ne fiche pas tout en l'air.*

Son rire chaud et riche me fait frissonner alors que je regarde le ciel, souhaitant qu'elle soit là pour m'aider à célébrer. C'est peut-être la bière et le champagne qui me délient la langue et font sauter mes inhibitions, mais je veux partager cette pensée avec elle.

— J'aimerais que vous soyez là.

— Ah oui ? Vraiment ?

— Oui, je le voudrais vraiment.

— Austin...

— Je sais.

Je ferme les yeux, appuie ma tête en arrière contre la brique extérieure du pub et soupire. Mon bras commence à me faire mal, mais il y a une nouvelle douleur dans ma poitrine qui n'a rien à voir avec le baseball.

— Croyez-moi. Je comprends. J'ai ma propre liste de raisons pour lesquelles c'est une mauvaise idée pour nous deux, mais vous voulez savoir quoi ?

— Quoi ? demande-t-elle, l'air essoufflée, ou peut-être que c'est juste un vœu pieux de ma part.

— Vous étiez la seule personne dont je voulais avoir des nouvelles après le match. J'ai reçu quelque chose comme deux cents textos et le vôtre est le seul que j'ai lu.

— Je ne sais pas quoi dire à ça.

— Je suis désolé de vous mettre dans l'embarras.

— Non, ce n'est pas cela. Tout cela a été tellement...

— Quoi ?

— Excitant, palpitant, amusant...

— Mais ?

Pourquoi est-ce que je pose des questions auxquelles je ne veux pas de réponse ?

— Vous considérez San Francisco, Seattle, Anaheim, Chicago, Boston... Je vis à Miami. Je suis heureuse ici. Ma vie et ma famille sont ici. Je vous apprécie vraiment. J'ai adoré nos mails et tout ce dont on a parlé, mais je ne peux pas me permettre d'être à nouveau blessée. Je ne peux pas. Et je ne veux pas ça pour vous non plus.

— En quatre jours, vous parler est devenu la meilleure partie de ma journée.

— Pareil pour moi et c'est pourquoi je dois arrêter tant que je le peux encore. Dites-moi que vous comprenez.

Maintenant elle a l'air larmoyante et je déteste ça.

— Je comprends, mais, Maria... S'il vous plaît, dites-moi qu'on peut encore se voir pendant que je suis à Miami. Si je disais à l'équipe que la donneuse de moelle osseuse d'Ev vit à Miami, ils voudraient faire quelque chose... Je n'arrangerai ça que si vous êtes partante. Je veux que le monde entier sache ce que vous avez fait pour nous.

— Je serai heureuse de vous rencontrer et de faire quelque chose pendant le match, mais c'est tout, Austin.

— Je comprends.

La douleur dans ma poitrine s'intensifie alors que je réalise que je ne vais plus lui parler.

— Je veux juste que vous sachiez que vous avez fait bien plus que sauver la vie de ma fille. Vous avez également restauré ma foi en l'humanité. Savoir qu'il y a des gens comme vous... Vous êtes la meilleure, Maria. Ne laissez jamais personne vous dire le contraire. Vous m'entendez ?

Un son qui pourrait être un sanglot sort du téléphone.

— Oui. Je vous entends.

Je ne veux pas mettre fin à l'appel ou couper la connexion avec elle alors que tout ce que je souhaite, c'est aller plus loin avec elle.

— Je suis désolée, Austin.

— Pas moi. Je suis si heureux que nous ayons fait connaissance et je vous aimerai toujours, *toujours*, pour ce que vous avez fait pour Ev. Appelez-moi quand vous voulez. Je serai toujours ravi d'avoir de vos nouvelles.

— Je... je vais y aller maintenant.

J'entends qu'elle pleure et je déteste ça.

— Au revoir, Maria.

La ligne coupe et ma poitrine me fait si mal que je dois frotter la douleur. J'ai l'impression d'avoir perdu l'une des choses les plus précieuses de ma vie et c'est ridicule de se sentir ainsi avec quelqu'un que je n'ai jamais rencontré. Je reste longtemps dehors, à respirer l'air frais et à essayer de me ressaisir.

Je me rends vite compte que je ne peux pas retourner à l'intérieur. J'ai perdu l'envie de célébrer et de faire la fête. J'envoie un SMS à Santiago, lui disant de signer l'addition et de prendre ma carte. *Je retourne à l'hôtel.*

Qu'est-ce qu'il y a ?

Mon bras me fait mal. Je dois mettre de la glace dessus.

Tout le reste va bien ?

Ouais.

Ça ira. J'ai certainement survécu à pire que de perdre quelqu'un qui ne m'a jamais appartenu en premier lieu. Je rentre à l'hôtel et accepte les félicitations de l'homme qui s'occupe de la porte principale.

— C'était quelque chose d'incroyable à regarder, dit-il.

— Merci beaucoup.

Quand il me demande un autographe, je le lui donne, même si j'ai désespérément envie d'être tout seul. Je prends l'ascenseur jusqu'à mon étage et je vais dans ma chambre pour prendre le sac de glace rechargeable que j'utilise après les matchs. Je suis les panneaux jusqu'à la machine à glace, je remplis le sac et je visse le bouchon. Je devrais être aux anges ce soir, putain, mais le match me semble être un lointain souvenir après la conversation avec Maria.

Je retourne dans ma chambre, ferme la porte à clé et m'assois sur le lit en regardant mon téléphone, qui continue d'accumuler les textos de félicitations des heures après la fin du match.

J'ouvre un nouveau message à mon agent, qui a envoyé les siennes plus tôt. Je regarde l'écran pendant un long moment avant de commencer à taper.

Mettez Miami dans les choix pour la saison prochaine.

Je regarde l'écran pendant un long moment avant d'appuyer sur Envoyer.

MARIA

Le lendemain de la partie parfaite d'Austin et de notre décision de ne pas continuer à nous parler tous les jours, je fais quelque chose que je n'ai jamais fait pendant toutes mes années de travail au dispensaire. J'appelle pour dire que je suis malade.

— Ça va ? demande la réceptionniste, Angie.

— Ça va aller. Je me suis réveillée avec de la fièvre et un mal de tête, cependant.

— Prends bien soin de toi et donne-moi de tes nouvelles demain.

— Merci, Ang. Désolée de vous laisser à court de personnel.

— Ça ira ici. Bon rétablissement.

Je me sens tellement coupable de ne pas aller au travail, mais mes yeux et mon visage sont gonflés à force de pleurer et je me sens comme une vraie merde. Je ne mentais pas au sujet de mon mal de tête et j'ai l'impression d'avoir une fièvre due à mon chagrin d'amour. J'ai juste envie de me terrer dans mon lit et de ne jamais en sortir. C'est exactement ce que j'aurais fait si ma famille n'était pas arrivée plus tard dans l'après-midi avec assez à manger pour nourrir une armée.

Ma mère, ma tante Vivian, Nonna et Abuela sont venues pour savoir « ce qui ne va pas avec Maria ».

Et comment savent-elles que je suis « malade » ? Si je devais deviner, Jason est arrivé pour son service habituel du jeudi, a dit à Carmen que j'avais téléphoné en disant que j'étais malade et elle a informé les autres. Je lui revaudrai ça quand je la verrai. Pour l'instant, je dois faire face à quatre femmes très avisées qui peuvent me regarder et voir jusqu'en mon âme, ou du moins c'est ce que je ressens toujours.

— Qu'est-ce qui ne va pas ? demande Maman en tête du défilé dans mon appartement, apportant un ensemble d'odeurs appétissantes qui font gronder mon estomac pour me rappeler que je n'ai pas mangé de la journée. Je n'ai même pas pris de café, ce qui n'a pas aidé mon mal de tête. Maman me prend par le menton et m'examine de près.

C'est une petite bombe aux cheveux foncés, grâce à la magie de la coloration, et aux yeux bruns perspicaces. Je fais environ 15 cm de plus qu'elle, mais ça ne l'empêche pas de me dominer comme elle le fait toujours.

— As-tu fait un test de streptocoque ?

— Je n'ai pas mal à la gorge.

— Ça pourrait être un streptocoque, dit Viv. Une des cuisinières l'a eu la semaine dernière.

La mère de Carmen pose sa main à plat sur mon front.

— Tu es un peu chaude. Tu as pris ta température ?

— Je l'ai fait tout à l'heure et elle était normale. C'est juste un fort mal de tête. Je vais bien.

Je surprends Nonna en train de m'étudier et je *sais* qu'elle voit que je mens.

— Quoi de neuf avec vous, les filles ?

J'ai droit à tous les potins du restaurant et du quartier, ainsi qu'à une assiette de poulet Marsala qui rend mes papilles gustatives dingues de plaisir, peu importe le nombre de fois que je le mange. Mes visiteuses s'assoient avec moi pendant que je mange, chose qui, je le sais, est essentielle pour les faire partir. J'ai envie de leur dire qu'il n'y a rien à voir ici, mais je garde cette pensée pour moi.

— Merci, mesdames, dis-je quand elles se lèvent enfin pour partir, probablement quand elles réalisent que je ne leur dirai plus rien. J'apprécie la visite à domicile.

Nonna est la dernière à partir. Elle me serre dans ses bras et me chuchote à l'oreille :

— Je ne suis qu'à un coup de fil de toi, si tu veux en parler.

Je la serre encore plus fort.

— Merci.

Elle m'embrasse sur le dessus de la tête.

— Je t'aime, ma chérie.

Je cligne des yeux pour éviter les nouvelles larmes, refusant de me laisser aller tant que je ne suis pas seule.

— Je t'aime aussi.

Je ferme la porte et la verrouille, appuie ma tête contre et laisse les larmes couler sur mon visage. Comment puis-je regretter un homme que je n'ai jamais rencontré ? Comment puis-je vouloir aller plus loin avec quelqu'un que je connais à peine ? Comment puis-je avoir le cœur brisé alors qu'il ne s'est rien passé ?

Si je me sens aussi mal après quatre jours de conversation avec lui, j'ai bien fait de couper le courant quand je l'ai fait. Ça ne serait pas allé en s'améliorant. Ça, c'est certain.

Comme je me suis donné cette journée pour me vautrer dans la tristesse, je dévore tout ce qui est écrit en ligne sur son match parfait. Je fais travailler mon iPad en faisant défiler toutes les histoires sur son incroyable exploit. Il est évident que les journalistes de baseball l'aiment bien, vu la façon dont ils parlent de lui.

L'un des journalistes de baseball du *Baltimore Sun* a écrit un article d'opinion sur la façon dont Austin a assuré son billet pour quitter la ville sans retour grâce à son incroyable performance à Détroit. *Les fans des O savaient que ce jour viendrait, mais il ne sera pas plus facile de dire au revoir à un joueur qui a su se faire une place dans nos cœurs, sur le terrain et ailleurs. Nous n'oublierons pas de sitôt la bataille épique que lui et sa famille ont menée pour sauver la vie de sa fille, ni le sentiment de victoire que nous avons tous ressenti en apprenant qu'elle était en rémission.*

De mauvaises choses arrivent tout le temps à de bonnes personnes. Austin Jacobs vous le dirait. Mais parfois, les bons finissent premiers et pour ma part je continuerai à encourager notre « AJ », où qu'il atterrisse la saison prochaine.

Bien joué, n° 10. Très bien joué.

Je m'effondre en larmes et en sanglots qui secouent mon corps. Je déteste tellement cela. C'est le pire sentiment au monde, encore pire, d'une certaine manière, qu'après que Scott m'ait trompée. Peut-être parce que je n'ai jamais *rien* eu avec Austin, et pourtant, je sais qu'il aurait été *mon univers*.

CHAPITRE 7

MARIA

*J*e pleure jusqu'à m'endormir et je me réveille un peu plus tard quand quelqu'un frappe à ma porte. En gémissant, je m'arrache du lit, passe mes doigts dans mes cheveux en bataille et ouvre la porte à Carmen et Jason.

— Oh, Seigneur, dit Carmen qui me bouscule lorsqu'elle entre. C'est pire que ce que je pensais.

— Je suis seulement venu parce qu'elle m'y a forcé, dit Jason. Je peux attendre dans la voiture si tu veux.

— C'est bon. Entre.

Qu'est-ce que ça dit de mon état mental que je me fiche que le fiancé de ma cousine me voie dans tous mes états ? Il est blond, beau et gentil. Je l'adore pour elle et c'est aussi un sacré bon ami pour moi.

— Nonna m'a appelée. Elle a dit que tu as le cœur brisé.

— Un peu, peut-être.

Je m'assois sur le canapé et replie mes jambes sous mon corps, serrant dans mes bras un oreiller que Dee m'a donné avec une citation de Marilyn Monroe brodée dessus : « Les sœurs font les meilleures amies du monde. »

— Que s'est-il passé ?

— Il ne s'est rien passé.

— Et pourtant tu as l'air moribonde.

C'est une personne que je ne peux pas éviter, même si j'aimerais beaucoup le faire.

— On a décidé qu'il valait mieux y mettre un frein avant de s'impliquer davantage.

— Tu ne viens pas de lui parler pour la première fois dimanche ?

— Ouais, mais c'est devenu intense très rapidement et nous étions...

Je secoue la tête.

— Ça n'a pas d'importance, dis-je. Arrêter tout ça avant que ça n'empire est la meilleure chose à faire.

— Hmmm, fit Carmen en prenant son expression pensive.

— Quoi ?

— Je me demande juste pourquoi tu arrêterais quelque chose qui te rend heureuse.

— Parce que ! Il considère des équipes *pas du tout près d'ici* pour la saison prochaine, je ne veux pas déménager ailleurs et... Ce n'est tout simplement pas ce que je veux.

— Mais tu l'aimes vraiment bien.

— Oui, je l'aime bien, dis-je en soupirant, mais à quoi bon vivre à des milliers de kilomètres l'un de l'autre ? Ce n'est pas ce que je veux.

— Je comprends cela, dit Jason. Je ne voulais pas vivre à des milliers de kilomètres de Carmen, alors j'ai changé ma vie pour elle.

— Et j'apprécie plus que tu ne le sauras jamais, dit Carmen avec un sourire pour son fiancé. Mais tu veux dire que Maria devrait changer sa vie pour Austin ?

Je dois mettre fin à cette discussion avant que cela n'aille plus loin.

— Je ne l'ai même pas rencontré ! Je ne peux pas penser à des choses comme changer ma vie pour quelqu'un que je n'ai jamais rencontré juste parce que j'aime lui parler. Je ressentirais la même chose si c'était à toi que cela arrivait, Car. Je ne te laisserais pas perdre la tête pour un type que tu n'as jamais rencontré en personne.

— Je t'en remercie, dit Jason.

Je souris pour la première fois depuis qu'Austin a lancé son match parfait.

— Tu peux compter sur moi, Jay. Ne t'inquiète pas.

Carmen semble s'affaisser en réalisant que j'ai fait le bon choix en mettant de la distance entre Austin et moi.

— Je déteste ça, dit-elle.

— Je déteste ça aussi, mais la réalité est ce qu'elle est et je refuse de m'exposer à un désastre en m'impliquant davantage avec un homme qui ne vit pas ici. Tu te souviens comment c'était pour Dee quand elle et Marcus ont essayé de vivre une relation à distance ? Combien de temps ça a duré ?

— Six mois, dit Carmen, avant qu'ils ne réalisent que ce n'était pas faisable.

— Exactement. Et tu te souviens comment elle s'est effondrée quand ils ont finalement rompu ? Pourquoi je m'infligerais ça en sachant comment ça va finir ?

— Je te comprends, dit-elle, semblant aussi déprimée que moi. Mais ça craint.

— Ça craint vraiment.

— Que pouvons-nous faire pour toi ? demande Carmen.

— Rien. Je vais bien. Vraiment. J'avais juste besoin d'une journée. J'ajoute pour Jason : Mais nous devons te former sur comment contenir les ragots dans cette famille.

Je souris pour qu'il sache que je plaisante. En quelque sorte.

— Désolé, mais pour ma défense, j'ai seulement dit à Carmen que tu avais appelé pour faire savoir que tu étais malade. Ce qui s'est passé après ça était hors de mon contrôle.

— C'est de ma faute, dit-elle. J'étais au travail et je savais que je ne pourrais pas venir avant ce soir, alors j'ai demandé à Nonna de venir te voir.

Elle n'a pas besoin d'expliquer comment ça a dégénéré.

— Pas de problème. J'en ai tiré un super poulet Marsala et assez de nourriture pour le reste de la semaine.

— Ta mère n'a pas dépassé les bornes ? demande Carmen timidement.

Nous aimons ma mère, mais elle peut, comme le dit Carmen, parfois dépasser les bornes.

— Pas trop. Elle pense que j'ai un streptocoque parce que l'un des cuisiniers du restaurant l'avait la semaine dernière.

— Bien, dit Carmen. Travaillons avec ça. Ils n'ont pas besoin de savoir la vérité.

— Nonna sait que ce n'est pas une angine.

— Elle ne dira rien. Elle est le tombeau des secrets avec ce genre de choses.

C'est tout à fait vrai. Nonna est géniale comme ça.

— Il n'y a rien à dire. Il y a eu quelque chose et maintenant ce n'est plus le cas.

En disant ces mots, la douleur en moi s'intensifie à nouveau. Je me dis que cela va m'accompagner pendant un moment, alors que je retourne à la vie que je menais avant dimanche. Je peux y arriver. *J'y arriverai.* Après Scott, je me suis jurée de ne jamais laisser un autre homme devenir si important pour moi qu'il ait le pouvoir de m'écraser comme Scott l'a fait. Je m'en sortais plutôt bien avec cette promesse jusqu'à ce qu'Austin se présente.

Jason me jette un coup d'œil.

— Si je peux dire une chose... Sacré match qu'il a lancé hier soir.

— N'était-ce pas génial ? dis-je.

Et je me remets à pleurer, sanglotant sur Carmen quand elle me prend dans ses bras.

— Je suis désolé, dit Jason. Je ne voulais pas...

— Ce n'est pas toi.

J'essuie mes larmes sur la manche de mon sweat-shirt.

— Ça arrive souvent depuis hier soir. Pourquoi n'aurait-il pas pu se révéler être un connard ?

Carmen hoche la tête, en phase avec moi comme toujours.

— C'est vrai, hein ? Ç'aurait été tellement mieux.

— Je ne comprendrai jamais les femmes, dit Jason, me faisant rire pour la première fois de la journée.

— Comme ça on aurait pu le détester, explique Carmen. Ça craint encore plus parce que Mari sait que c'est un type bien et qu'elle ne peut pas l'avoir.

J'utilise mon pouce pour désigner Carmen.

— C'est exactement ça.

— Ah, répond Jason. Bizarrement, je comprends maintenant.

— Tu n'es peut-être pas une cause perdue, dit Carmen en lui souriant.

— Nous devrions y aller et laisser Maria se reposer, dit-il.

— Je suis contente que vous soyez venus. Ça m'a fait du bien de vous voir.

Carmen me serre fort dans ses bras.

— Nous sommes là si tu as besoin de *quoi que ce soit*.

— Je le sais. Merci.

Je les raccompagne jusqu'à la porte, les enlace tous les deux et les regarde partir.

— Appelle-moi demain, dit Carmen.

— D'accord.

Je ferme et verrouille la porte, éteins les lumières et vais me coucher sans faire aucune des choses que je fais habituellement quand je travaille le lendemain. Je vais peut-être prendre un jour de plus pour moi demain avant de reprendre ma vie et de bosser samedi soir comme serveuse au restaurant. Je ne peux pas me permettre de manquer un service.

Avant que je puisse culpabiliser, j'envoie un texto à Angie. *Je me sens toujours mal. Je vais prendre la journée de demain aussi, mais je serai de retour lundi. Désolée pour ça.*

Pas de soucis. Bon rétablissement.

J'enlève l'alarme de mon téléphone et me calfeutre dans mon lit, en souhaitant pouvoir éteindre mon cerveau aussi facilement que j'ai coupé l'alarme. Ne serait-ce pas génial ? Pouvoir faire glisser quelque chose sur un écran pour éteindre toutes les pensées qu'on ne souhaite plus avoir. Je paierais cher pour avoir cette capacité en ce moment. Mais puisque ce n'est pas possible, je me complais à penser à Austin, aux confidences que nous avons partagées, à l'amour dont il m'a comblée et au sentiment de bonheur que j'éprouvais chaque fois que je lisais un de ses messages sincères.

Il se passera très longtemps avant que je ne cesse de penser à tout cela et je ne les oublierai jamais, ni lui ni Everly.

AUSTIN

Tout part en couille après que Maria et moi avons décidé de tout arrêter pendant qu'il en était encore temps. On n'a pas gagné un match depuis Detroit et je me suis fait démolir lors de mon match suivant à Seattle. Mick m'a sorti à la quatrième manche après que j'ai raté cinq putains de points. Je n'aurais pas pu trouver la zone de prise même si ma vie en dépendait et tout ce que je lançais était de la pure merde. Je suis sûr à cent pour cent que c'est de la faute de Maria. Je ne pense qu'à elle, même quand je devrais vraiment penser à autre chose, comme par exemple pourquoi je n'arrive soudainement plus à lancer correctement dans la zone de prise.

Ça a toujours été comme ça pour moi. Quand ma vie personnelle est en pagaille, je suis nul sur le monticule. C'est pourquoi je n'ai même pas essayé de revenir l'année dernière après le diagnostic d'Ev. Je savais que ça ne servirait à rien.

— Je ne sais pas ce qui t'arrive, me dit Mick lors d'une réunion qu'il a demandée le premier jour de notre retour à Baltimore. Mais quoi que ce soit, *règle ça*. Tu n'es pas arrivé jusqu'ici pour foutre en l'air tes chances maintenant.

C'est la première fois qu'il fait la moindre allusion à ce qui m'attend à l'intersaison. Comme les O ne sont pas vraiment dans la course pour me garder dans leur équipe, lui et moi avons fait tout notre possible pour éviter de parler de l'éléphant dans la pièce.

— J'ai compris, Coach.

— Tu es un type bien, AJ. L'un des meilleurs lanceurs que j'aie jamais vu dans ce jeu. Tout est possible pour toi et tu le *sais*, putain. Sors ta tête de ton cul et finis cette foutue saison, d'accord ?

— Oui, d'accord.

— Bien. Maintenant, fous le camp d'ici.

Je quitte le bureau de Mick et je percute presque Santiago derrière la porte.

— Aïe, chuchote-t-il.

— Il n'a rien dit que je ne sache déjà.

— Qu'est-ce qui se passe avec toi, de toute façon ? Tu étais au top à Detroit et puis tu merdes à Seattle. Comment ça peut arriver pratiquement du jour au lendemain ?

Je sais exactement comment ça s'est passé, mais il n'y a rien à faire, je n'arrive pas à trouver un moyen d'arranger ça à temps pour lancer encore une fois ici à Baltimore et ensuite pour la dernière fois dans un uniforme des O à Miami, la ville natale de Maria, où je pourrai la rencontrer en personne.

Ce qui devrait tout arranger. *Mon cul, ouais.*

— J'y travaille, dis-je à Santiago. Je te vois demain.

— À plus tard.

Je rentre à la maison après l'entraînement et la réunion avec Mick, impatient de voir ma fille chérie. Elle me fait toujours me sentir mieux, peu importe ce qui me déprime. En traversant la ville jusqu'à mon appartement à Fells Point, je réalise que j'ai menti à Santiago. Je ne travaille pas sur cette histoire, parce que je ne peux pas parler à la seule personne qui pourrait arranger ce qui ne va pas chez moi. Elle est hors limites et elle me manque terriblement.

Croyez-moi, je sais que c'est insensé de pleurer la perte de quelque chose que je n'ai jamais vraiment eu. Je me sens plus mal de perdre Maria après quatre jours que de rompre avec Kasey, avec qui j'étais depuis trois ans et qui est la mère de mon enfant. Ceci me fait davantage souffrir que ma relation précédente ne l'a jamais fait, probablement parce que j'étais plus connecté avec Maria sans même l'avoir touchée.

Ce n'était pas comme cela avec Kasey, qui était amusante, drôle, sexy et qui ne pensait qu'à s'amuser.

Maria est toute en substance et en profondeur, ce qui est exactement ce dont j'avais besoin après l'épreuve de la maladie d'Everly.

Il n'y a vraiment aucune comparaison possible entre les deux femmes, sauf pour noter que Maria a comblé un besoin en moi que je n'avais pas réalisé avoir avant de la rencontrer. Et maintenant, elle n'est plus là et elle me manque cruellement. Je donnerais n'importe quoi pour pouvoir décrocher le téléphone et entendre sa voix, l'écouter rire et lui raconter tous mes petits problèmes.

Je me gare dans le garage situé sous l'immeuble et je prends l'ascenseur jusqu'au cinquième étage, où mes parents et moi occupons des appartements côte à côte que j'ai achetés après que la rupture avec Kasey m'obligea à réorganiser ma vie entière. Avoir mes parents à côté de chez moi m'a sauvé la vie de toutes les façons possibles. Je frappe à leur porte et j'attends, même si j'ai une clé. Nous sommes respectueux les uns des autres, ce qui est essentiel pour le succès de notre arrangement.

Maman vient à la porte avec Ev dans ses bras.

Everly pousse un cri quand elle me voit et se lance dans ma direction.

Je l'attrape avant que Maman ne la fasse tomber.

— Franchement, Ev, s'exclame Maman. Je t'ai déjà dit de ne pas faire ça. Et elle ajoute à mon intention : J'ai peur de la faire tomber.

Je devrais la réprimander pour s'être mal comportée avec Maman, mais je ne peux pas le faire, comme je viens juste de rentrer à la maison après onze jours interminables. Je suis tellement heureux de la voir. Quand je suis rentré de l'aéroport tard hier soir, je me suis glissé dans le lit d'Ev chez Maman et Papa et j'ai dormi à ses côtés toute la nuit. Je me suis réveillé quand elle m'a bouché le nez et m'a fait sursauter, ce qui est l'un de ses trucs préférés. Elle a piqué un fou rire, ce qui m'a fait rire aussi, bien sûr.

Je suis ma mère dans leur appartement, qui donne sur le pittoresque port du centre-ville de Baltimore, tout comme le mien. Ma mère a les cheveux blonds et courts et une silhouette athlétique qu'elle entretient en jouant régulièrement au tennis dans un club local. Je suis celui qui lui ressemble le plus et je plaisante à propos d'être son préféré, mais bon, je le suis. Je dis tout le temps à mes frères qu'elle m'aime tellement qu'elle a dû emménager à côté de chez moi. Ils savent que je dis n'importe quoi, que sans mes parents pour m'aider avec Ev, je serais complètement foutu.

Everly s'est enroulée autour de moi, s'accrochant à moi comme elle le fait toujours pendant des jours après mon retour de voyage. Bien que j'aime la façon dont elle m'accueille quand je reviens, je déteste être loin d'elle en premier lieu.

— Comment va ma petite puce ?

Elle me serre le cou avec ses bras potelés.

— Elle a fait sa sieste ? demandé-je à Maman.

— Une petite.

Charmant. Cela veut dire qu'elle sera un vrai ogre avant d'aller se coucher.

— Je prépare des spaghettis et des boulettes de viande pour le dîner si vous voulez vous joindre à nous.

— Bien sûr, merci. C'est parfait et ça sent bon aussi. Où est Papa ?

— Dans le bureau.

— Allons dire bonjour à Papy, Ev.

— Papy, dit-elle, l'un de ses mots préférés, avec *Papa*, *Mamie* et *non*. Ce dernier est celui qu'elle préfère le plus. Elle parle tard et les médecins nous ont dit de nous détendre et de laisser venir les choses quand elle sera prête. Ils disent que le retard n'est pas dû à sa maladie, mais je soupçonne que ce soit directement lié puisqu'elle est restée silencieuse pendant le pire de la crise.

J'entre dans le bureau où mon papa est assis, en train d'examiner les journaux du jour tout en fumant l'un des cigares auxquels ma mère a essayé de lui faire renoncer. Il n'a le droit de fumer que dans le bureau car elle déteste l'odeur. Quand il voit qu'Everly est avec moi, il éteint le cigare. Il ne fume jamais quand elle est dans la pièce. Ses cheveux gris et drus sont hérissés et il ne s'est pas rasé depuis deux jours, ce qui ne serait jamais arrivé avant sa retraite.

Mon frère Ash lui ressemble, mais il a les cheveux noirs que mon père avait quand il était plus jeune. Les cheveux de Papa ont grisonné quand Ev était malade. Il peut être dur comme fer, mais quand il s'agit d'Everly, il est comme doux comme un agneau. Sa maladie nous a tous épuisés.

— Comment s'est passée la réunion avec Mick ? demande Papa, allant droit au but avec la nouvelle du jour.

— Il m'a passé un savon, ce à quoi je m'attendais.

Je m'assois dans l'un des fauteuils en cuir que Maman a choisis et je frotte le dos d'Everly pour qu'elle se blottisse contre moi. Elle est toujours tellement soulagée de me voir que je me sens coupable pendant des jours après mon retour à la maison. Je lui donne tout ce qu'elle veut de moi tant que je suis là.

— Que s'est-il passé à Seattle, bon sang ?

Mes parents ne savent pas que j'ai été en contact avec la donneuse d'Ev ni que je suis tombé à moitié amoureux d'elle pendant quatre jours incroyablement géniaux.

— Je ne suis pas sûr. C'était juste une mauvaise partie.

— Dis ça à quelqu'un qui ne te connaît pas aussi bien que tu te connais toi-même. Que s'est-il passé, *bon sang* ?

J'aurais dû savoir que Papa ne me croirait pas. Je n'ai jamais réussi à tromper mon premier entraîneur et l'homme dont la voix est toujours dans ma tête.

— J'ai dû faire face à certains trucs... Il n'y a pas de quoi s'inquiéter. Je m'en sors.

— Il te reste deux matchs pour conclure l'affaire avec ta prochaine équipe. Tu dois garder la tête froide. Ne leur donne pas de raison d'hésiter à te signer.

— Je sais. J'ai compris. J'y travaille. J'ai fait un bon entraînement aujourd'hui. Seattle était un accident.

— J'espère bien !

Pendant qu'on parle, je dessine des cercles sur le dos d'Ev jusqu'à ce que je réalise qu'elle s'est endormie dans mes bras.

— Elle fait dodo. Je vais la coucher, qu'elle se repose un peu avant le dîner.

Je l'emmène dans la chambre que mes parents ont aménagée pour elle afin qu'elle se sente chez elle dans les deux appartements. Je m'allonge sur son lit, la gardant sur mon torse pendant qu'elle dort. J'aime la sensation de son corps chaud et robuste dans mes bras et le parfum de son shampooing pour bébé. Il n'y a aucun doute que mon début de merde à Seattle m'a secoué, mais après ce que j'ai vécu, je relativise. La seule chose qui compte vraiment, c'est qu'Everly soit en bonne santé et s'épanouisse.

Je m'assoupis aussi, me réveillant lorsque Maman entre pour me dire que le dîner est prêt.

J'embrasse Everly pour la réveiller, sachant que si elle dort trop longtemps à cette heure-ci, le moment du coucher sera un cauchemar. Comme toujours, elle est grincheuse au réveil, mais elle est si heureuse de m'avoir à ses côtés qu'elle se reprend pour le dîner. Ensuite, nous rentrons chez nous, où je lui donne un bain et lui lis cinq histoires en la couchant.

Je reste longtemps après qu'elle s'est endormie pour la nuit, parce que j'aime être à nouveau avec elle après les jours de séparation. Je m'arrache enfin à son lit et je vais prendre une douche. Je reste longtemps sous la pomme de douche pluie et cascade, laissant l'eau chaude évacuer la tension que je traîne avec moi depuis une semaine maintenant.

Je ne me suis pas senti aussi mal depuis qu'Ev a été diagnostiquée, même si cela était bien pire que tout ce que j'avais jamais connu. Je continue à me dire que je ne peux pas laisser quatre jours de correspondance et de conversation avec une femme me bousiller à ce point, mais en réalité, c'était bien plus que quatre jours. J'ai passé six mois à penser à elle après ce premier échange et à compter les jours jusqu'à ce que je puisse la contacter sous mon vrai nom et partager qui je suis vraiment avec elle.

J'ai fini par partager plus de choses avec elle qu'avec n'importe qui d'autre hormis ma famille. Le lien que nous avons établi à travers les mots était l'une des choses les plus puissantes que j'aie jamais vécues et je suis perdu sans cela maintenant que je ne l'ai plus.

Mais mon Papa et Mick ont raison. Je dois me remettre la tête à l'endroit avant mon dernier match à Baltimore dans deux jours. Je veux donner le meilleur de moi-même aux fans après la façon dont ils m'ont soutenu ces six dernières années, surtout quand Ev était malade. Lorsque je suis revenu pour commencer le jour de l'ouverture cette année, ils m'ont fait une ovation de dix minutes qui m'a fait pleurer. Je veux partir sur la meilleure note possible, ce qui signifie que je dois sortir le grand jeu.

J'enfile un survêtement et un T-shirt et je prends une bière dans le réfrigérateur avant de me diriger vers le canapé pour regarder SportsCenter. Je vérifie mon téléphone pour la première fois depuis des heures et je vois qu'Aaron, mon agent, a répondu à un texte précédent. Il n'est pas d'accord que Miami devrait être dans les choix possibles et cela fait maintenant plusieurs jours qu'il m'a donné toutes ses raisons.

Je veux quand même l'inclure.

Il me répond immédiatement, ce qui est rare de sa part. *Oui, c'est ce que vous m'avez dit. Ce que vous n'avez pas dit, c'est POURQUOI.*

Des raisons personnelles.

Parlons-en au téléphone demain.

Il va appeler et essayer de me dissuader de considérer Miami, mais je suis sérieux quand je pense aux Marlins. C'est une équipe jeune et dynamique qui a de grandes chances d'être compétitive. Elle a coché la plupart de mes cases, sauf une. Je serais le lanceur numéro deux, derrière leur champion, Joaquin Garcia, le phénomène dominicain qui est dans la course pour le Cy Young Award de la ligue nationale.

Je serais le meilleur dans n'importe quelle autre équipe que nous envisageons et c'est pourquoi Aaron panique à l'idée que j'ajoute les Marlins à notre liste.

C'est drôle comme les choses qui auraient eu de l'importance il y a quelques semaines n'en ont plus maintenant. Je consulte mes mails et je fais défiler les messages jusqu'à ce que je trouve les conversations de Maria. Je remonte aux premiers messages et je les relis tous, comme je l'ai fait tous les soirs depuis la dernière fois que je lui ai parlé. Je ne sais pas pourquoi je continue à me torturer de la sorte, mais je n'arrive pas à perdre cette habitude en ce qui la concerne.

Mon téléphone sonne lorsqu'Erica, la responsable de la promotion de l'équipe, m'envoie un texto sur l'événement que nous allons organiser avant le premier match à Miami. *Bonsoir AJ, j'ai parlé à Maria ce soir et nous avons organisé une brève cérémonie à 12 h 50 sur le terrain avant le début du premier match à Miami à 13 h. Pouvez-vous confirmer qu'Everly et vos parents seront disponibles pour y assister également ? Ce sera EXTRAORDINAIRE. Nous sommes tous impatients.*

Je réponds pour confirmer que l'heure convient et que tout le monde sera là. *Merci de l'avoir organisée.*

Tout le plaisir est pour moi !

Mon cœur s'emballe à l'idée que je vais voir Maria, en personne, dans un peu plus d'une semaine. Je me sens mieux à cet instant que je me suis senti depuis la dernière fois que je lui ai parlé. Mais une autre pensée me vient à l'esprit et m'arrête net. Je vais rencontrer Maria, pour la première fois, devant des milliers de personnes, toute mon équipe, ma famille et probablement la sienne aussi. Cela me paraît une mauvaise idée à tous points de vue.

Je n'aime pas ça du tout. Longtemps après m'être couché, je rumine, je me tourne et me retourne en essayant de décider ce que je dois faire. Je ne suis pas plus près d'une solution le matin quand Ev se glisse dans le lit avec moi et se rendort pendant un moment tandis que je regarde le port de Baltimore, essayant de décider si je devrais demander à Maria de nous rencontrer en privé le soir avant la cérémonie.

Je déteste l'idée de la rencontrer pour la première fois devant tous ces gens et à la fin de cette journée – une journée de match – j'ai réussi à me convaincre que je dois lui tendre la main et au moins lui proposer de nous voir en privé auparavant.

Nous gagnons le match en prolongations, mais je ne rentre chez moi qu'après minuit, alors j'attends le lendemain matin pour lui envoyer un message.

Ev mange ses céréales pendant que je regarde mon téléphone, en espérant que je fais bien de taper un texte à Maria. *Salut, Erica m'a dit que nous étions prêts pour la cérémonie avant le match, mais je me demandais si nous pouvions nous rencontrer la veille ? Je déteste l'idée d'avoir des milliers de personnes qui regardent la première fois que nous nous rencontrons en personne...*

Et je déteste ce message presque autant. J'ai tellement de choses à lui dire que les mots sur l'écran me paraissent stupides et inadéquats. Avant de pouvoir changer d'avis, j'envoie le message.

Everly et moi passons l'heure suivante à jouer dans sa chambre, ce qui consiste essentiellement à la laisser m'habiller en princesse et à me mettre du faux rouge à lèvres. Nous prenons le thé et je reste assis pendant qu'elle fait semblant de me peindre les ongles comme ma mère lui fait à elle.

— Papa joli.

C'est un nouveau mot que j'accueille avec un soulagement presque douloureux.

— Pas aussi joli qu'Everly.

— Papa bête.

Deux nouveaux mots, en fait. Je la serre dans mes bras, l'embrasse et l'agace avec ma réaction exagérée.

— Non, Papa.

Elle me repousse et attrape ma main pour finir la manucure.

Mon téléphone sonne avec un texto et bien que je meure d'envie de le vérifier, je donne à Ev toute mon attention jusqu'à ce qu'elle se lasse de jouer à la manucure. Puis je me jette sur le téléphone et vois que le message est de Maria.

Je dévore ses mots. *J'aimerais vraiment cela, aussi. J'étais un peu inquiète de ce que ça ferait de se voir pour la première fois devant tous ces gens.*

Elle ne se doute pas qu'avec ce message, elle m'a donné un nouveau souffle.

Je réponds tout de suite. *Nous atterrissons vers 16 h vendredi. On joue samedi, dimanche et lundi à Miami, ce qui est une configuration bizarre, mais cela arrive parfois en fin de saison. Je peux vous inviter à dîner ?*

Je fixe le téléphone pendant ce qui me semble être une heure, attendant qu'elle réponde. Ce ne sont en fait que cinq minutes, mais elles me semblent interminables.

Bien sûr, on peut faire ça. Ou je peux cuisiner chez moi.

Ça me semble bien aussi. J'aime l'idée de la rencontrer en privé et d'avoir la chance de passer du temps seul avec elle. Depuis que j'ai lancé le match parfait, j'ai eu beaucoup de presse nationale et il y a une possibilité que quelqu'un me reconnaisse si nous sortons en public. Je détesterais cela et je suis presque sûr qu'elle aussi.

Everly vient, n'est-ce pas ?

Je viens de Tampa avec l'équipe. Elle et mes parents arrivent par avion samedi matin.

Ah, je vois. Donc juste nous, alors.

Est-ce que ça va ?

Oui, bien sûr. J'ai hâte de vous voir.

Pareil. Je veux lui dire qu'elle me manque tellement, mais je ne le dis pas. Je ne peux pas le dire, même si c'est vrai. Je le lui avouerai peut-être quand je la verrai vendredi soir.

Mon Dieu, comment vais-je supporter d'attendre une semaine de plus ?

CHAPITRE 8

MARIA

*A*près une semaine interminable qui a été une vraie torture, je quitte le travail le vendredi que doit arriver Austin et me rends au restaurant pour récupérer le repas à emporter que j'ai commandé plus tôt. Je suis une bonne cuisinière, mais il n'est pas question de risquer un désastre ce soir, même si cela signifie répondre à un million de questions de ma famille sur qui je reçois.

C'est déjà bien assez que tout le monde vienne au match demain, après que mon père a vendu la mèche sur les plans de l'équipe pour m'honorer.

— Comme si on allait rater ça, répond Abuela quand je leur dis qu'ils ne sont pas obligés de venir.

Même si Dee, Nico, Milo et moi ne sommes pas techniquement ses petits-enfants, Abuela n'a jamais loupé un événement important de nos vies. Pourquoi est-ce que je m'attendrais à ce qu'elle commence maintenant ?

Je me gare à l'arrière de chez Giordino et me faufile par la porte de derrière, allant directement à la cuisine où je trouve mon oncle Vincent en train de préparer une commande à emporter.

— Bonjour, toi.

— Oh, bonjour, ma chérie. C'est ta commande. J'attends juste que du pain frais sorte du four pour toi.

— Merci beaucoup.

Je sors mon portefeuille.

— C'est pour moi, chérie.

— Tu n'es pas obligé de faire ça !

— Je sais, mais j'en ai envie, alors tu dois me laisser faire.

— Merci, mais la prochaine fois, je paye.

— On se disputera à ce sujet le moment venu.

Je me mets sur la pointe des pieds pour l'embrasser sur la joue.

— Tu es le meilleur.

— Comment te sens-tu ?

Chaque membre de ma famille m'a posé cette question une centaine de fois depuis que j'ai pris deux jours de congé la semaine dernière.

— Je vais bien. Retour à la normale.

Ce n'est pas vrai, mais c'est ce qu'il a besoin d'entendre.

— C'est une bonne nouvelle. On s'inquiétait pour toi.

L'un des cuisiniers apporte le pain emballé dans du papier aluminium. Oncle Vincent l'ajoute au sac en papier Kraft.

— Et voilà, ma chère, tu es prête.

— Merci encore, oncle V.

— J'espère que tu vas passer une bonne soirée, ma chérie. Je te verrai au match demain.

Je fais la grimace au rappel de ce que j'ai accepté de faire, m'interrogeant sur la sagesse de cette décision pour la énième fois depuis qu'Austin m'a demandé si j'étais d'accord.

— Je serai là.

Je suis sur le point de m'enfuir discrètement quand Abuela entre par la porte arrière, regarde mon sac à emporter et lève son regard vers mon visage.

— Pour qui achètes-tu le dîner ?

— Un ami de passage qui n'est pas de Miami.

— T'as des amis qui ne sont pas de la ville, toi ?

Amusée, j'embrasse sa joue en passant devant elle.

— Personne que tu connaisses. À demain !

Me dépêchant, je range la nourriture sur le siège arrière et monte dans ma voiture, impatiente de partir avant que quelqu'un d'autre ne tente de comprendre mes plans. Oui, j'aurais pu commander ailleurs, mais je voulais ce qu'il y a de meilleur pour

Austin et pour cela, il me fallait venir chez Giordino. Je sors du parking et pousse un soupir, soulagée de ne pas avoir été soumise à une pire inquisition.

Mon téléphone sonne et je prends l'appel de Carmen en Bluetooth. Elle est la seule à qui j'ai parlé de mes plans pour ce soir. Je suppose que Jason le sait aussi, mais il n'a rien dit quand je l'ai vu au dispensaire hier.

— Tu tiens le coup ? demande-t-elle.

— Je vais très bien. Je viens de récupérer le dîner chez ton père et je rentre à la maison maintenant.

— Tu as décidé ce que tu allais porter ?

— Je vais mettre un jean avec ma chemise noire aux épaules dénudées.

— J'aime bien cette chemise. T'es sexy dans ce haut.

— Je n'essaie pas d'être sexy.

— Pourquoi pas ? Tu dînes avec un mec sexy que tu apprécies vraiment.

— Est-ce qu'on a besoin de revenir là-dessus ?

— Non, on en n'a pas besoin, dit-elle, d'un ton abattu.

Je sais ce qu'elle ressent.

— À quelle heure atterrit-il ?

— Vers 16 h.

— À quelle heure vient-il chez toi ?

— Nous n'avons pas encore fixé d'heure. Il a dit qu'il enverrait un message quand il aura atterri.

— Je veux que tu saches que j'ai entendu ce que tu as dit sur toutes les raisons pour lesquelles ça ne peut pas arriver. Je t'ai entendue et je comprends pourquoi tu te sens comme ça. C'est juste que si ce gars est « le bon », Mari, fais tout ce qu'il faut pour que ça marche. Lance-toi.

Ses mots doux me vont droit au cœur – à mon cœur trop impliqué.

— Plus facile à dire qu'à faire.

— Bien sûr que ça l'est, mais qu'est-ce qui est pire ? Prendre un risque gigantesque ou passer le reste de sa vie à regretter de ne pas avoir eu les couilles d'essayer ?

Avec la question elle tire dans le mille du dilemme insoutenable qui a grandi et s'amplifie avec chaque jour qui passe depuis que j'ai rompu avec lui. Ce n'est pas devenu plus facile avec le temps. C'est devenu beaucoup, beaucoup plus difficile et je suis en fait terrifiée par ce qui se passera quand je le rencontrerai en personne.

— Je t'entends et j'apprécie ce que tu dis.

— Bonne chance pour ce soir. Envoie-moi un message plus tard si tu as besoin de moi.

— Vous avez le truc à l'hôpital ce soir.

Carmen et Jason assistent à une soirée de charité à laquelle Carmen travaille depuis des semaines.

— J'aurai mon téléphone à portée de main. Si tu as besoin de moi, envoie un message. Je suis sérieuse.

— Je le ferai. Merci. Je t'aime.

— Je t'aime aussi.

Je raccroche et m'arrête dans mon allée quelques minutes plus tard. Une fois à l'intérieur, je place le dîner dans des plats à gratin et je les mets au four à température douce. Puis je prends une douche et me maquille à nouveau, en utilisant un mascara waterproof parce que je m'attends à ce que cette soirée soit riche en émotions.

Austin m'envoie un texto à 16 h 50. *Je viens d'atterrir et je me dirige vers l'hôtel. À quelle heure voulez-vous qu'on se retrouve et où dois-je me rendre ?*

Voulez-vous que je vienne vous chercher ?

Pas besoin. Je peux prendre une voiture.

Je lui envoie mon adresse. *Je suis dans le garage converti, derrière les apparts. Venez quand vous voulez. Je suis à la maison.*

Super. J'enverrai un SMS quand je partirai.

J'envoie l'émoji du « pouce levé », mais seulement parce qu'ils n'ont pas encore inventé un émoji qui combine « se pâmer », « avoir la tête qui explose », « rougir » et « faire les yeux doux » pour résumer ce que je ressens en ce moment. Je finis de me préparer, j'enfile des sandales noires à talons carrés et à bouts ouverts et je me regarde dans le grand miroir derrière la porte de ma chambre. À mon avis, j'ai beaucoup trop de fesses et une taille de bonnet de seins de plus que ce que j'aimerais, mais cela semble plaire aux hommes. D'ailleurs, cette nuit n'a pas pour but d'impressionner qui que ce soit.

— Tu racontes tellement de conneries, ce n'est même pas drôle, dis-je à mon reflet.

Dégoûtée par moi-même et en ayant assez de mes propres pensées, je vais dans la cuisine et me verse un verre de Chardonnay. S'il y a jamais eu un moment pour le courage que donne ce liquide, c'est maintenant.

Une heure plus tard, Austin m'envoie un texto pour me dire qu'il est en route et Uber me dit qu'il est à vingt minutes.

C'est une bonne chose qu'il arrive bientôt, parce que j'ai presque fini mon deuxième verre de vin. J'allume la lumière extérieure et je vais à la salle de bains pour faire pipi et me brosser les dents de manière à ne pas le saouler rien qu'avec mon haleine de vin.

J'aimerais pouvoir me calmer, mais chaque partie de mon corps est en alerte maximale alors que vingt minutes deviennent dix, puis cinq, et puis je vois des phares dans l'allée et il est là. Je vais à la porte pour l'attendre et je le regarde monter les escaliers. Il lève les yeux, me voit l'attendre et sourit. Dans les deux secondes qui précèdent son arrivée sur la dernière marche, je réalise que j'ai fait une énorme erreur en me permettant de le rencontrer.

AUSTIN

C'est une journée interminable. C'est la semaine la plus longue que j'ai passée depuis qu'Ev est tombée malade et que le temps semblait s'être arrêté pendant des mois. Compter les jours jusqu'à ce que je puisse voir Maria m'a rappelé quand j'étais enfant et que j'attendais Noël. Seulement, la voir enfin est beaucoup, beaucoup, *beaucoup* plus excitant que n'importe quel Noël que j'ai passé.

Bien sûr, je savais déjà qu'elle était belle, mais elle l'est encore plus en chair et en os. Elle ouvre la porte et m'accueille avec un sourire timide et hésitant qui me dit que je ne suis pas le seul à être nerveux à propos de cette soirée.

Pendant le court vol de Tampa à Miami, je me suis redit que je devais rester calme lorsque je rencontrerai la femme qui a sauvé la vie de ma fille. Mais tout cela est oublié dès que le moment est venu et je ne pense qu'à l'incroyable cadeau qu'elle m'a fait, ainsi qu'à Everly.

— Je peux, euh, vous serrer dans mes bras ?

Encore ce sourire timide qui fait des merveilles sur son magnifique visage.

— Bien sûr.

On se rejoint dans un câlin légendaire. C'est tendre et facile, comme si nous nous étreignions depuis des années, et elle tient dans mes bras comme si elle y était à sa place. Tout en elle me plaît, mais l'attraction physique est secondaire à ce que je sais de qui elle est à l'intérieur.

Ni elle, ni moi n'est pressé de s'éloigner.

— Je sais que je l'ai déjà dit cent fois, mais merci. Merci, merci, *merci.*

— Avec plaisir.

Des mots si simples pour parler du plus grand cadeau qu'on m'ait jamais fait.

Quand on recule enfin, on a tous les deux les larmes aux yeux.

Elle rit en luttant contre les siennes.

— Nous sommes dans un état désastreux ! dit-elle.

— Vous ne pourriez jamais être un désastre.

Je ne peux pas m'empêcher de la regarder. Je suis tellement heureux de la voir enfin, d'être avec elle. Je veux enfouir mon visage dans cette crinière de boucles sombres et respirer son riche parfum jusqu'à ce que j'aie satisfait mon désir. Je pense que ça prendrait pas mal de temps.

— Entrez, dit-elle.

C'est là que je me rends compte que j'ai franchi le seuil de la porte avant de la prendre dans mes bras. *Bien joué, A.J.* Je la suis dans la grande pièce ouverte qui sert à la fois de salon et de cuisine.

— Quelque chose sent bon.

— J'ai triché et j'ai pris le dîner au restaurant. Je n'étais pas sûre de ce que vous aimiez, alors j'ai commandé quelques plats à partager, si ça vous va.

— Bien sûr. J'espère que vous ne vous êtes pas donnée trop de mal.

Elle me regarde, toujours aussi adorablement timide.

— J'ai passé un coup de fil à mon oncle.

Je ris et elle semble se détendre un peu. Du moins, je l'espère. Je ne veux pas qu'elle soit nerveuse en ma présence.

— Qu'est-ce que je peux vous servir à boire ? J'ai de la bière, du vin, des boissons gazeuses, de l'eau.

— Je vais prendre une bière, s'il vous plaît.

Elle sort une bouteille de Sam Adams du frigo et l'ouvre pour moi.

— Un verre ?

— Non, c'est déjà dans du verre.

— C'est vrai.

Maria remplit le verre de vin qu'elle avait déjà sorti et s'assied à côté de moi au bar, sur lequel elle a disposé des crackers et un dip.

— Le célèbre dip aux épinards et artichauts de chez Giordino, dit-elle. Il faut que vous y goûtiez.

— Avec plaisir.

Je plonge un biscuit dans la sauce et j'en prends une bouchée. La saveur riche explose sur ma langue.

— La vache, c'est bon.

— N'est-ce pas ?

Je mange un autre cracker plein de ce dip incroyable.

— Vous avez payé de votre personne en allant au restaurant pour prendre un dîner pour deux ?

— Comment avez-vous deviné ?

— Je suis honoré que vous ayez pris un tel risque pour moi.

— Je voulais que vous ayez le meilleur de Miami et pour ce faire, j'ai dû aller chez Giordino. Mais ce n'était pas si terrible. J'ai seulement vu Oncle Vincent et Abuela.

— C'est le papa de Carmen et sa grand-mère, c'est ça ?

— Oui, dit-elle d'un air impressionné.

— J'ai relu nos mails des milliers de fois. Je pense que je les ai mémorisés maintenant.

— Moi aussi, dit-elle doucement.

Je ne sais pas trop ce qui me pousse à prendre sa main, à lier mes doigts aux siens, mais le besoin de la toucher est irrésistible.

Elle baisse les yeux sur nos mains jointes, son visage s'enflamme d'une couleur qui ne fait que la rendre plus adorable – et plus sexy. Elle a des courbes, elle est douce et belle et...

Vas-y mollo, A.J. Elle a mis un stop à tout ça pour des raisons qui existent toujours.

— Est-ce que ça va ? demandé-je.

— Ça va, mais je dois être honnête, je suis un peu effrayée par tout cela.

Je me tourne sur mon tabouret pour lui faire face.

— Tout quoi ?

— Vous. Ça.

Elle serre ma main et il ne faut rien de plus pour que je bande pour elle.

— C'est un peu déstabilisant, ajoute-t-elle.

— Pour moi aussi. Je ne veux pas que vous pensiez que c'est quelque chose que je fais tout le temps. Ce n'est pas le cas. Je n'ai jamais parlé à *qui que ce soit* comme je l'ai fait avec vous.

— Moi, non plus.

Entendre cela apaise quelque chose en moi et je commence à me détendre.

— Vous ne pouvez pas manger la sauce si vous me tenez la main, dit-elle.

— Regardez ça.

Je pose ma bière et utilise ma main droite pour prendre un autre cracker rempli du délicieux dip, puis je le fais descendre avec une gorgée de bière avant d'agiter mes sourcils vers elle de manière suggestive.

— Je suis doué de mes mains.

Le commentaire réussit à la faire rire et rougir à nouveau, deux choses qui sont rapidement en train de devenir mes choses préférées à faire.

— Que s'est-il passé à Seattle ?

Je fais la grimace.

— Vous avez vu, alors ?

— Ouais.

— C'est vous qui avez fait ça.

— Quoi ? Qu'est-ce que ça veut dire ?

— Après qu'on a parlé cette nuit-là à Detroit et qu'on a décidé de ne pas continuer, j'étais vraiment mal en point.

— Moi aussi.

Elle lève ses beaux yeux bruns vers moi.

— Je me suis fait porter malade au travail les deux jours suivants. Je n'avais jamais fait ça auparavant.

Avec ma main libre, je prends son visage. Sa peau est douce et soyeuse et j'ai tellement envie de l'embrasser que je brûle de ce besoin qui m'envahit dans un tsunami d'émotions que je n'ai jamais connu auparavant. Pas comme cela.

— Maria...

— Je, euh, je devrais vérifier le dîner.

Je recule et lâche sa main, même si c'est la dernière chose au monde que j'ai envie de faire. Mais plus que tout, je ne veux pas blesser cette douce et précieuse femme qui a fait une chose tellement importante pour ma fille. Alors je la laisse partir, je prends une grande inspiration et j'essaie de me calmer. Je dois suivre son exemple. C'est elle qui a dit que cela ne pouvait pas arriver et je dois respecter sa volonté.

Même si je la désire de tout mon être.

MARIA

Je *crève*. Il allait m'embrasser à l'instant et je le voulais. Je le voulais plus que tout ce que j'ai jamais voulu dans ma vie. C'est raté pour mettre un terme à cette histoire entre nous. Dix minutes en sa présence et je lui tiens la main en essayant de ne pas l'embrasser.

Je ne peux pas l'embrasser. Le serrer dans mes bras était déjà bien assez difficile, enfin, façon de parler.

Quand j'ouvre le four, un souffle de chaleur me frappe au visage et m'oblige à penser à autre chose qu'à mon envie d'embrasser Austin Jacobs. Et savez-vous ce qui n'est vraiment pas juste ? Qu'il soit encore plus sexy en personne qu'à la télé. Je pensais qu'il ne pouvait pas être plus sexy qu'il ne l'est dans son uniforme, mais avec une chemise déboutonnée et aux manches retroussées sur des avant-bras musclés, avec un jean qui épouse toutes les bonnes parties de son corps, il est mille fois plus sexy en vrai.

Sans parler du pli qui se dessine sur sa joue droite lorsqu'il sourit, ni du subtil soupçon d'eau de toilette qui me donne envie de m'approcher de lui pour mieux découvrir cette odeur attirante, ni des tatouages qui recouvrent ses avant-bras. Tout cela – son apparence, sa tenue vestimentaire, son odeur, ajoutés à ce que je sais déjà de lui – est presque trop pour moi.

Le fromage sur les lasagnes et le poulet au parmesan bouillonne, ce qui signifie que c'est prêt. Je prends des maniques et des torchons, je sors les plats du four et je les pose sur le plan de travail. Mon appartement est trop petit pour une table et des chaises, alors le comptoir est ma table. Servir le dîner me donne quelque chose à faire en plus de vouloir embrasser Austin.

Tu ne peux pas l'embrasser, quoi qu'il arrive, parce que si tu fais cela, ça va devenir pire que ça ne l'est déjà. Tu te souviens de ces deux jours où tu étais au lit à pleurer parce que tu ne pouvais pas lui parler ? Comment te sentiras-tu quand tu ne pourras plus l'embrasser parce qu'il sera rentré à Baltimore, qui est à des centaines de kilomètres d'ici ?

J'attrape le pain, la salade et une autre bière pour Austin et j'apporte le tout sur le plan de travail.

C'est là que je réalise que j'ai oublié les assiettes et les couverts. Quelle serveuse fais-je ! Je vais chercher ce dont nous avons besoin et le rejoins au comptoir.

Des cuillères de service. Nous en avons besoin aussi. Je me relève pour les prendre.

— On pourrait croire que je n'ai jamais fait ça.

— La seule chose à laquelle je pense est à quel point ç'a l'air bon et ça sent bon.

— Je dois vous prévenir que vous ne pourrez plus manger un seul plat italien ailleurs après ce repas. Les gens viennent de partout pour ça.

— Waouh, maintenant je suis vraiment impatient.

Je lui sers un peu des deux plats et répartis la salade dans des bols.

— La sauce italienne maison est ce que je préfère.

Lorsqu'il prend une bouchée des lasagnes, son gémissement me traverse le corps pour finir en une palpitation entre mes jambes.

Génial, me dis-je en croisant les jambes. *Maintenant, il m'excite lorsqu'il mange. Trouve autre chose sur lequel te concentrer, tu veux bien, s'il te plaît ?* En fait, mon bon sens m'emmerde vraiment.

— Everly est-elle excitée par son voyage à Miami ?

— Très excitée.

— Sait-elle pourquoi vous venez ?

Il boit une gorgée de bière, s'essuie la bouche et hoche la tête.

— Je lui ai dit qu'on allait rencontrer la merveilleuse dame qui l'a aidée à se rétablir. Et que nous sommes très heureux de la rencontrer parce qu'elle a fait quelque chose de si gentil pour nous.

— Vous pensez qu'elle comprend ?

— Pas vraiment. Elle a déjà pris l'avion et adore voler, alors c'est ce qu'il y a de plus important dans son monde. Mais j'espère que vous savez...

Je pose ma main sur son bras.

— Je sais. Je comprends. Elle a trois ans. Heureusement, elle ne se souviendra jamais de tout cela.

— J'en suis reconnaissant tous les jours, parmi bien d'autres choses.

Je sais qu'il parle de moi et de ce que j'ai fait pour eux.

— Essayez le poulet. C'est encore meilleur que les lasagnes.

— Je ne suis pas sûr que ce soit possible.

— Faites-moi confiance.

Il prend une bouchée de poulet et de nouveau, le gémissement.

Oh, bon sang de bonsoir. Je ne peux pas résister à ce gémissement.

— Je vous l'avais dit. Je crois que la moitié de mon cul est dû au poulet au parmesan de chez Giordino.

Et je n'arrive pas à croire que j'ai dit cela à voix haute. *Prends un peu plus de vin, Maria.*

Austin s'étouffe de rire.

— C'est vrai ?

Je suis mortifiée.

— Euh, ouais.

— Et vous pensez que vous n'auriez pas dû dire ça, j'ai raison ?

— Vous avez raison.

— Si vous voulez mon avis, le poulet au parmesan de votre famille a contribué à construire un cul plutôt spectaculaire.

CHAPITRE 9

MARIA

Je m'étouffe avec la gorgée de vin que j'avais à moitié avalée quand il dit cela.

Austin me tape dans le dos.

— Ça va ?

— Ouais, désolée.

— Vous êtes vraiment mignonne, vous savez ?

— Quand j'ai du vin qui sort par le nez ?

— Tout le temps. J'ai beaucoup de mal à ne pas vous fixer du regard maintenant que vous êtes assise à côté de moi. Alors si je vous fixe, dites-le moi et j'essaierai de ne pas le faire. Mais je n'essaierai pas trop fort.

— Bon, d'accord. Si vous me promettez de faire de même pour moi.

Un petit sourire se dessine sur son visage.

— Marché conclu.

On mange en silence pendant que je tente de faire durer mon troisième verre de vin. Vu le commentaire sur mon cul, j'ai déjà plus qu'assez de courage dû à l'alcool que j'ai bu. Il ne me faudrait pas grand-chose de plus pour faire fi de toute prudence et oublier pourquoi embrasser cet homme serait une très mauvaise idée. Je pose le vin et me concentre sur la nourriture, mais ce n'est pas facile non plus, avec tout mon corps dans un état d'agitation induit par Austin Jacobs.

— Vous aviez raison, dit-il après avoir fini presque toutes les lasagnes et une bonne portion de poulet.

— À propos de quoi ?

— Je suis condamné à ne plus pouvoir manger italien ailleurs, après ça.

— Je vous l'avais dit.

Je suis toujours fière de voir à quel point les gens aiment la cuisine cubaine et italienne de chez Giordino.

— Mon oncle et ma tante ont travaillé si dur et ont fait de leur restaurant une véritable institution dans le coin. Beaucoup de gens célèbres y viennent quand ils sont en ville.

— Comme qui ?

— Justin Bieber, Gloria Estefan, Taylor Swift, George Clooney, pour n'en citer que quelques-uns.

— Ce n'est pas vrai ? C'est génial !

— Vous devriez amener votre famille demain soir. Ils vont adorer.

— Ce n'est pas difficile d'avoir une réservation ?

— Ça peut l'être, mais avec des connaissances...

Je me penche plus près de lui et ajoute :

— On peut tout arranger.

— Alors je veux bien arranger une rencontre avec vous.

Je postillonne en riant.

— Ce n'est pas ce que j'ai dit.

— Peut-on reprocher à un gars de tenter sa chance ?

— Oui, on peut.

J'essaie de cacher ma réaction exagérée à tout ce qu'il dit et fait. Je n'ai jamais été aussi attirée par un homme de ma vie. Évidemment, cela arrive avec quelqu'un qui ne vit pas près de chez moi, sans compter qu'il envisage de déménager encore plus loin de moi qu'il ne l'est déjà. C'est plutôt déprimant, en fait.

— Qu'est-ce qui ne va pas ?

Et le fait qu'il voie si clairement en moi n'aide en rien. Je pouvais être furieuse pendant des jours et Scott ne le remarquait même pas. Je sais déjà qu'Austin ne me laisserait pas m'en tirer comme ça.

— Tout va bien.

— Quelque chose ne va pas. Je le vois à ce petit froncement de sourcils que vous faites quand vous êtes embêtée ou contrariée. Je l'ai remarqué sur FaceTime.

— Vous êtes trop pour moi. C'est ça le problème.

Il recule comme si je l'avais giflé.

— Qu'est-ce que vous voulez dire ?

— Je n'arrête pas de me dire que je ne peux pas faire ça. Je ne peux pas vous voir, vous parler et être avec vous, pour toutes les raisons dont nous avons déjà parlé.

— Voulez-vous que je parte ?

— Non, je ne veux pas que vous partiez, et c'est également un problème.

— Il faut m'aider, là, dit-il, l'air aussi confus que moi.

Je mets de côté mon assiette à peine touchée et regarde mes mains, essayant de trouver les mots dont j'ai besoin pour lui dire ce que je ressens. Comme je peux à peine me l'expliquer, c'est plus difficile que ça ne devrait l'être.

— Quand je vous ai dit qu'on ne pouvait plus se parler, ce n'était pas parce que je n'aime pas vous parler. J'aime trop ça.

— Je ressens la même chose.

— Être avec vous en personne...

— Est incroyable.

— Oui.

Je me force à le regarder et ce que je vois émaner de lui est tout ce que je pourrais désirer chez un homme doux et sexy. Je suis attirée vers lui par quelque chose de plus puissant que tout ce que j'ai jamais ressenti et ma résistance s'effrite comme un château de sable emporté par la marée montante.

Il lève la main pour prendre mon visage et me dévisage avec intensité.

— J'ai compris ce que vous avez dit quand vous avez mis fin à la relation pendant que j'étais à Detroit. Bon sang, j'étais même d'accord avec vous pour dire que c'était la meilleure chose à faire. Mais depuis, je me sens comme une vraie merde parce que je ne peux plus vous parler. Je n'arrête pas de me demander comment je peux me sentir si mal d'avoir perdu quelque chose que je n'ai jamais eu en premier lieu. Mais ce que j'ai réalisé, c'est que j'ai eu plus avec vous dans les mails, les appels téléphoniques et les chats FaceTime que je n'ai jamais eu avec quelqu'un d'autre, et tout ce que je veux, c'est *davantage* de cela. *Davantage* de vous.

Maintenant, dites-moi comment je suis censée me souvenir de toutes les raisons pour lesquelles tout cela est une mauvaise idée quand l'homme le plus sexy et le plus tendre que j'aie jamais rencontré me dit ces mots. Je ne peux pas lui résister et un instant avant de faire quelque chose d'irréversible, je me rappelle ce que m'a dit Carmen : *Si ce gars est « le bon », Mari, fais tout ce qu'il faut pour que ça marche.*

Dans ce qui restera sûrement le moment le plus parfait de ma vie, nous nous penchons tous les deux au même moment, nos lèvres s'unissant en un baiser ardent et plein de désir, différent de tout autre premier baiser dans l'histoire des premiers baisers. Il n'a rien de maladroit ou d'hésitant. Comme tout avec Austin, c'est la perfection absolue.

Sans interrompre le meilleur baiser de tous les temps, il m'enlace, m'encourage à me lever et me serre contre son corps musclé. Il n'essaie pas du tout de cacher le fait qu'il bande pour moi, ce qui me donne encore plus envie de lui. Est-ce même possible ? J'enroule mes bras autour de son cou et je gémis quand il passe sa langue contre la mienne. Mon instinct de préservation a disparu. Je ne me soucie de rien d'autre que de continuer à vivre cela, de continuer à vivre cela avec lui. Même si je suis sûre à cent pour cent que c'est toujours une mauvaise idée, je m'en fiche désormais.

— Dis-moi d'arrêter, murmure-t-il.

Pour autant que je sache, des jours, des semaines et des années sont passés depuis que nous avons commencé à nous embrasser. J'ai oublié tout ce qui n'est pas lui. Je peux à peine formuler des pensées, encore moins des mots. Et *arrêter* est le dernier mot que j'ai en tête.

Il appuie son front contre le mien, sa respiration est irrégulière et son visage est rouge.

J'aime qu'il semble aussi déstabilisé que moi après le meilleur premier baiser de tous les temps.

— Tu ne me dis pas d'arrêter.

— Tu as remarqué, hein ?

— Mmm. Je me suis dit que cela n'arriverait pas en venant ici.

— Je me suis dit la même chose.

— Est-ce que se mentir à soi-même est une mauvaise chose ?

— Pas si ça fait autant de bien que ça.

— Maria ?

— Oui, Austin ?

— Je veux t'embrasser encore un peu.

— Moi aussi, je le veux.

— Tu es censée dire non, me dire de partir et me rappeler toutes les raisons pour lesquelles on ne peut pas faire ça.

— Je ne me souviens d'aucune de ces raisons.

Je retire mes mains de ses épaules et les fais glisser le long de ses bras pour saisir ses mains. En le tirant doucement, je marche à reculons vers ma chambre.

— Où est-ce que tu m'emmènes ?

— Dans un endroit plus confortable.

— Tu devrais me mettre à la porte.

— Crois-moi, je le sais.

— Je suis vraiment content que tu ne le fasses pas.

— Moi aussi.

Je lâche ses mains et enlève mes chaussures avant de m'allonger sur mon lit et de l'inviter à me rejoindre.

Il enlève ses chaussures et s'étend à côté de moi, se mettant sur son flanc pour me faire face.

— Salut, dit-il.

— Comment ça se passe ?

— C'est le meilleur premier rencart de ma vie.

— Moi aussi. Sauf que ce n'était pas censé être un rendez-vous en amoureux, tu te souviens ?

— Je me souviens de tout.

Il fait tourner une mèche de mes cheveux bouclés autour de son doigt.

— Sauf que je n'arrive pas à me souvenir pourquoi c'est une mauvaise idée, ajoute-t-il.

— Moi non plus. Je n'arrive pas à me souvenir d'une seule raison.

J'aime son sourire, le sillon qui apparaît sur sa joue et la façon dont ses yeux pétillent d'un rire silencieux.

— Ce n'est pas ce que tu disais il y a deux semaines.

— Je sais, mais c'était avant, et maintenant... Maintenant, je m'en fiche. Depuis la première fois que tu m'as contactée, j'ai ressenti une connexion avec toi qui va bien au-delà de mon don à Everly. Je ne peux pas l'expliquer.

Il continue à jouer avec mes cheveux.

— Je me suis senti plus lié à toi que je ne l'ai été à pratiquement aucune autre personne que j'ai connue. Je me demandais comment c'était possible alors que nous ne nous étions jamais rencontrés, mais c'est la vérité. Et maintenant que je t'ai rencontrée...

— Quoi ?

— Je veux plus.

Il me tend la main et j'y vais volontiers parce que je veux la même chose.

Je n'aurais pas cru possible de dépasser ce premier baiser, mais les deuxième, troisième et quatrième sont de plus en plus torrides, sexy et désespérés. Mon univers se réduit à cette pièce, à ses lèvres, à sa langue et à la pression de son corps contre le mien. Je n'en ai jamais assez et, même en sachant que cette route que j'emprunte pourrait être pavée de désastres, je m'en moque.

AUSTIN

Ses baisers détruisent la détermination que j'ai apportée avec moi en venant chez elle. J'étais décidé à garder les choses platoniques, comme elle le voulait, et à reprendre le cours de ma vie après avoir rencontré la femme qui avait sauvé celle de ma fille. Même si je savais que ce serait l'une des choses les plus difficiles que j'aie jamais faites, j'étais prêt à le faire pour elle. Mais ensuite je l'ai embrassée et le sort en était jeté. Après la façon dont nous nous sommes connectés par les mots, ce n'est pas étonnant que notre connexion physique soit si intense.

Je la veux tellement, mais pas seulement de cette façon. Je la veux de toutes les manières possibles et, après avoir été si gravement échaudé par Kasey, je pensais honnêtement que je n'aurais plus jamais envie de cela avec quelqu'un. Mais j'ai senti que Maria était différente dès les premiers mails, encore anonymes, que nous avons échangés alors que je la connaissais à peine. Comment expliquer autrement pourquoi je ne pouvais pas attendre le premier anniversaire de la greffe où nous pourrions enfin parler librement ?

Ce n'est que lorsque mon besoin de respirer l'emporte sur celui de l'embrasser que je déplace mon intérêt vers son cou, déposant des baisers jusqu'au décolleté profond de la chemise sexy qu'elle porte.

— Tu ne me dis toujours pas d'arrêter.

— Qu'est-ce qu'il y a ? Je ne t'entends pas.

En riant de sa réponse amusante, j'embrasse les collines que forment ses seins généreux tout en passant une main sous l'ourlet de son haut.

Ses doigts glissent dans mes cheveux, envoyant un frisson de désir directement à mes couilles. Bon sang, je brûle d'envie pour elle.

— Dis-moi ce que tu veux, Maria.

— C'est toi que je veux. Je te veux depuis la première fois que tu m'as envoyé un mail, avant même que je connaisse ton nom.

Sa réponse directe est rafraîchissante.

— Je veux la même chose.

Je sens sa main sur mon torse et je baisse les yeux pour voir qu'elle déboutonne ma chemise.

— Je, euh, je ne suis pas vraiment préparé pour ça.

Elle m'offre un sourire qui réussit à être sexy et timide à la fois, une combinaison que je ne savais pas que j'aimais avant elle.

— Je ne le suis pas non plus.

Ok, alors, donc ça va arriver, et... Pouah.

— Je ne peux pas.

Je place ma main sur la sienne :

— Mais ce n'est pas parce que je ne veux pas.

Je baisse les yeux vers elle et j'essaie de trouver les mots dont j'ai besoin pour partager quelque chose avec elle que je n'ai jamais dit à personne.

— Je n'ai pas apporté de préservatifs parce que je ne voulais pas que tu penses que j'avais prévu quelque chose comme ça. Ce n'est pas le cas.

— Moi, non plus. Mais j'en ai.

— Ce qui est génial, mais voilà le truc... Quand j'étais avec Kasey...

Bon sang, il n'y a aucun moyen de dire ça sans donner l'impression que je ne fais pas confiance à Maria, alors que ce n'est pas du tout le cas. Et Kasey est la dernière personne dont j'ai envie de parler en ce moment, mais j'ai des règles pour ces choses-là à cause d'elle, des règles que je ne peux pas enfreindre, même si j'en ai envie avec Maria.

Elle me masse le dos avec une délicatesse qui me donne envie de me vautrer dans sa douceur.

— Dis-moi ce qui ne va pas.

— Je pense qu'elle a dû trafiquer les préservatifs et c'est de là qu'est venue Everly.

— Oh mon Dieu, Austin. Vraiment ?

J'acquiesce brièvement et mon corps tout entier se crispe comme à chaque fois que je pense à cette période de ma vie.

— Je n'ai jamais dit ça à voix haute à quelqu'un avant.

— Je te promets que personne ne l'entendra jamais de ma bouche.

Je la crois et je lui fais déjà plus confiance qu'à n'importe quelle femme avec qui je suis sorti.

— On a fait croire à tout le monde que c'était un accident, mais j'ai toujours été prudent. Je ne fais pas ce genre d'erreur. Je savais déjà que les choses avec Kasey étaient au mieux incertaines et il était hors de question que je cherche à avoir un enfant avec elle. Alors imagine ma surprise quand elle m'a annoncé qu'elle était enceinte.

— Ça a dû être un choc.

— Ça, oui. Je sais qu'il faut être deux pour faire un bébé et je ne regrette pas d'avoir Ev. Mais il y a toujours eu quelque chose de louche dans la façon dont ça s'est passé, surtout que c'est elle qui a acheté les préservatifs. Depuis, les seuls préservatifs que j'utilise sont ceux que j'achète. Ce qui est un truc de merde à te dire, parce que ça donne l'impression que je ne te fais pas confiance, alors que ce n'est pas du tout le cas.

— Je comprends. Je ressentirais la même chose si j'étais toi.

J'apprécie qu'elle comprenne, même si je suis déçu.

— Je suis désolé.

— J'apprécie que tu sois venu ici avec l'intention d'honorer mes souhaits.

— C'est ce que j'ai fait. Je te le jure. Même si j'avais envie de t'embrasser dès que j'ai franchi le seuil de la porte.

— Je le voulais aussi, dit-elle avec un sourire rassurant. Et il y a plein d'autres choses qu'on peut faire sans avoir besoin de préservatifs. Enfin, si tu en as envie...

— Euh, oui, j'en ai envie.

Riant de ma réponse hâtive, Maria retourne à ce qu'elle faisait, déboutonnant ma chemise et la poussant sur mes épaules.

Je l'aide en l'enlevant et en la jetant de côté. Puis je tire sur son haut.

— À ton tour, pour que ce soit juste.

Sans hésiter, elle se redresse et enlève son chemisier, révélant un soutien-gorge noir sexy qui a du mal à contenir une poitrine spectaculaire.

Lorsqu'elle s'allonge sur l'oreiller, j'attrape sa joue, passant mon pouce sur la peau la plus douce que j'aie jamais sentie.

— Je n'oublierai jamais la première fois que j'ai vu ton visage sur la photo que tu m'as envoyée. Je t'ai trouvée éblouissante et maintenant... Maintenant, je sais que ce n'est pas un mot assez fort. Tu es vraiment belle.

Elle me tend les bras et nous nous rapprochons dans une frénésie de lèvres, de langues et de mains qui caressent la peau nue.

Son contact m'enflamme.

Nous nous embrassons pendant des heures, ou du moins c'est ce qu'il semble. Je n'ai aucune idée de l'heure qu'il est et je m'en fiche. L'équipe a instauré un couvre-feu les soirs de match, mais comme il reste trois matchs dans la saison, personne ne se soucie de le faire respecter. C'est aussi bien, parce que je préfère prendre une amende plutôt que de la quitter au moment où les choses deviennent encore plus intéressantes.

— Je veux te toucher partout, murmuré-je contre ses lèvres.

— Je le veux aussi.

Avec chaque baiser et chaque coup de sa langue contre la mienne, je plonge encore plus profondément dans cette histoire avec elle. Bientôt, je ne serai plus capable d'en trouver la sortie et cela me convient parfaitement. Je détache l'agrafe avant de son soutien-gorge et je me régale de ses seins magnifiques et généreux, avec des mamelons rose tendre qui requièrent mon attention immédiate. Je baisse les yeux sur son visage rougi, tandis que j'attrape ses seins et que je passe mes pouces sur leurs extrémités tendues.

— Tu ne me dis toujours pas d'arrêter.

— Quoi ? Je ne t'entends toujours pas.

J'aime cette femme. Je sais que c'est ridicule de ressentir cela pour quelqu'un que j'ai rencontré en personne il y a quelques heures, mais je l'aimais avant même de connaître son nom. Et tout ce que j'ai appris sur elle depuis que nous avons pu communiquer librement n'a fait qu'accroître les sentiments intenses que j'éprouve pour elle. Mais cela n'a rien à voir avec le cadeau extraordinaire qu'elle a fait à ma fille et tout à voir avec ce qu'elle représente pour moi en dehors de cela.

Baissant la tête, je prends son téton gauche dans ma bouche et le tire doucement. Je passe d'un côté à l'autre et je pourrais y passer des jours entiers sans me lasser. Elle est si douce, réactive et sexy. Tellement sexy, putain, que je ne peux presque pas le supporter.

Cette nuit va rester dans les annales comme l'une des meilleures de ma vie et nous n'avons fait que nous embrasser, nous toucher et nous serrer dans nos bras jusqu'à ce que nous nous endormions, bien après minuit. Je n'ai aucune idée de l'heure qu'il est quand je me réveille avec elle dans mes bras, ses seins pressés contre mon torse et ses cheveux en bataille sur l'oreiller. Je regarde ma montre et je vois qu'il est 9 h. Je suis en retard de neuf heures sur le couvre-feu. Et je m'en fiche royalement.

J'embrasse son front.

Elle bouge et la chaleur de son corps contre ma bite dure est un rappel torturant de combien je la désire.

— Je dois y aller, dis-je.

— Je vais te déposer à l'hôtel.

— Je peux prendre un taxi.

— Ce n'est pas nécessaire. Ça ne me dérange pas. Donne-moi juste une minute pour me préparer.

Quand je la lâche, je remarque qu'elle couvre ses seins nus avec son bras, sort du lit et se précipite dans la salle de bains en slip, tenue dans laquelle nous nous sommes retrouvés quand nous nous sommes endormis. Quand nous avons enlevé nos jeans, nous savions, sans avoir à en parler, que si nous ôtions plus, nous ne nous arrêterions pas.

Je m'assois, passe mes doigts dans mes cheveux et cherche mon jean et ma chemise, qui sont tous les deux sur le sol où ils ont atterri la nuit dernière.

J'ai envie de lui demander : et maintenant ? Que se passe-t-il après la meilleure nuit de tous les temps ? J'ai peur de poser la question, parce que je ne veux pas l'entendre dire que c'était une chose sans lendemain qui ne peut pas se reproduire.

Elle revient de la salle de bains en robe de chambre.

— Je t'ai sorti une nouvelle brosse à dents si tu veux.

— Je veux bien. Merci.

Je vais à mon tour dans la salle de bains, en espérant lui laisser le temps de s'habiller. Alors que j'asperge mon visage d'eau froide et que je me brosse les dents, je suis submergé de questions. Mon plan est de prendre cette journée une minute à la fois et de suivre son exemple à elle.

Lorsque je sors de la salle de bains, elle est vêtue de leggings qui épousent ses fesses sexy et d'un débardeur qui met en valeur sa magnifique poitrine. J'aimerais avoir le temps de l'amadouer pour la convaincre de me laisser la remettre au lit, mais ce n'est pas le cas. Je dois grouiller mon cul pour retourner à l'hôtel avant que quelqu'un ne se rende compte que je ne suis pas rentré hier soir.

La vaisselle qui traîne encore sur son plan de travail me rappelle à quel point les choses ont vite évolué hier soir.

— Je me sens mal de te laisser avec tout le bazar à nettoyer.

— Ce n'est pas un problème.

Je la suis, refermant la porte derrière moi tout en me demandant si je reviendrai un jour chez elle. Le fait de ne pas savoir me rend un peu dingue, pour être honnête. Je m'installe sur le siège passager de sa Honda Civic argentée et lui indique l'hôtel du centre-ville de Miami où l'équipe est descendue.

Nous ne disons pas grand-chose, ni l'un, ni l'autre, pendant les quinze minutes de trajet vers la ville et ce silence ne fait que renforcer mon désir de connaître la suite des événements.

— Tu veux que je te trouve une réservation pour le dîner de ce soir ? demande-t-elle en prenant une sortie vers le centre-ville.

— Si ce n'est pas un problème, ce serait génial, lui dis-je, soulagé de savoir que ce n'est pas fini.

— Mon oncle garde toujours quelques tables pour les amis. Ce n'est pas un problème.

— Tu peux te joindre à nous ?

— Je travaille, mais je demanderai votre table.

Je ne sais pas trop comment je me sens par rapport au fait qu'elle nous serve, mais je garde cette pensée pour moi. Si c'est ça ou rien, je le prends.

Elle s'arrête devant la porte principale de l'hôtel quelques minutes plus tard.

— Je suppose que je te verrai au match, dit-elle avec une grimace comique.

— Ça va être génial. Merci de faire cela.

— Pas de problème. J'ai hâte de rencontrer Everly.

— Moi aussi, je suis très impatient que vous fassiez connaissance. Ma mère risque de pleurer quand elle te rencontrera...

— Ce n'est pas grave. Je comprends.

— Je, euh... La nuit dernière était géniale.

J'attrape sa main parce que j'ai besoin de la toucher. Je l'amène à mes lèvres et j'embrasse le dos de sa main.

— Merci, dis-je.

— Tu ferais mieux d'y aller avant d'avoir des ennuis.

— Je n'aurai pas d'ennuis et si j'en ai, ça en valait absolument la peine.

Je me penche sur la console centrale, en espérant qu'elle me rejoigne à mi-chemin.

Elle le fait, me donnant un baiser rapide qui est loin d'être suffisant.

Quand je m'éloigne, je remarque que ses joues sont rouges.

— Je te verrai dans quelques heures, dis-je.

— À tout à l'heure.

Je sors de la voiture et la regarde partir. J'aurais voulu n'avoir nulle part où aller aujourd'hui pour pouvoir passer la journée avec elle. Je vérifie mon téléphone en entrant dans l'hôtel et je vois un texto de ma mère, me disant que leur vol est à l'heure et qu'ils atterriront vers 11 h.

J'ai hâte de voir Ev et je compte les heures jusqu'à ce que je puisse revoir Maria.

CHAPITRE 10

MARIA

En quittant l'hôtel d'Austin, j'appelle Carmen sur le Bluetooth.

— Comment ça s'est passé ?

— Bonjour à toi aussi.

— Allez ! Je meurs d'envie d'avoir de tes nouvelles. Comment c'était ?

— C'était... Car...

— Pas terrible ? C'était pas terrible ?

Je suis si émue que je peux à peine parler.

— Non. C'était tellement bien.

— Oh mon Dieu ! C'est *génial* !

Comme je ne réponds pas, elle dit :

— C'est vrai, non ?

— C'est sûr que ça m'a fait du bien sur le moment.

— Est-ce que tu as, tu sais...

— Non, mais il a passé la nuit avec moi et c'était... *parfait*.

— Où es-tu maintenant ?

— Je viens de le déposer à son hôtel, en ville.

— Passe chez moi. Jason n'est pas là. Il est parti faire un tour avec son club de vélo ce matin.

Comme la dernière chose que je veux est d'être seule en cet instant, je me surprends à accepter.

— Tu veux un café ?

— Quand est-ce que je refuse une telle offre ?

— J'arrive tout de suite.

Après un bref détour pour acheter des cortaditos[1] dans la ventanita préférée de Carmen, je me rends chez elle à Brickell et me gare sur l'une des places réservées aux visiteurs. Elle me donne accès au bâtiment par l'intercom et je prends l'ascenseur jusqu'au septième étage. Carmen est debout dans l'entrée ouverte de l'incroyable appartement qui donne sur la baie de Biscayne. Je serais verte de jalousie si je ne savais pas à quel point Carmen mérite toutes les bonnes choses qu'elle a trouvées avec Jason.

Elle me prend dans ses bras, m'accueille dans leur maison moderne, spacieuse et élégante, et ferme la porte.

— Asseyons-nous dehors. Il fait si beau.

Nous apportons nos cafés sur l'immense terrasse et nous installons sur la chaise longue double que Jason lui a achetée pour Noël.

— Dis-moi tout. Sans rien omettre.

Elle se penche pour me regarder de plus près.

— Euh, c'est un *suçon* ?

Ma main vole pour couvrir mon cou.

— Quoi ? Non.

Ses sourcils levés me disent le contraire.

— Non, ce n'est pas vrai, ajouté-je.

— Si, si.

Je ferme les yeux et j'appuie ma tête contre le dossier du canapé.

— Si bien que ça, hein ?

— Mieux.

Elle pousse un cri à réveiller les morts à un kilomètre à la ronde.

— C'est tellement, tellement cool !

— C'est de ta faute si c'est devenu incontrôlable.

Ses sourcils se froncent de confusion.

— Comment ça, de ma faute ?

— Tu m'as dit de prendre des risques et de foncer, alors je l'ai fait.

— Et maintenant tu le regrettes ?

— Non, pas du tout, mais ça viendra... Quand il retournera à Baltimore et que je serai coincée ici avec les souvenirs d'un type génial que je ne peux pas avoir.

— Maria, tu peux l'avoir. Tu le peux vraiment. Est-ce que tu devras faire quelques changements ? Probablement, mais ce ne serait peut-être pas si mal.

— Comment peux-tu dire cela alors que tu n'étais pas plus prête à bouger pour Jason que je ne le suis pour Austin ?

Le simple fait de dire son nom à voix haute me donne des frissons. C'est dire à quel point je suis mordue de lui.

— J'ai beaucoup pensé à ça depuis que Jay et moi avons fait nos choix. Je pense que s'il avait été obligé de retourner travailler à New York, j'aurais probablement fini là-bas. Peut-être pas tout de suite, mais au final.

— Et tu penses que tu aurais pu être heureuse là-bas ?

— Je pense, dit-elle d'un ton mesuré, que j'aurais été plus heureuse là-bas avec lui qu'ici sans lui.

— Je devance tellement les choses, juste à en parler. C'était une nuit.

— Pourquoi tu minimises la chose ?

— Parce que ! Je flippe ! La seule raison pour laquelle on n'a pas fait l'amour, c'est parce qu'il a un problème avec les préservatifs...

— Quel genre de problème avec les préservatifs ?

— Si je te dis ça, tu ne peux le répéter à personne, c'est sérieux. C'est très important.

— Je te le jure.

Comme on a toujours gardé les secrets l'une de l'autre, je lui dis ses soupçons sur la mère d'Everly et comment elle est tombée enceinte.

— Waouh.

Carmen cligne des yeux et ajoute :

— Tu te vois faire ça à quelqu'un ?

— Non, je ne peux pas, mais elle espérait probablement piéger le riche joueur de baseball, et maintenant il est super prudent.

— Je trouve ça plutôt génial qu'il ne soit pas venu hier soir en étant préparé à cette possibilité. Ça en dit long sur la façon dont il a écouté ce que tu as dit et a respecté ta volonté.

— Oui, je le pense aussi.

— Qu'est-ce qui est prévu ce soir, après le match ?

— Il emmène sa famille au restaurant.

Ce qui me rappelle que je dois envoyer un SMS à mon oncle pour lui demander s'il peut leur obtenir une table. Je m'en occupe avant d'oublier.

Il me répond tout de suite. *C'est comme si c'était fait, ma belle.*

Merci, oncle V ! Bisous.

— Tu ne travailles pas ? demande Carmen.

— Si, mais je vais les servir comme ça je pourrai passer un peu de temps avec eux.

— Pas question. Je vais te remplacer et te donner l'argent.

— Arrête. Tu ne vas pas faire ça.

— Pourquoi pas ? Tu le ferais pour moi. Il n'est en ville que pour ce week-end, Mari. Je suis plus qu'heureuse de travailler à ta place et je n'ai pas besoin d'argent. Laisse-moi faire ça pour toi.

— Vous devez avoir des choses de prévues.

— On n'a rien. On a eu le truc de l'hôpital hier soir et on a fait exprès de garder la soirée libre ce soir.

— Je ne me sens pas à l'aise avec ça.

— C'est dommage parce que c'est ce qui va arriver. Dis à mon père de faire une réservation pour une personne de plus.

— Tu es une emmerdeuse autoritaire.

— Oui, mais tu m'aimes. Maintenant, fais ce que je te dis.

J'envoie un SMS à son père et puis je la regarde, à mes côtés, là où elle a toujours été.

— Merci, Car.

— Je ferais n'importe quoi pour toi.

J'arrive au stade à midi et demi et me gare dans le parking VIP où l'on m'accueille comme si j'étais effectivement une personne très importante. C'est tellement bizarre de venir ici dans ces circonstances, alors que je suis au stade au moins une fois par semaine six mois de l'année. Je n'ai jamais été une VIP, cependant, et le traitement est un peu enivrant.

Valentina, une jeune femme enjouée du département de marketing des Marlins, vient à mon encontre et me fait passer par une entrée spéciale où nous retrouvons Erica, des Orioles.

— Je suis ravie de vous rencontrer, dit Erica en me serrant la main. Nous sommes très heureux d'avoir l'occasion de vous remercier de ce que vous avez fait pour la fille d'AJ.

Alors que je les suis plus loin dans le stade, j'espère avoir suffisamment réussi à cacher le suçon qu'« AJ » a laissé sur mon cou hier soir. J'ai couvert la marque avec du fond de teint et laissé mes cheveux détachés. Je porte une chemise à col V des Marlins avec un short noir et les mêmes chaussures qu'hier soir.

Ah, hier soir... J'ai revécu les heures passées avec Austin des milliers de fois aujourd'hui et je sais déjà que je n'en oublierai jamais une minute. Je suis impatiente de le voir, de rencontrer Everly et ses parents et...

À en juger par la façon dont mon cœur s'emballe, je suis encore en train de brûler les étapes. Je risque de faire de l'hyperventilation, ou quelque chose d'aussi embarrassant, devant des milliers de personnes si je ne contrôle pas la situation – et vite.

— Les avez-vous déjà rencontrés, l'un ou l'autre ? demande Valentina.

— Juste Austin.

Oui, alors, je l'ai rencontré, me dis-je, résistant à l'envie de sombrer dans une hystérie nerveuse.

— Je vais rencontrer Everly pour la première fois aujourd'hui.

— Oh, c'est vraiment adorable. C'est incroyable ce que vous avez fait pour elle.

— J'ai fait ce que n'importe qui aurait fait.

— Je ne pense pas que ce soit le cas, dit Erica. Beaucoup de gens ne se dérangeraient pas pour quelqu'un qu'ils n'ont jamais rencontré et encore moins pour subir une procédure médicale effrayante. Ce que vous avez fait est sacrément héroïque. Tout le monde le pense.

— Oh, eh bien, merci.

Ça me semble toujours bizarre d'être traitée comme une héroïne pour quelque chose qui était une évidence pour moi. Bien sûr que j'essaierais de sauver la vie d'un enfant innocent si je le pouvais.

Les Marlins ont offert des places à tous ceux que je voulais inviter au match. Mes parents, mes frères, mes tantes, mes oncles, mes cousins et mes grands-mères ont prévu d'être là. Ma sœur,

Dee, doit travailler à New York, elle n'a donc pas pu rentrer pour le week-end. Je rejoindrai ma famille dans les tribunes après la cérémonie d'avant-match.

Je me tiens avec Valentina et Erica dans l'un des escaliers qui mènent au terrain et j'écoute le présentateur parler de la surprise qu'il réserve aux spectateurs d'aujourd'hui.

— Il y a quinze mois, Maria Giordino, originaire de Miami, a fait don de moelle osseuse pour sauver la vie d'un enfant qu'elle n'avait jamais rencontré. Cet enfant est la fille du lanceur Austin Jacobs des Orioles et aujourd'hui nous sommes heureux de réunir Maria et l'enfant dont elle a sauvé la vie pour la première fois. S'il vous plaît, aidez les Marlins à accueillir chaleureusement Maria Giordino, Austin Jacobs, sa fille, Everly Jacobs et ses parents, Jeff et Deidre Jacobs !

Valentina et Erica m'accompagnent sur le terrain, où je dois retrouver Austin et sa famille dans le champ intérieur. La foule applaudit frénétiquement.

Alors qu'ils approchent du terrain, Austin se penche pour dire quelque chose à Everly.

Elle lâche la main de son père et court vers moi.

Je la soulève et la serre dans mes bras, étonnée qu'elle soit venue sans hésiter à moi, une parfaite inconnue. Fermant les yeux pour éviter les larmes, je tiens dans mes bras l'enfant dont j'ai sauvé la vie et j'absorbe l'émotion de ce moment incroyable. Son petit corps adorable contre le mien, l'odeur de son shampooing pour bébé et ses bras doux autour de mon cou me remplissent de gratitude pour sa bonne santé.

Les applaudissements se poursuivent pendant un long moment.

Austin nous rejoint et nous prend toutes les deux dans ses bras.

— Te voilà, murmure-t-il à mon oreille. Tu m'as manqué.

Ses mots me remplissent d'une joie déraisonnable.

On se serre tous les trois comme si on était seuls et pas au milieu d'un stade de baseball bondé.

Finalement, il me prend Everly des bras pour que je puisse recevoir les étreintes de ses parents en larmes.

— Merci beaucoup, Maria, dit sa mère. Nous n'aurons jamais les mots...

Son père m'enlace ensuite pendant qu'Austin tient Everly.

— Merci d'avoir sauvé notre petite fille, dit son papa.

Le temps que le présentateur demande une dernière salve d'applaudissements pour « notre héroïne locale, Maria Giordino », nous sommes tous bouleversés.

Nous posons pour le photographe de l'équipe, qui veut des photos du groupe, une d'Austin et Everly avec moi, puis juste Everly et moi.

Le moins que l'on puisse dire, c'est que tout cela semble irréel.

— Je t'enverrai un message après le match, dit Austin quand nous n'avons plus d'autre choix que de nous séparer pour l'instant.

Je hoche la tête pour lui faire savoir que je l'ai entendu et je repars, prenant le même chemin en sens inverse avec Valentina et Erica.

— Merci beaucoup pour tout cela, dit Valentina en essuyant ses larmes, elle aussi. C'était l'une des choses les plus cool qu'on ait jamais eu la chance de faire.

— Merci de m'avoir invitée.

— Laissez-moi vous raccompagner jusqu'à votre famille dans la section VIP.

Elle me fait passer par des couloirs sinueux jusqu'à un ascenseur qui nous mène au sommet du stade, où on me montre l'une des loges de luxe dont j'ai bien sûr entendu parler, mais dont je n'ai jamais fait l'expérience moi-même.

— J'espère que vous et votre famille apprécierez le match, dit Valentina.

— Merci pour tout.

— Tout le plaisir est pour nous.

La loge est pleine des membres de ma famille qui m'embrassent, me félicitent et me remercient de les avoir invités à profiter du salon VIP, qui comprend un buffet et un open bar.

— Je suis si fier de toi, ma chérie, dit mon papa en me serrant dans ses bras.

— Merci, Papa.

— Ça va être dur de retourner aux sièges pas chers après ça, ajoute-t-il.

Nous aimons les sièges bon marché, ainsi que les gens que nous voyons à chaque match. Les détenteurs de billets de saison sont comme une famille après des années passées assis les uns à côté des autres.

— Plutôt cool, la frangine, dit mon frère Nico. Ça, c'est la belle vie.

Ce n'est pas facile d'impressionner mes frères et cela me fait plaisir de les voir apprécier quelque chose que j'ai rendu possible.

Jason et Carmen m'embrassent ensuite.

— Tu étais superbe sur le terrain, dit Carmen. J'ai adoré la façon dont Everly a couru vers toi.

— Je sais ! C'était incroyable.

— Bravo, ma petite, dit Jason en me serrant dans ses bras.

Il a été la première personne à qui j'ai parlé après avoir reçu l'appel de Be the Match et son soutien a été déterminant pour moi alors que je naviguais dans la mer d'informations et de questions. Je ne le connaissais pas encore très bien, mais il s'est tout de suite impliqué et a contribué à me rassurer.

— Merci pour tout ce que tu as fait pour moi pendant cette période.

— Tout le plaisir est pour moi.

Le match est un méli-mélo de gens, de nourriture et de bière alors que l'équipe locale prend l'avantage dans la quatrième manche et tient bon pour gagner, six à trois. Mon papa est furieux d'avoir une fête d'anniversaire pour un ami proche et de ne pas pouvoir revenir demain pour voir Austin lancer son dernier match en tant qu'Oriole. Nous sommes réticents à quitter la loge et lorsque nous finissons par sortir, je me retrouve entre Nonna et Abuela.

— Merci pour cette belle journée, ma puce, dit Nonna. Nous sommes tellement fiers de toi.

— Merci à vous d'être venus.

— On n'aurait manqué cela pour rien au monde, dit Abuela. J'ai pleuré à chaudes larmes quand cette petite fille a couru vers toi.

— Je sais ! Moi aussi. Elle est si mignonne.

— Le papa est pas mal, aussi, ajoute Abuela.

— Ah bon ? Je n'avais pas remarqué.

Elle me donne un coup dans les côtes.

— Menteuse.

— J'ai entendu dire que tu les amènes chez nous ce soir, dit Nonna.

— C'est ça.

— Nous sommes impatients de les rencontrer.

J'espère que je ne fais pas une énorme erreur en amenant Austin et sa famille au restaurant, où mes grands-mères aux yeux de lynx vont nous observer et voir tout ce que j'aimerais garder privé. Mais c'est trop tard pour changer nos plans maintenant.

Je rentre chez moi pour me doucher et me changer et je finis par faire une sieste grâce à laquelle je me sens fraîche et prête à le revoir. Du moins, j'espère être prête. Après être rentrée de chez Carmen, j'ai finalement fait la vaisselle de la veille. C'était amusant de constater à quel point les choses sont passées de chaudes à torrides en quelques minutes et comment la vaisselle et le nettoyage sont devenus le dernier de mes soucis. J'ai même oublié de m'inquiéter d'avoir presque fait l'amour avec lui pour ensuite peut-être ne plus jamais le revoir.

Je sors de la douche pour trouver un texte d'Austin. *La journée a été incroyable. Merci encore de nous avoir laissé te rendre homage. La journée est passée LENTEMENT depuis que tu m'as déposé plus tôt. J'ai hâte de te voir.*

J'ai hâte de te voir aussi. Devine quoi ? Carmen a appris que tu venais au restaurant et a insisté pour me remplacer, pour que je puisse manger avec vous.

C'est une super nouvelle. Je n'aimais pas l'idée de devoir te partager avec d'autres. Il n'est pas encore 7 h ?

Presque.

Ai-je mentionné que j'ai hâte de te voir ?!?!

J'aime qu'il soit aussi excité que moi à propos de tout cela et qu'il n'essaie même pas de le cacher. Je conduis jusqu'au restaurant où nous devons nous retrouver, en pensant à nouveau à ses textos et à la nuit dernière et en me demandant comment ça va se passer avec ses parents et Everly, vis-à-vis de nous. Est-ce que ce sera gênant ou bizarre ou... Une fois de plus, mes nerfs prennent le dessus et je suis dans tous mes états quand j'arrive chez Giordino. Je me gare à l'arrière et j'entre par la porte de derrière. Tante Viv est la première que je vois et elle m'accueille avec une étreinte.

— Voilà la star du jour. Merci pour cet après-midi si amusant.

— Merci d'être venus.

— Nous n'aurions pas raté ça. Nous sommes tellement, *tellement* fiers de toi. J'ai préparé votre table.

Elle me conduit du côté cubain de la maison, à une table qui est en retrait de l'action dans la partie principale de la salle à manger.

— C'est bien, là ?

— C'est parfait, tante V. Merci.

— Je voulais que vous puissiez parler dans le calme.

Carmen nous rejoint, portant l'uniforme de serveuse – chemise blanche, jupe noire et tablier noir – que je n'ai pas vu très souvent sur elle depuis qu'elle a emménagé avec Jason. À part remplacer occasionnellement une serveuse ou un serveur malade, elle ne travaille plus au restaurant depuis un moment.

— Merci encore pour ça, lui dis-je.

— Je suis heureuse de le faire et Jason est content d'avoir une excuse pour venir dîner. Papa va lui donner d'autres leçons de barman.

— Au cas où la neurochirurgie ne lui conviendrait plus ? demandé-je, amusée.

— Papa lui dit que c'est bien d'avoir une sortie de secours.

Ma réplique spirituelle meurt sur mes lèvres avant que je puisse la dire quand je vois Austin venir vers moi, grand, incroyablement beau, me souriant et portant dans ses bras Everly, dont les cheveux blonds bouclés sont en nattes. Elle porte une jolie robe jaune et la vue de son sac à dos qui pend des doigts d'Austin m'attendrit. Ses parents sont derrière lui et Abuela les conduit à la table.

Je réussis à les présenter à Viv, Carmen et Abuela sans bafouiller et sans me ridiculiser.

Je sens les yeux d'Austin sur moi tout le temps que nous parlons aux autres. Viv et Carmen chouchoutent Everly, qui semble dévorer toute l'attention. Et quand vient le moment de s'asseoir, j'aime qu'Austin s'arrange pour être à côté de moi sur la banquette, sa jambe pressée contre la mienne.

Lorsque je sens la chaleur de sa main sur ma jambe, j'ai un mal fou à cacher ma réaction aux autres.

Ce dîner va être très *long*.

CHAPITRE 11

AUSTIN

*M*es parents l'adorent. Je le vois à la façon dont ils sont complètement eux-mêmes en sa présence, mais ça, c'est Maria ! Il est impossible d'être autre chose que sincère avec elle. Ev l'aime aussi et reste longtemps assise avec elle, à colorier le set de table avec les crayons de couleur que la Nonna de Maria a apportés.

Everly adore colorier et Maria est super patiente avec elle, lui accordant une attention sans réserve qui impressionne mes parents – et moi. Qu'est-ce que je raconte ? Quiconque s'intéresse à ma fille capte mon attention, mais Maria l'avait déjà. En la voyant avec Ev, elle me plaît encore plus qu'avant.

Après un délicieux repas, Everly s'installe en boule sur les genoux de Maria, son pouce dans la bouche, signe qu'il sera bientôt l'heure de la mettre au lit. J'ai désespérément envie de passer du temps seul avec Maria, mais je ne suis pas sûr que cela soit possible ce soir.

Je lance le match de 13 h demain et j'ai besoin de dormir, surtout après avoir à peine fermé l'œil la nuit dernière. Mais cela m'énerve d'être assis à côté d'elle pendant des heures et de devoir me tenir à carreau. Je suis presque sûr que mes parents ont pigé, cependant. Ils m'ont l'un et l'autre lancé quelques regards qui m'ont fait comprendre que j'étais nul à chier quand il s'agissait de cacher mon attirance extrême pour la femme qui a sauvé la vie de ma fille.

— On peut ramener Ev à l'hôtel si tu veux rester un peu, Austin, dit Maman.

Ai-je mentionné que ma mère est la meilleure ?

— Euh, bien sûr, ce serait super, si ça ne vous dérange pas.

— Ça ne nous dérange pas, dit Papa. Ç'a été une longue journée avec le vol matinal.

— Merci encore d'être venus, leur dis-je.

— Nous n'aurions raté cela pour rien au monde, dit Maman en remplissant le sac à dos des quelques jouets et livres que nous avons apportés pour distraire Everly pendant le dîner. Il s'avère que nous n'avons pas eu besoin de la plupart parce qu'Everly a été divertie principalement par Maria.

— C'était une belle soirée, Maria. Votre famille est charmante et le repas était excellent.

— Je suis ravie que cela vous ait plu.

Son oncle voulait nous offrir le repas, mais j'ai insisté pour payer – et je laisse un énorme pourboire à Carmen.

Je prends Everly à Maria et la suis, quittant le box, ma fille blottie contre moi comme elle le fait quand elle est prête à se coucher. Elle s'endormira facilement ce soir après cette longue journée chargée sans sieste.

Ma mère commande un Uber avec un siège pour enfant et pendant que nous attendons, nous discutons avec Nonna, Abuela, Vincent et Vivian.

Carmen arrive avec un homme qu'elle nous présente comme son fiancé, Jason Northrup.

— Mon papa aimerait une photo avec toi pour la mettre au mur, Austin, mais il n'ose pas demander, alors je demande à sa place, dit Carmen.

— Bien sûr. Avec plaisir.

Je passe Everly à mon père et je pose pour la photo avec Vincent et Vivian.

— Merci beaucoup, dit Vincent en me serrant la main. Faites-nous savoir si vous revenez en ville. J'aurai toujours une table pour vous.

— Je reviendrai certainement. Vous m'avez condamné à ne plus pouvoir manger avec plaisir nulle part ailleurs.

Quand la voiture réservée par ma mère arrive, Maria et moi les accompagnons. J'installe Everly dans le siège auto, en m'assurant qu'elle est bien attachée. Je l'embrasse sur le front et j'embrasse mes deux parents.

— Merci pour cette merveilleuse journée, Austin, dit Maman.

Puis elle serre Maria dans ses bras pendant un long moment.

— Vous faites partie de la famille pour nous. Pour toujours.

Je vois que Maria est bouleversée par ce que dit ma mère.

— C'était un tel plaisir de vous rencontrer tous les deux.

Elle prend Papa dans ses bras, aussi.

— On se voit au match demain, dit Papa.

— À demain.

Je me suis arrangé pour qu'ils soient assis ensemble demain. Mes parents et Everly rentrent à Baltimore demain soir et je reste pour le dernier match de la saison lundi.

Nous les saluons lorsqu'ils partent en Uber.

— Ils sont géniaux, dit Maria.

— C'est vrai. J'ai eu beaucoup de chance, surtout quand ils ont tout abandonné pour venir à Baltimore après ce qui est arrivé avec Kasey. Je ne sais pas ce que je ferais sans eux.

Je fais un pas vers elle, ayant besoin de la tenir dans mes bras après cette journée interminable. Lorsque je l'enlace, la tension que je portais en moi depuis que je l'ai quittée plus tôt disparaît et il n'y a plus qu'elle.

— Ils t'ont adorée.

— J'ai sauvé la vie de leur petite-fille. Ils sont obligés de m'adorer.

— Pas seulement pour ça. Ils t'adorent.

Nous restons sur le trottoir, nous serrant l'un contre l'autre pendant un long moment.

— Tu veux qu'on s'en aille ?

— Faire quoi ? demande-t-elle.

— Tout ce que tu veux.

— Tu ne dois pas lancer demain ?

— Si.

— Alors tu dois être de retour à l'hôtel très bientôt, non ?

— Pas avant minuit. Nous avons donc deux heures et demie devant nous.

— Tu as le droit d'avoir des invités à l'hôtel ?

— Pas vraiment, mais je ne pense pas que quelqu'un me le reproche à ce stade.

— Il faut que tu gagnes demain, alors on ne devrait rien faire pour gâcher cela.

— Être avec toi va garantir une victoire.

Elle s'éloigne, son expression sceptique.

— Comment ça ?

— Je me sens naturellement euphorique quand je suis avec toi et j'emporterai ce sentiment avec moi sur le monticule demain. Je serai au top après avoir passé ce temps avec toi.

— C'est mettre beaucoup de pression sur moi.

Je hausse les épaules, éhonté.

— Si tu veux que je gagne demain, il faut que tu viennes avec moi et que tu fasses tout ton possible pour que ça arrive.

Elle sourit en levant les yeux au ciel.

— Est-ce que ça marche vraiment pour toi, ça ?

Avec mes mains sur ses épaules, je la regarde droit dans les yeux.

— Je n'ai jamais utilisé cette phrase de drague auparavant.

— Si tu le dis.

— Je te le jure ! Viens avec moi. J'ai besoin de plus de temps avec toi.

— D'accord. Du moment que tu promets de dormir quand je te le dirai.

— Je ferai tout ce que tu me diras. Je te le promets.

Elle prend ma main, la tirant doucement, et je la suis jusqu'à sa voiture dans le parking arrière. Pendant qu'elle me conduit à l'hôtel en centre-ville, je tiens sa main entre les deux miennes.

— Tu étais super avec Ev au dîner.

— Elle est adorable et se comporte tellement bien. Souvent, les enfants veulent courir partout dans les restaurants, ce qui est dur pour le personnel. J'ai toujours peur de faire tomber un plat brûlant sur eux.

— On l'emmène manger au restaurant depuis qu'elle est bébé. Elle connaît les règles, à force.

— On ne dirait pas qu'elle a été malade à la voir maintenant.

— J'essaie de ne pas penser à quoi elle ressemblait chauve, malade et meurtrie par toutes ces aiguilles. C'était l'horreur.

— Je ne peux pas imaginer ce que vous avez tous enduré.

— C'est du passé maintenant, du moins je l'espère. On doit encore faire des analyses de sang tous les trois mois pendant quelques années. J'essaie de ne pas penser à la possibilité que ça puisse revenir.

— Je suis sûre que c'est la pire des peurs.

— C'est affreux. Ils disent qu'elle ne sera pas officiellement guérie avant cinq ans. C'est une longue période, putain, pour s'inquiéter d'une rechute.

— Je suis navrée que vous ayez à vous faire des soucis de la sorte.

— C'est un petit prix à payer pour qu'elle retrouve la santé. Sa maladie m'a changé de toutes les façons possibles. Tout est différent maintenant.

— Comment ça ?

— Avant, j'avais l'impression d'être invincible, tu sais ? À part le truc avec Kasey, j'avais une vie plutôt facile. Les choses avaient tendance à marcher pour moi. Tout ce que je voulais, c'était jouer au baseball et c'est arrivé – et c'était encore mieux que ce que j'aurais pu espérer. Même quand l'équipe ne gagnait pas, je déchirais. J'ai gagné le Cy Young trois fois, j'ai été MVP[1] de la Ligue américaine deux fois... Et puis tout a basculé quand Ev est tombée malade et que j'ai été obligé de me rendre compte que rien de tout cela n'avait d'importance. La seule chose qui compte, c'est que les gens qu'on aime soient en bonne santé et en sécurité.

— Le reste compte aussi, Austin. C'est normal d'être fier de ta carrière.

— Je le suis, mais je ne m'en soucie plus de la même manière qu'avant. La maladie d'Everly a été une énorme prise de conscience et elle a changé mes priorités. Je sais ce qui est vraiment important maintenant et au cas où tu te poses la question, tu es tout en haut de la liste.

— Je ne sais pas trop ce que je dois en penser.

— Qu'est-ce que tu veux dire ?

— Eh bien, ce week-end a été incroyable, mais rien n'a vraiment changé depuis la nuit où nous avons parlé quand tu étais à Détroit.

— *Tout* a changé.

— Comment ça ?

— Je t'ai rencontrée, je t'ai embrassée, j'ai dormi avec toi dans mes bras. Je ne pense qu'à toi.

— Austin...

— Je sais ce que tu te dis et crois-moi, je me dis la même chose. Mais je te veux dans ma vie, Maria, et je refuse de croire que deux personnes raisonnablement intelligentes ne puissent pas trouver un moyen de faire en sorte que ça marche, si c'est ce qu'elles veulent toutes les deux.

Elle ne répond pas, mais je vois à sa mâchoire qu'elle réfléchit à ce que j'ai dit.

À l'hôtel, nous laissons sa voiture au voiturier et entrons ensemble. Je n'ai vraiment, vraiment pas envie de croiser quelqu'un de mon équipe alors que j'ai si peu de temps avec elle. Nous avons de la chance dans le hall et dans l'ascenseur. Mais quand les portes s'ouvrent au sixième étage, Santiago est là. Il nous regarde, Maria et moi, et en quelques secondes, il comprend ce qui m'arrive depuis quelques temps.

— Maria, voici Dante Santiago. Dante, je te présente Maria.

— Enchanté de rencontrer la femme qui a sauvé la vie de la petite Everly, dit-il en lui serrant la main.

— Merci. Ravie de vous rencontrer, aussi.

— Je, ah, j'allais juste prendre une bière.

Santiago monte dans l'ascenseur.

— Je te verrai demain matin, AJ.

— À plus tard.

J'accompagne Maria jusqu'à ma chambre au bout du couloir et je la fais entrer devant moi, soulagé de n'avoir rencontré personne d'autre en chemin.

— Va-t-il dire à tout le monde que tu m'as amenée ici ?

— Non, il ne le fera pas. C'est mon meilleur ami dans l'équipe.

Elle s'approche pour regarder par la fenêtre.

— Oh, eh bien, je suppose que c'est une bonne chose.

Je la suis et je pose mes mains sur ses épaules qui sont tendues.

— Je me fiche que quelqu'un sache que tu es ici, Maria.

J'embrasse le sommet de sa tête.

— Dis-moi à quoi tu penses.

— Mes pensées sont chamboulées.

— Je peux t'aider à y mettre de l'ordre.

Elle rit.

— Non, tu ne peux pas. Tu es la raison pour laquelle elles sont confuses en premier lieu.

Je la fais tourner doucement vers moi.

— Nous allons résoudre cela. Peut-être pas aujourd'hui ou demain, mais je t'assure que nous allons trouver une solution. Si tu veux être avec moi comme je veux être avec toi, alors nous trouverons un moyen.

— Je veux être avec toi...

Avant qu'elle ne puisse nuancer sa déclaration ou ajouter un « mais », je l'embrasse comme j'en meurs d'envie depuis que je l'ai quittée ce matin.

Cela prend une seconde, mais elle m'embrasse à son tour et le même désir intense qui a fait irruption entre nous la nuit dernière est de retour, brûlant encore plus fort que précédemment, si cela est possible. Je veux cette femme comme je n'ai jamais voulu personne auparavant, avec toutes les parties de mon être. Esprit, corps et âme. Elle peut tout avoir de moi.

Nous finissons sur le lit, bras et jambes entrelacés, nos baisers aussi chauds et fous qu'ils l'étaient la nuit dernière et jusqu'au petit matin. Mes lèvres me font mal depuis hier soir et je me demande si les siennes lui font mal aussi. M'éloignant, je regarde son magnifique visage et sa bouche gonflée par les baisers.

— Est-ce que tes lèvres te font mal depuis la nuit dernière ?

— Un peu. Et les tiennes ?

— Oui, oui.

Je l'embrasse plus doucement cette fois, glissant mes lèvres sur les siennes dans la plus légère et la plus tendre des caresses. Cela me fait frissonner alors que j'essaie de contenir mon besoin désespéré d'elle.

— Je dois lancer demain, alors je dois y aller mollo ce soir, lui dis-je entre deux baisers. Mais demain soir... Demain, je veux te voir après le match et être avec toi. On peut faire ça ?

Elle acquiesce, mais je vois encore un soupçon d'hésitation dans ses yeux.

— Je te promets qu'on va trouver une solution et que tout ira bien.

En la serrant contre moi et en respirant son parfum qui me rend fou, j'espère vraiment que c'est une promesse que je pourrai tenir.

MARIA

Je n'avais pas l'intention de passer la nuit avec Austin, mais nous nous sommes endormis à un moment donné et quand je me suis réveillée, c'était le matin et il était parti.

Je trouve une note sur son oreiller. *Bonjour, ma belle. J'ai dû partir tôt, mais reste aussi longtemps que tu veux, prends le room service, détends-toi et profite. Je te verrai après le match. Je t'embrasse, Austin.*

Normalement, je serais en train de me préparer pour le brunch du dimanche au restaurant, mais je ne vais pas le faire cette semaine pour pouvoir rentrer à la maison, me doucher et me changer avant le match. J'envoie un message à Carmen pour lui dire que je ne serai pas là.

Je te trouverai une excuse, me répond-elle. *Tu as encore passé du temps avec Austin hier soir ?*

Oui, j'ai fini par dormir à son hôtel.

Et ???

Des baisers, des câlins et d'autres bonnes choses, mais il lance aujourd'hui, alors on s'est couchés tôt.

Et il passe encore une nuit en ville ?

Deux.

Mon téléphone sonne et je prends l'appel de ma cousine.

— Comment vas-tu ?

— Je n'en ai aucune idée. J'ai agi tout le week-end comme si je n'avais pas à m'inquiéter et il est tellement sûr que nous allons trouver une solution, mais je ne sais pas ce que je fous dans sa chambre d'hôtel, punaise.

— Tu l'aimes beaucoup, Mari, et il est fou de toi. Nous nous en sommes tous rendu compte hier soir.

— Vous vous êtes rendu compte de quoi ?

— De tout ce que tu vois en lui. Il est fantastique, un père merveilleux et plutôt agréable à regarder. Et en parlant de regarder, il ne te quitte jamais des yeux.

— Tu as remarqué tout ça, hein ?

— Oui.

— Je l'aime plus que je n'ai jamais aimé Scott.

— Bien évidemment. Il est un million de fois mieux que Scott et tu es assez intelligente pour le réaliser.

— J'aimerais juste que ce ne soit pas si compliqué.

— Je déteste devoir te le dire, ma petite, mais ce genre de choses est toujours compliqué parce que cela a de l'importance. Il a de l'importance pour toi, sinon les complications ne te gêneraient pas.

— J'essaie de m'imaginer en train de tout plaquer pour un homme, même un qui me plaît autant qu'Austin, et je ne me vois pas faire ça.

— C'est parce que la seule fois où tu as tenté ta chance avec un gars, il t'a complètement déçue. Austin n'est pas comme ça. Il s'est fait avoir par une femme. Il sait ce qu'on ressent et il n'est pas prêt à t'infliger une telle chose, surtout après ce que tu as fait pour sa fille. Je pense que tu es en sécurité avec ce type, Mari.

— Je commence à le penser aussi.

— Alors tu dois juste te détendre et laisser faire les choses.

— J'aimerais bien.

— Fais-le. Tu ne le regretteras pas.

— Comment le sais-tu ?

— Eh bien, je n'en suis pas sûre, mais j'ai un bon pressentiment sur vous deux. Et tu l'as aussi. Dès la première fois que tu lui as parlé, tu as dit que c'était différent avec lui. Tu devrais y croire. Tu as tissé des liens avec lui bien avant de le rencontrer. Qu'est-ce que ça te dit ?

— Ça me dit qu'il est spécial et que je suis idiote de m'inquiéter de choses qui n'ont pas d'importance.

— Eh bien, voilà. Profite de la vie. Laisse-la t'emmener là où tu es censée aller. Je pense tout le temps à ce que j'aurais raté si je n'avais pas tenté ma chance avec Jason, même quand sa vie était en pagaille. Regarde ce que j'aurais loupé.

Elle soulève un bon point.

— Je ne m'attendais pas à tout ça.

— Tu crois que je m'attendais à rencontrer ma deuxième chance en amour quand il s'est pointé à l'hôpital dans une Porsche noire avec une fausse blonde sur le siège passager ?

Je ris de la façon dont elle décrit sa première rencontre avec Jason.

— Non.

— On ne sait jamais comment cela va arriver. Le secret du succès, c'est d'être assez intelligent pour savoir reconnaître une bonne chose quand elle se présente.

— Je t'entends, oh Grand Sage. J'essaie de me détendre, d'en profiter et de ne pas penser à son départ.

— Il n'est pas idiot. Il va revenir.

— Je suppose qu'on verra.

— Quand je repense à tout ce qui s'est passé avec Jason, j'aurais préféré profiter du moment plutôt que de m'inquiéter de tous les obstacles. Ils se résolvent d'eux-mêmes quand quelque chose est censé arriver. Souviens-toi de ça.

— Je m'en souviendrai. Merci pour tout, Car. Ça m'aide.

— Amuse-toi bien au match.

— J'ai hâte de le voir lancer.

— Je le regarderai à la télé après le brunch. Envoie-moi un message si tu as besoin de moi.

— Oui, oui.

— Oh, et je t'envoie les recettes d'hier soir par Venmo[2]. On a fait un bon chiffre d'affaires.

— Merci encore d'avoir fait ça. J'apprécie vraiment.

— C'était sympa de voir tout le monde. Je te parle plus tard.

Alors que mon téléphone sonne avec un paiement de trois-cent-vingt dollars de la part de Carmen, je réalise que je dois aussi mettre ma sœur au courant de tout ce qui s'est passé ce week-end pour qu'elle ne se sente pas exclue. Je décide de l'appeler quand je serai en voiture. En quittant la chambre d'Austin, je regarde dans le couloir et ne vois personne dehors – heureusement. Je ne veux pas que ses coéquipiers me surprennent en train de quitter sa chambre après y avoir passé la nuit.

Je m'échappe sans difficulté et j'attends ma voiture au stand des voituriers quand ma mère m'appelle.

— Maria ! Tu es à la télé nationale !

— Quoi ?

— La cérémonie au match ! Ils l'ont montrée dans l'émission *Today* du dimanche !

— Oh. Waouh.

Je ne sais pas comment je suis censée me sentir à propos du fait que notre histoire devienne nationale.

— Tu es jolie à la télé, ma chérie. Et cet Austin Jacobs est un bel homme.

Je ne pourrais pas être plus d'accord.

— Sa petite est tellement mignonne, dit Maman sans reprendre son souffle. J'ai entendu dire que tu étais au restaurant avec lui et ses parents hier soir. Comment était-ce ?

— On a passé un bon moment.

— Tu pourras me raconter tout ça au brunch.

— Je ne serai pas au brunch aujourd'hui. Je vais au match.

— Oh, d'accord. Eh bien, je suis déçue de ne pas pouvoir te voir aujourd'hui.

— Dee est en train de m'appeler. Je vais la prendre. Je te parle plus tard.

— Je t'aime.

— Moi aussi.

Je réponds à l'appel de Dee, qui crie.

— Tu es dans le *Today Show* !

— J'ai entendu dire. Maman vient de m'appeler.

— Sapristi, Batman, pas besoin de batte pour être un joueur de baseball super canon !

Je souris de la description d'Austin par ma sœur.

— Tu as remarqué, hein ?

— Tu ferais mieux de commencer à vider ton sac tout de suite. J'ai causé à Car hier et elle a détourné la conversation, ce qui veut dire qu'il y a des choses à raconter.

Je passe la première partie du trajet du retour à expliquer à ma sœur ce qui s'est passé depuis l'arrivée d'Austin à Miami.

— Oh là là, dit-elle quand je termine avec le mot qu'il m'a laissé ce matin et qui est maintenant rangé dans mon sac à main. J'aime tellement ça.

— Doucement, ma grande. C'est encore un peu tôt.

— Non, ça ne l'est pas. Tu es folle de ce type depuis la première fois que tu as eu de ses nouvelles.

Je ne peux pas le nier, alors je ne me donne pas la peine d'essayer.

— J'essaie juste de garder un semblant de raison alors que Car me dit de me jeter à l'eau.

— Je comprends les deux points de vue, c'est sûr. Mais bon sang, ça doit être excitant.

— Ça, oui.

— En parlant de choses excitantes, la sœur de Marcus m'a appelée hier. Apparemment, la salope l'a largué.

On ne sait pas du tout si l'ex de Marcus est une salope ou pas. On l'appelle comme ça simplement parce qu'elle n'est pas Dee. Et oui, on sait que c'est très injuste, mais le surnom est resté.

— Ce n'est pas vrai ! Quand est-ce que c'est arrivé ?

— Il y a à peu près une semaine. Bianca dit qu'il est resté chez lui depuis. Il continue à appeler le travail pour dire qu'il est malade et est dans un sale état. Elle m'a demandé de lui parler.

— Bah voyons. Il n'en est pas question. En quoi c'est ton problème ?

— Je pense qu'elle est désespérée car elle ne l'a jamais vu perdre la tête comme ça.

— Ce n'est pas ton problème, Dee. Dis-moi que tu le sais.

— Je le sais, dit-elle avec un soupir. Je l'aime encore assez pour souffrir quand il souffre. Qu'est-ce que ça dit de moi ?

— Je suis désolée que tu aies de la peine pour lui. Envoie-lui un message si tu veux, mais ne te laisse pas entraîner là-dedans. Il t'a fallu si longtemps pour l'oublier. Je ne veux pas que tu fasses marche arrière.

— J'ai compris.

— Je dois filer. Je vais au match aujourd'hui. Austin commence le lancer pour la dernière fois avec les O. Il est libre après cette saison.

— C'est excitant. Il va en amasser, de l'argent.

— Je suppose que oui.

Bien sûr, je sais déjà qu'il doit valoir des millions après six ans dans l'élite, mais quand on est joueur autonome, c'est de l'argent à un tout autre niveau. Je ne peux pas penser à cela. C'est trop en plus du reste.

— On se parle plus tard ? Et tiens-moi au courant de ce qui se passe avec Marcus.

— Je n'y manquerai pas. Je t'aime.

— Je t'aime aussi.

La situation de Dee avec Marcus est un rappel à la réalité, pour moi qui m'implique de plus en plus avec Austin. Les relations à distance sont presque toujours un désastre et c'est exactement l'avenir que je me prépare avec Austin. Même en sachant le potentiel catastrophique, je n'arrive pourtant pas à mettre le holà avec lui.

Je me gare dans mon allée et je monte en vitesse les escaliers jusqu'à chez moi, où je me précipite pour prendre une douche et me sécher les cheveux.

J'ai hâte de voir Austin lancer et j'ai hâte de revoir Everly ainsi que les parents d'Austin.

Si j'ai perdu toute perspective dans cette situation hors de contrôle, eh bien, j'aurai tout le temps d'en retrouver une lorsqu'il sera parti.

CHAPITRE 12

AUSTIN

J'ai détesté devoir laisser Maria endormie dans mon lit, mais mon agent, Aaron, a pris l'avion hier soir pour assister à cette réunion très confidentielle avec les propriétaires et la direction des Marlins. Nous sommes dans la maison de l'un des propriétaires de l'équipe pour un petit déjeuner amical avant le match aujourd'hui.

Il y a toutes sortes de règles sur comment et quand nous pouvons parler aux équipes qui ont montré un intérêt pour moi et cette conversation est tellement « officieuse » qu'elle n'a pas eu lieu. Je reste en retrait et laisse Aaron parler, ce qui me permet de penser à Maria et à notre nuit ensemble.

C'est fou combien de temps je passe éveillé dernièrement à penser à elle et à quel point j'ai envie de passer plus de temps avec elle. Après aujourd'hui, ma saison est terminée. L'équipe a encore un match à Miami demain, mais c'est fini, et les prochains mois je suis de « repos ». En dehors des entraînements quotidiens et de la pratique du lancer, je peux faire ce que je veux.

Et ce que je veux, c'est être avec Maria ainsi que ma fille.

Comment puis-je faire en sorte que cela se produise ? L'adrénaline se répand dans mon organisme à mesure que l'idée prend forme.

— A.J., dit le propriétaire de l'équipe, nous avons été surpris mais heureux d'apprendre que vous seriez éventuellement intéressé de jouer à Miami et nous avons hâte de vous parler cet hiver.

— Merci de prendre en considération ma candidature.

— Je dois être honnête, dit le manager. J'ai été surpris d'apprendre que nous étions dans la course.

— Le climat ici me convient.

On ne peut pas parler de détails, de spécificités ou de quoi que ce soit d'autre que des choses comme le temps, qui est spectaculaire. Il commence à faire froid à Baltimore, mais pas ici à Miami, où le soleil est brillant et chaud presque toute l'année. Je pourrais m'y habituer avec plaisir.

Aaron n'est toujours pas convaincu de l'intérêt de cette réunion, mais ce n'est pas grave. Il n'a pas besoin de savoir pourquoi je pense à Miami. D'ailleurs, c'est un pari risqué au mieux. Beaucoup de choses doivent se mettre en place pour que je finisse ici et je ne veux pas me faire de faux espoirs – ni en donner à Maria – jusqu'à ce que nous puissions parler des détails avec les différentes équipes dans la course. Je serais idiot d'accepter un contrat moins qu'idéal pour pouvoir être plus près d'elle.

Les choses sont loin d'être réglées, mais dans l'immédiat, je peux faire ce que je veux. Et ce que je veux, c'est elle.

Après la réunion, Aaron me conduit au stade de baseball.

— J'aimerais que vous me disiez de quoi il s'agit avec Miami.

— Il s'agit de couvrir toutes les bases.

— Ce sont des conneries. Dites-moi la vérité putain, vous voulez bien ?

Comme il a toujours été franc avec moi, je décide de lui rendre la pareille.

— Il y a une femme. Elle vit ici.

— La donneuse de moelle osseuse ?

— Ouais.

— Sérieusement ?

— Très sérieusement.

— Vous ne l'avez pas rencontrée pour la première fois ce week-end ?

— En personne, mais ça fait des semaines qu'on se parle.

Aaron ne dit rien pendant qu'il digère cette information. À

presque quarante ans, mon agent est l'une des personnes les plus intelligentes que je connaisse. Il est mon ami, mon défenseur et durant ma carrière à la MLB a parfois sauvé ma peau. Lorsqu'Ev était malade, il a fait appel à sa considérable armée de contacts pour me mettre en relation avec certains des meilleurs médecins du monde et n'a pas ménagé ses efforts pour m'aider de toutes les manières possibles.

Il a les cheveux bruns grisonnants sur les bords et porte des lunettes de soleil d'aviateur sur des yeux sombres et perspicaces qui ne ratent jamais un seul détail.

Je ne doute pas qu'il ait quelque chose à dire et une fois garé dans le parking des joueurs au terrain de baseball, il coupe le moteur de sa voiture de location et se tourne vers moi.

— Je veux que vous sachiez... La maladie d'Everly a été un putain de cauchemar pour moi, et elle n'est même pas mon enfant. Je ne peux pas imaginer ce que ç'a été pour vous. J'admire énormément la façon dont vous avez géré cela, sur le terrain et en dehors.

Il ne m'a jamais rien dit de tel auparavant.

— Merci. Vous avez été un roc pour moi pendant tout ça.

— Je comprends aussi parfaitement pourquoi vous êtes attaché à la femme qui a sauvé la vie de votre enfant.

Ce que je ressens pour Maria va bien au-delà du mot *attachement*, mais je ne le partage pas avec lui. Il a besoin d'avoir son mot à dire et moi, il me faut l'écouter. Je le paie pour superviser ma carrière et il ne fait que son travail, qui est de m'empêcher de faire quelque chose d'épouvantablement stupide.

— Bien sûr que vous ressentez quelque chose pour elle. N'importe qui ferait de même après ce qu'elle a fait pour vous et votre fille. Mais, AJ, c'est votre *moment*. C'est ce pour quoi vous avez travaillé si dur. Vous ne pouvez pas laisser filer l'affaire de votre vie à cause d'une femme. J'aime les Marlins. C'est une organisation de première classe. Mais vous, Austin Jacobs, n'avez pas besoin d'être le second de qui que ce soit. Vous êtes un *champion*.

— Je vous entends.

— Mais ?

— Mais rien. J'entends ce que vous dites et je ne suis pas en désaccord.

Il enlève ses lunettes de soleil et tourne son formidable regard vers moi. Ce regard l'a aidé à faire gagner des tonnes d'argent à ses clients, dont moi.

— Qu'est-ce que vous ne dites pas ?

— Rien. Je vous entends, je suis d'accord avec vous et mon esprit est grand ouvert à toutes les nombreuses possibilités que nous rencontrerons cette intersaison. Je veux simplement considérer Miami comme l'une de ces possibilités. C'est tout.

— Ce n'est pas tout. Qu'est-ce que vous manigancez ?

— Honnêtement, Aaron, dis-je en riant. Vous êtes bien trop méfiant. Je ne manigance rien du tout.

— Je comprends pourquoi elle vous fait perdre la tête, AJ. C'est une belle femme qui a fait la chose la plus incroyable pour vous et Everly.

Vous n'avez pas idée de qui elle est.

— Dites-moi que vous n'allez pas baser la décision la plus importante de votre vie sur une femme que vous connaissez à peine.

Je regarde par la fenêtre l'entrée des joueurs dans le stade.

— AJ.

En lui jetant un coup d'œil, je souris.

— Je garde toutes mes options ouvertes. Y compris Miami.

Je me rapproche pour lui serrer la main.

— Merci d'être venu pour la réunion.

Il me serre la main, mais je vois qu'il a encore des choses à dire. Beaucoup de choses. Mais je sors de la voiture et je me dirige vers l'intérieur pour me préparer à commencer le match. C'est sur cela que je dois me concentrer aujourd'hui. J'aurai le temps après le jeu de réfléchir à la suite.

MARIA

Les parents d'Austin m'accueillent chaleureusement lorsque je les rejoins dans une autre section VIP près de la ligne de la troisième base. Nous avons une vue parfaite sur le monticule, qui est la seule chose que nous voulons voir aujourd'hui. Everly pousse un cri de joie en m'apercevant et le père d'Austin me la confie.

Je suis touchée par son accueil, la prends dans mes bras et embrasse sa joue potelée.

— Coucou, ma puce. Comment vas-tu aujourd'hui ?

— Papa joue.

— C'est vrai. Papa lance aujourd'hui. Tu as hâte de le voir ?

Everly hoche la tête, ce qui a pour effet de faire rebondir de manière adorable ses boucles blondes. Elle porte un chapeau de soleil des Orioles de Baltimore et un petit maillot avec *Jacobs* imprimé dans le dos. Elle s'installe sur mes genoux et y reste jusqu'au début de la première manche, quand les Orioles sont à la batte.

Elle pousse un cri lorsqu'Austin entre sur le terrain pour la fin de la première manche.

— Papa !

— Le voilà, dit Deidre, qui se lève pour applaudir son fils.

Il nous repère dans les gradins et envoie un baiser à Everly.

Elle lui envoie un baiser en retour et je suis subjuguée par leur charme.

Everly veut s'asseoir sur les épaules de son grand-père pour regarder Austin lancer, alors je lui passe le relais et accorde toute mon attention à Austin. J'adore observer sa concentration intense, la communication silencieuse avec ses coéquipiers et la façon dont il utilise tout son corps pour propulser sa balle rapide. Même si je suis une grande fan des Marlins, je trouve sa domination sur les frappeurs des Marlins très sexy.

Dans la septième manche, les O mènent cinq à deux, quand le manager vient au monticule pour sortir Austin du jeu.

Alors qu'il quitte le terrain, probablement pour la dernière fois dans un uniforme de Baltimore, les fans des Orioles dans la foule lui font une chaleureuse ovation qu'il reconnaît avec une inclinaison de sa casquette et un sourire qui semble être dirigé vers moi.

Sur le chemin de l'abri, il envoie un baiser à Everly.

— Papa !

— Il travaille encore un peu, dit Deidre à sa petite-fille. Et après, on pourra le voir.

Cela semble apaiser Everly, qui décide de s'asseoir à nouveau avec moi. D'abord, sa grand-mère insiste pour lui appliquer plus de crème solaire, puis elle a le droit de venir s'installer avec moi. Alors que je tiens Everly dans mes bras, je prends conscience une fois de plus que cette enfant est en vie aujourd'hui grâce à moi et aux miracles de la médecine moderne.

À la voir maintenant, on ne croirait jamais qu'elle était si terriblement malade il y a un peu plus d'un an. Tenant son petit corps robuste dans mes bras, je prie pour qu'elle continue à grandir et à s'épanouir et pour que sa rémission se poursuive indéfiniment. L'idée que la maladie revienne me terrifie et je viens à peine de la rencontrer. Comment diable Austin et sa famille font-ils face à cette possibilité ?

— Demain, il est censé pleuvoir des cordes, dit Jeff après avoir fait défiler les messages sur son téléphone. Le match est annulé et ce sera la fin de la saison pour les deux équipes.

Un gémissement traverse la foule lorsque la nouvelle de l'annulation du match de demain est annoncée.

Je me demande immédiatement si cela signifie qu'Austin va partir ce soir plutôt que mardi matin. Et pourquoi l'idée qu'il parte plus tôt me met-elle à plat ? *Parce que tu savais qu'il n'était là que pour le week-end et tu t'es laissée emporter par cette folie. Et maintenant tu vas payer le prix quand il partira et que tu seras de retour à la case départ – seule et en train de tomber amoureuse d'un homme qui ne vit pas ici et n'y vivra probablement jamais.*

Je regarde les deux dernières manches du match, en faisant la conversation avec Deidre et Jeff et en les aidant à divertir Everly, tout en essayant de leur cacher mon désarroi. Tout ce qu'Everly veut, c'est voir son papa et nous devons lui expliquer cent fois que son papa travaille encore. Elle ne peut pas le voir sur le terrain, alors elle n'aime pas cette explication.

Au moment où le match se termine par une victoire d'Austin et des O, nous avons tous envie de sortir de là.

— Nous allons ramener cette fille grincheuse à l'hôtel et finir de faire nos bagages avant notre vol, dit Deidre. C'était tellement agréable de vous rencontrer et de passer ce temps avec vous, Maria. J'espère que nous nous reverrons un jour.

Je la serre dans mes bras.

— Je l'espère aussi.

Jeff tient Everly dans ses bras, alors je lui fais un bisou sur la joue.

— Sois une bonne fille pour Mamie et Papa, lui dis-je.

Comme elle me tend la main, je la prends à Jeff et je la serre dans mes bras.

— Prends soin de toi, ma puce.

Je la remets à son grand-père, en me demandant si je reverrai un jour l'un d'entre eux. Nous sortons du stade ensemble et nous repartons chacun de son côté. Everly me fait signe jusqu'à ce que je sois hors de vue. Je négocie les embouteillages d'après-match sur le chemin du retour, mes émotions à fleur de peau. Je n'ai rien fait de mes tâches habituelles du dimanche, alors je fais un détour par le supermarché pour acheter ce dont j'ai besoin pour les repas de la semaine. De retour à la maison, j'enfile un T-shirt et des leggings et je me blottis dans le canapé pour regarder le reportage de *SportsCenter* sur la dernière apparition d'Austin dans un uniforme des O, tout en me demandant pourquoi j'ai le cœur si brisé.

Rien n'a vraiment changé, me dis-je, même si je sais que tout a changé lorsqu'il est venu chez moi vendredi soir et a bouleversé mon monde encore plus qu'il ne l'avait déjà fait auparavant.

Je ne peux pas m'empêcher de me demander ce qui va se passer maintenant.

AUSTIN

Après le match, on nous annonce que celui de demain est annulé. L'euphorie d'avoir remporté une dernière victoire pour la saison se transforme rapidement en déprime lorsque je réalise que l'équipe rentrera à Baltimore ce soir plutôt que mardi matin.

Je prends une décision sur le champ.

— Les gars, je peux avoir une minute ?

Le tumulte habituel dans les vestiaires qui suit une victoire prend une seconde pour se calmer. L'un des autres gars siffle brusquement pour attirer l'attention de ceux qui ne m'ont pas entendu.

— La ferme, dit Santiago à deux des plus jeunes. AJ veut dire quelque chose.

Je souris à mon ami, qui lève les yeux au ciel.

— Écoutez, je voulais juste vous dire merci pour six superbes années à Baltimore. Je n'ai aucune idée de ce que cette intersaison me réserve, mais nous savons tous que je ne serai probablement pas de retour avec vous l'année prochaine. Même si c'est la fin de la route pour nous en tant qu'équipe, j'espère que vous resterez tous en contact avec moi. Je vous soutiendrai, où que je sois.

Je vois que Mick, le reste de l'équipe, les entraîneurs, les employés du bureau et l'un des propriétaires sont entrés dans la pièce. Je leur fais un signe de la tête avant de faire le tour de la pièce du regard, laissant mes yeux se poser sur chacun de mes coéquipiers.

— Pour le reste de ma vie, je n'oublierai jamais la façon dont vous tous, vos proches et cette organisation vous êtes mobilisés pour moi et ma famille lorsque ma fille était malade.

Ma voix vacille en prononçant le mot fille. Il va falloir que j'arrête pendant qu'il en est encore temps.

— « Merci » semble si peu, mais c'est tout ce que j'ai. Rien d'autre. C'est ce que je voulais dire.

Après un tonnerre d'applaudissements, chacun des gars me serre dans ses bras, me tape dans le dos, me souhaite bonne chance en tant qu'agent libre et promet de rester en contact. Je prends dans mes bras les coachs, les entraîneurs, Erica et les autres membres du bureau. Mick est le dernier qui reste et il me donne une tape bourrue sur le dos avec une main.

— Merci pour tout, coach.

— C'était un plaisir, AJ.

— Je vais rester ici quelques jours, alors je ne serai pas sur le vol.

— Merci de me l'avoir fait savoir. Demande à Erica si tu as besoin de prolonger la chambre d'hôtel.

— D'accord. Merci encore, Coach.

— Prends soin de toi et de ta petite, AJ. Nous sommes tous là pour elle.

— Ça me touche beaucoup. Je resterai en contact.

Les gars sortent des vestiaires les uns derrière les autres pour prendre le bus qui les conduira à l'hôtel, où ils récupéreront leurs affaires avant de se rendre à l'aéroport pour rentrer plus tôt chez eux. À la fin de la saison, nous sommes tous prêts à rentrer chez nous pour retrouver nos familles et ne plus avoir à voyager. Dans des circonstances normales, je serais le premier à monter dans le bus, prêt à retourner à la maison.

Mais rien de ce qui m'arrive n'est normal en ce moment. Je ris en pensant à quelle vitesse tout a changé. Il n'a fallu qu'une heure en présence de Maria l'autre soir pour bouleverser mes plans pour l'intersaison. Je jette mon sac d'équipement dans la pile qui repart à Baltimore et je sors pour prendre le bus pour retourner à l'hôtel. Je prends l'ascenseur jusqu'à la suite que j'ai réservée pour mes parents et Everly après avoir décidé que nous ferions quelque chose avec Maria au match d'hier.

Everly pousse un cri quand j'entre.

— Papa !

Elle traverse la pièce en courant et se jette dans mes bras, sachant que je l'attraperai toujours.

L'accueil qu'elle me réserve chaque fois que je reviens, où qu'elle soit, me donne l'impression d'être un roi. Je la prends dans mes bras et la soulève au-dessus de ma tête, son sourire révélant de jolies dents de lait. Je n'avais jamais réfléchi à la beauté des dents de lait avant qu'elle n'en ait. Chaque chose en elle est parfaite à mes yeux. Je la serre contre moi et elle enroule ses bras grassouillets autour de mon cou, et là je sais que je suis chez moi. Je l'aime de façon déraisonnable.

— Miss Grincheuse est tout sourire maintenant que Papa est là, dit Maman. Elle s'est transformée en ours depuis qu'ils t'ont retiré du jeu. Elle s'est donnée en spectacle pour Maria.

Mon cœur fait un bond à la mention de Maria.

— Mon bébé n'est pas un ours. Je fais une grimace qui fait rire Everly. Tu l'es, Winnie l'ourson ?

— Pas d'ours.

— Elle parle beaucoup tout à coup, dit Maman.

— Heureusement.

Ses retards de développement ont été une source de grande inquiétude pour moi et mes parents. Les médecins n'étaient pas aussi inquiets, alors nous avons essayé de nous détendre et de la laisser parler à son rythme, mais nous sommes tous reconnaissants que ce temps semble être enfin arrivé.

— Est-ce que l'équipe retourne à Baltimore ce soir, fiston ? demande Papa.

— Ouais.

— À quelle heure vous prenez l'avion ? demande Maman.

— Ils partent vers 19 h 30.

— Tu ne pars pas avec eux ?

— Je pensais qu'Ev et moi pourrions rester ici quelques jours de plus.

— Et faire quoi ? demande Maman.

— Profiter de la piscine, de la plage et du temps ensemble.

Maman lève un sourcil comme seule une mère experte peut le faire.

— Et c'est *tout* ?

En tant que fils d'une mère futée, je suis assez sage pour savoir quand je suis acculé par l'experte.

— J'aimerais aussi passer un peu plus de temps avec Maria.

Maman tape dans ses mains, puis tape du poing dans l'air.

— *Oui* ! Je le *savais* !

Je regarde Papa, qui hausse les épaules.

— Tu sais comment ta charmante mère peut être quand elle flaire une histoire d'amour avec l'un de ses fils.

— Je ne le sais que trop bien.

Maman *méprisait* Kasey et n'a jamais essayé de le cacher, et c'était une sacrée partie de plaisir, laissez-moi vous le dire. Qu'elle soit si heureuse que je reste pour passer plus de temps avec Maria est bon signe et je ne le prends pas à la légère. C'était horrible d'être impliqué avec quelqu'un que ma mère n'aimait pas du tout et le fait qu'elle ait eu raison pour Kasey est une chose de plus qui me chiffonne encore toutes ces années plus tard. J'aurais dû écouter ses préoccupations, mais si je l'avais fait, je n'aurais pas eu Everly. C'est finalement une bonne chose...

— Elle est absolument charmante, dit Maman de Maria.

— Elle l'est ? Je n'avais pas remarqué.

— Oh, je t'en prie, Austin, dis ça à quelqu'un qui ne te connaît pas comme moi. J'ai dit à ton père hier soir après le repas qu'il y a quelque chose qui se passe entre vous deux et tu sais à quel point *j'adore* avoir raison.

Papa et moi levons les yeux au ciel ensemble. Ma mère a dû se battre, vu qu'elle était la seule femme dans une famille d'hommes, et elle tient plus que bien son rang avec nous.

— Pourquoi ne pas nous laisser emmener Everly à la maison pour que vous puissiez passer un peu de temps seuls tous les deux ? dit Maman.

Même si j'aimerais être seul avec Maria, je ne peux pas faire cela à Ev après tout le temps que nous avons passé séparés pendant la saison.

— Merci pour l'offre, mais je veux aussi être avec Ev.

Everly me serre le cou, sa façon à elle d'exprimer son approbation.

— Papa, dit-elle.

— Tu es sûr ?

Je ne supporte pas l'idée d'être séparé d'elle si peu de temps après le dernier déplacement.

— Oui, je suis sûr.

Maman me caresse le visage comme elle le faisait quand j'étais petit.

— Tu es un père merveilleux, Austin. Je suis si fière de toi, sur le terrain et en dehors.

— J'aime ma fille.

— Je sais, mon fils.

— Je voudrais vous demander quelque chose...

Je prends une grande inspiration et la relâche, en espérant qu'ils vont accepter mon idée suivante. Après tout ce qu'ils ont fait pour moi et Ev, je ne la retirerai jamais de leur vie quotidienne pendant de longs mois, si je peux l'éviter.

— Qu'est-ce qu'il y a ? demande Papa.

— Que diriez-vous de passer l'hiver ici à Miami ?

Maman regarde Papa avant de poser à nouveau ses yeux sur moi.

— *Venir vivre* ici ?

— Temporairement. Nous allons déménager quelque part d'ici le printemps. Pourquoi ne pas passer l'hiver sous un soleil radieux ?

— Les médecins d'Everly sont à Baltimore, me rappelle Maman, comme si j'avais besoin qu'elle le dise.

— J'en suis bien conscient, mais elle pourrait faire des examens ici en consultation vidéo avec eux. On pourrait s'arranger.

— C'est à cause de Maria ? demande Maman.

Bien que j'aie tendance à ne pas parler de ma vie privée, cela les concerne aussi, alors je la regarde dans les yeux et lui dis la vérité.

— Oui.

Elle recommence à applaudir et bien que je fasse mine d'être exaspéré par elle, je ressens la même chose qu'elle.

— Je suis *tellement* contente.

— Donc vous allez considérer l'hiver à Miami ?

— Comment vois-tu les choses ? demande Papa.

— Je trouve une maison à louer avec de la place pour nous tous, on y va et on passe l'hiver.

Est-ce que ça pourrait vraiment être aussi simple que cela ? J'ai quelques mois de congé, ils sont à la retraite, alors pourquoi pas ?

— Quand as-tu décidé de faire ça ? demande Maman.

— Euh, ces deux derniers jours…

— Depuis que tu as rencontré Maria en personne, dit Maman avec un hochement de tête assuré.

— Quelque chose comme ça.

Elle m'amuse, alors que je suis normalement très réfractaire à tout ce qui ressemble à de la curiosité maternelle dans ma vie amoureuse. Mais je ne peux pas nier que Maria est la raison pour laquelle je fais un tout nouveau plan pour l'intersaison par rapport à celui que nous avions il y a quelques semaines. Nous avions parlé de passer une partie de l'hiver avec mon frère Asher en Arizona.

— On a promis à Ash de passer quelques semaines avec lui, rappelle Papa à Maman.

— On peut toujours le faire, dit Maman. Cela aiderait Austin de nous avoir ici avec lui pour qu'il puisse passer du temps avec Maria quand Everly est au lit le soir.

— J'aime ta façon de penser, Maman.

— Tout ce que nous pouvons faire pour t'aider à passer plus de temps avec cette merveilleuse fille. T'ai-je mentionné que je *l'adore* ?

— Tu as peut-être dit quelque chose comme ça.

— Papa et moi allons rentrer à la maison et faire nos bagages.

— Comme ça, c'est tout ? demande Papa, l'air amusé.

Je savais que je n'aurais pas à faire grand-chose pour le convaincre. Il n'aimerait rien de plus que de passer l'hiver à jouer au golf et il se fiche de l'endroit où cela se passe. Tant qu'Everly fait partie du plan, je savais qu'il serait d'accord pour suivre.

— Comme ça, c'est tout, dit Maman.

Quand elle a une opinion bien arrêtée sur quelque chose, il est inutile de discuter avec elle. J'adore quand cela tourne à mon avantage.

— Je sais que je le dis tout le temps, mais vous êtes vraiment les meilleurs.

— Tu *plaisantes* ? Nos amis du Wisconsin seront verts de jalousie à l'idée que nous passions l'hiver à Miami alors qu'ils seront ensevelis sous cinquante centimètres de neige. Nous apprécions que tu nous aies permis de prendre une retraite anticipée et de profiter de cette aventure avec toi et Ev.

Maman se met sur la pointe des pieds pour m'embrasser sur la joue.

— Maria sait-elle que tu restes ou que tu envisages de passer l'hiver ici ?

— Non.

J'ai hâte de la surprendre.

Maman sourit.

— J'adore. Je suis impatiente de savoir comment elle va réagir.

— Et moi donc !

CHAPITRE 13

MARIA

Je n'ai pas de nouvelles d'Austin après le match, mais je regarde la couverture extensive de sa vingt-deuxième et dernière victoire de la saison, y compris le match parfait à Detroit. Je m'imprègne des spéculations sur l'endroit où il pourrait finir l'année prochaine, comme le ferait une obsédée fêlée.

— Je parie sur Seattle.

Le commentateur explique longuement pourquoi il pense que les Mariners seraient le meilleur choix pour Austin et comment ils sont susceptibles de faire l'offre la plus lucrative.

— Je vais vous dire une chose, Mike. C'est une *excellente* période pour Austin Jacobs.

— C'est sûr. J'ai entendu dire que Las Vegas prend des paris sur l'endroit où il va finir dans ce qui sera certainement le grand transfert de cette intersaison.

Je suis stupéfaite de voir les images de moi sur le terrain lors de la cérémonie d'hier.

— L'année dernière à cette époque, les choses étaient tout sauf certaines pour l'as du lancer. Sa fille se battait contre une maladie mortelle, sa carrière était à l'arrêt et tout le monde se demandait si on reverrait un jour Austin Jacobs sur le terrain. Grâce à Maria Giordino de Miami, Everly Jacobs a bénéficié d'une greffe de moelle osseuse qui lui a sauvé la vie et elle est depuis en rémission complète. Son père a repris le travail avec ardeur cette saison et est en bonne position pour remporter un autre Cy Young Award de la Ligue américaine. Nous suivrons l'histoire d'AJ pendant l'intersaison et nous ne manquerons pas de vous tenir au courant.

Je suis suspendue à leurs lèvres. C'est irréel que je puisse avoir un intérêt quelconque dans l'endroit où il finira par jouer la saison prochaine.

Je vérifie mon téléphone, surprise qu'il n'y ait toujours rien de lui.

Je pense à lui envoyer un texto, mais je ne veux pas le déranger alors qu'il est avec ses coéquipiers, en train de se préparer à retourner à Baltimore.

Savoir qu'il est en train de quitter la ville me laisse un sentiment de vide et d'épuisement. C'est le plus bas des abîmes après le plus haut des sommets.

— Voilà ce qui arrive quand on se laisse emporter par un homme qui *ne vit pas ici.*

Je sors les restes de la salade de vendredi soir, j'ajoute du poulet grillé et j'utilise le reste de la sauce italienne maison de ma commande à emporter. Assise devant le comptoir de cuisine, j'essaie de ne pas revivre le baiser mémorable qui s'est produit ici même il y a environ quarante-huit heures, mais cela s'avère impossible.

Je revis ce baiser extraordinaire mille fois tout en me forçant à manger des aliments dont je ne veux pas vraiment, en jouant avec la laitue dans mon assiette jusqu'à ce qu'elle soit flétrie et immangeable. Je jette le peu qui reste dans le broyeur à déchets, mets l'assiette dans le lave-vaisselle et ai les larmes aux yeux à la vue de nos assiettes de vendredi soir qui attendent encore d'être lavées par la machine.

— Maintenant tu vas pleurer pour des assiettes sales ? Je commence à sérieusement te détester.

J'allume le lave-vaisselle, nettoie avec colère la cuisine jusqu'à ce qu'elle soit étincelante et prépare mon déjeuner pour demain. Il est temps de me ressaisir et de reprendre la routine de ma semaine de travail.

Je suis sur le point de me coucher tôt quand quelqu'un frappe à ma porte. Pensant que c'est Carmen qui vient avec sa vinothérapie, j'ouvre la porte et je cligne des yeux plusieurs fois avant que mon cerveau ne se rende compte qu'Austin est là avec Everly sur ses épaules.

— On se demandait si tu savais où on pouvait trouver des glaces dans le coin.

— Qu-Qu'est-ce que vous faites ici ? Je pensais que vous étiez partis.

— Non.

Il sourit et est clairement content de lui parce qu'il voit bien qu'il m'a complètement choquée en se présentant à ma porte.

— Rie ! dit Everly.

— C'est le nom qu'elle te donne, dit-il. Les mots commencent à venir. Ev, dis à Rie ce qu'on veut pour le dessert.

— Gace !

— C'est ça. Qu'en dis-tu, Rie ?

Il n'y a pas plus mignon. Je dis que la gace est une bonne idée et je connais l'endroit idéal. Je m'écarte de l'embrasure de la porte.

— Entrez. Il faut que je me change.

— Hé, dit-il.

Je le regarde, en essayant d'ignorer l'étourdissement et le manque de souffle que je ressens quand il est là – et même quand il ne l'est pas.

— Ça te va de faire ça, hein ?

— Bien sûr. Je suis ravie de vous voir. Je pensais juste...

— Je sais, et nous allons en parler. Après la gace.

— Faites comme chez vous. Je vais me dépêcher.

Je cours dans ma chambre et j'essaie de trouver quoi porter pour aller manger une glace avec Austin et Everly. J'ai du linge plié dans un panier dans lequel je fouille, trouvant un short, un soutien-gorge et un T-shirt. Une fois habillée, je vais dans la salle de bains pour me brosser les cheveux et les dents, mettre du mascara et du brillant à lèvres.

J'aimerais avoir une heure de plus pour me préparer, mais ils m'attendent, alors j'enfile des tongs et les rejoins dans le salon.

Austin porte un T-shirt et un short Nike et à le regarder, on ne dirait jamais que c'est un joueur de baseball professionnel reconnu.

À cet instant précis, c'est simplement un papa avec sa petite qui veut une glace.

— Quand vous voulez.

Il prend Everly dans ses bras et est le premier à sortir de chez moi.

Je suis tellement perturbée que j'en oublie presque mes clés. La dernière chose que je veux faire ce soir, c'est devoir appeler mon oncle pour qu'il vienne m'ouvrir chez moi. Je prends les clés, descends les escaliers et trouve Austin en train d'attacher Everly dans un siège auto.

— Où as-tu trouvé la voiture ?

— Je l'ai louée tout à l'heure.

— Où sont tes parents ?

Il regarde sa montre.

— Ils sont sur le point de décoller pour Baltimore.

— Alors attends... Ils sont partis, et toi...

Après avoir fermé la porte d'Everly, il se penche pour m'embrasser.

— Nous sommes restés.

— Oh.

En souriant, il ouvre la porte du passager et me la tient.

— Madame.

Complètement déboussolée par ce temps supplémentaire inattendu avec eux, je monte dans la voiture et mets ma ceinture.

Il monte et fait de même.

— Où allons-nous ?

Je le dirige vers Azúcar sur la 8th Street, qui n'est qu'à quelques rues de chez moi. En fait, nous aurions pu marcher, mais je suis tellement secouée que je n'ai même pas pensé à le suggérer.

— On peut se garer sur le parking du restaurant et marcher depuis là.

Quelques minutes plus tard, il se gare derrière Giordino's et nous parcourons la courte distance à pied.

— Bel endroit, dit-il quand il voit Azúcar.

— Ils ont les meilleures « gaces » de Miami.

— C'est toi qui choisis.

Austin, qui tient Everly dans son bras, pose sa main libre sur le bas de mon dos pour me guider à l'intérieur.

— Quelle est ta préférée ? demande-t-il quand on contemple le menu.

— Café con leche, qui est leur café cubain avec saveur Oreo.

— Miam. Ça me semble parfait. Ev, qu'est-ce qui te fait envie ? Tu veux essayer aux biscuits S'mores ou au gâteau d'anniversaire ?

— Gâteau !

— Va pour le gâteau.

Austin commande pour nous tous et quand il prend son portefeuille, je lui prends Everly des bras comme si c'était la chose la plus naturelle du monde de la tenir pendant qu'il paie.

Elle vient à moi, mais elle garde son regard fixé sur lui comme si elle craignait qu'il ne s'échappe.

Avec des cônes pour nous et un pot pour Everly, nous nous dirigeons vers une table en terrasse. C'est une chaude nuit de début d'automne et je suis ravie de la passer avec eux.

Everly est concentrée sur sa glace tandis qu'Austin la surveille de près pour s'assurer qu'elle ne finisse pas sur elle.

— Je croyais que vous rentriez à Baltimore ce soir.

— L'équipe est partie il y a une heure, mais j'ai décidé de rester ici un peu.

— Pour combien de temps ?

Il hausse les épaules.

— Je n'ai pas encore décidé.

Faisant un signe de tête à mon cône dont le contenu fond, il dit :

— Mange ta gace.

Everly s'y met.

— Rie ! Gace !

J'adore le nom qu'elle m'a donné et elle est si mignonne dans sa chemise rayée rose et jaune, son short rose, avec ses boucles blondes en queue de cheval.

— Fais ce que la demoiselle te dit, Rie, et mange ta gace !

Everly rit de la façon dont il l'imite.

Je suis captivée par leur charme, par la façon dont il essuie la glace sur son visage sans se décourager et par l'amour évident qu'ils se portent l'un l'autre. Ils me donnent envie de faire partie d'eux, de ce qu'ils éprouvent l'un pour l'autre. Voilà comment je protège mon cœur face à leur incroyable beauté.

— Alors...

Je lève un sourcil, espérant qu'il va compléter les blancs pour moi.

— Alors... j'ai décidé de rester à Miami un petit moment puisque la saison est terminée et que je peux faire ce que je veux.

— C'est combien de temps, un petit moment ?

Il hausse les épaules comme s'il ne se souciait de rien, ce qui est probablement le cas puisqu'il est en vacances pour les quelques mois à venir.

— Nous n'avons pas encore décidé.

Reste-t-il intentionnellement vague, ou est-ce juste mon imagination ?

— Qu'est-ce que vous avez prévu pour votre séjour à Miami ?

— Beaucoup de temps à la piscine de l'hôtel, pas vrai, Ev ?

— Rie ! Piscine !

Son sourire illumine son beau visage et le rend encore plus séduisant que quand il ne sourit pas. Il est démesurément bien loti en matière de sex-appeal. Et en le regardant lécher ce cône, je me demande comment ce serait...

Stop ! Il y a un enfant !

— On était un peu préoccupés par ses retards de langage, dit Austin doucement pendant qu'Everly est fixée sur sa glace. Tout à coup, c'est comme si une porte s'est ouverte et les mots arrivent à flots. Avec « piscine » ça en a fait dix nouveaux rien qu'aujourd'hui.

— C'est merveilleux.

— Piscine, Papa.

— Demain, ma puce. D'abord on dort, ensuite on nage.

Everly n'est pas sûre d'aimer cette réponse.

— J'ai l'impression que je vais devoir nager tôt demain matin. Qu'est-ce qu'on pourrait faire d'autre pendant qu'on est ici ?

— Vous devriez aller voir le zoo, le Seaquarium, Jungle Island, le musée des enfants et la piscine vénitienne à Coral Gables, qui est le nec plus ultra des piscines. Vous pourriez faire un pique-nique à Crandon Park à Key Biscayne et bien sûr, j'ai un faible pour Little Havana, mais je ne suis pas certaine que cela retienne l'attention d'Everly. Oh, et n'oubliez pas la plage.

— Tout cela me semble amusant. J'aimerais que tu puisses te joindre à nous.

— Moi aussi, mais hélas, certains d'entre nous doivent encore travailler.

— On pourrait peut-être garder le pique-nique et la plage pour le week-end si tu es libre ?

— Je suis libre à part le travail samedi soir et le brunch dimanche, mais vous pouvez venir au brunch si cela vous tente.

— On adorerait.

— Sauf que...

— Quoi ?

— Toute ma famille vient au brunch et si je vous amène, c'est un peu une grande déclaration.

Il me regarde droit dans les yeux.

— Je suis d'accord avec cette déclaration si tu l'es.

— Je, euh, eh bien...

Le rire d'Austin est la chose la plus sexy que j'aie jamais observée, sans conteste.

— Papa drôle, dit Everly.

— Ça fait onze mots et c'est Rie qui est drôle, mon bébé.

— Rie drôle.

C'est officiel. Je fais une overdose de charme. Et puis Austin sort un paquet de lingettes de sa poche et nettoie efficacement les mains et le visage d'Everly et je suis submergée. Il est tout simplement...

Pouah. Je ne peux pas. Je ne peux pas, c'est tout.

Alors que nous retournons à la voiture, je replonge dans mes pensées, me demandant ce qu'il fait ici et essayant de comprendre pourquoi il est resté après le départ de l'équipe. C'est à cause de moi, non ? Bien sûr que oui, mais qu'est-ce que cela *signifie* ?

Pendant qu'il boucle la ceinture d'Everly, je m'installe sur le siège passager et mets ma ceinture pour le court trajet du retour. Que va-t-il se passer maintenant ?

Austin nous ramène chez moi et bien trop tôt, nous arrivons dans mon allée.

Je me retourne pour regarder Everly.

— Merci de m'avoir emmenée manger la gace, Everly.

— Gace ! Rie !

Je lui souris.

— C'est vrai. Rie a adoré la glace. Amuse-toi bien à la piscine demain.

— Piscine !

J'aime comment chaque mot qu'elle dit a un point d'exclamation à la fin. De qui je me moque ? J'aime tout en elle.

— Dors bien, ma chérie.

En laissant la voiture tourner et la climatisation à fond, Austin fait le tour pour ouvrir ma portière et attend que je sorte. Il la garde entrouverte pour pouvoir entendre Everly.

— Merci pour la gace.

— De rien. Est-ce que tu pourrais venir à l'hôtel pour passer un peu de temps ensemble ?

— Je dois travailler demain matin.

— Je ne te retiendrai pas trop tard. Je te le promets.

Je suis tellement partagée. D'un côté, je veux chaque seconde que je peux avoir avec lui. De l'autre, je m'inquiète de ce qui se passera quand il partira, ce qu'il finira par faire. Je me prépare à un désastre à chaque instant que je passe avec lui, sachant que tout ceci est temporaire.

Puis il penche la tête et affiche cet irrésistible sourire qui crée le sillon dans sa joue et je suis perdue.

— *S'il te plaît ?* Viens juste un moment pour qu'on puisse parler ?

— OK.

— Donne-moi une heure pour coucher Ev et ensuite je suis tout à toi.

Je serai une épave demain, mais je suppose que je m'en soucierai à ce moment-là.

— Gare-toi avec le service voiturier et donne-leur mon numéro de chambre. J'ai déménagé dans la suite de mes parents, donc c'est 7-12.

Il m'embrasse sur la joue.

— Je te vois tout à l'heure, ajoute-t-il.

Il attend que je sois à l'intérieur avant de partir.

Je sors mon téléphone et appelle Carmen.

— Salut, dit-elle, quoi de neuf ?

— Alors, euh, eh bien ... Austin n'est pas retourné à Baltimore avec l'équipe.

— Quoi ? Ce n'est pas vrai ! Comment tu l'as appris ?

— Quand lui et Everly se sont pointés à ma porte et m'ont demandé de sortir manger une glace.

— Oh mon Dieu ! C'est *énorme* !

— Calme-toi, tu veux ?

Je l'entends mettre Jason au courant de ce qui s'est passé.

— Il est resté en ville *pour elle*, dit-elle.

— Carmen ! Arrête. Il est seulement là pour un petit moment encore. Rien n'a changé.

— Quand est-ce que tu vas le revoir ?

— Il m'a demandé de venir à leur hôtel après avoir mis Everly au lit.

— Et tu vas y aller, n'est-ce pas ?

— Pour un petit moment. Je dois travailler demain matin.

— Prépare un sac pour aller directement au travail.

— Je ne vais pas faire ça.

— *Pourquoi pas ?*

— Parce que !

— Tu ne peux pas trouver une seule bonne raison de ne pas le faire.

— Sa fille est une bonne raison. Elle n'a pas besoin de me voir là au réveil.

— Alors sois partie quand elle se lèvera.

— Elle est debout à l'aube, Car. Elle a trois ans. Je ne resterai pas.

— Mais tu vas y aller, quand même ?

— Pour un petit moment. Je suppose.

— Je déteste que tu sois si pessimiste face à cette évolution majeure, Mari. Il n'y a aucune chance qu'il soit encore à Miami s'il ne voulait pas passer plus de temps avec toi. Dis-moi que tu le sais.

— Je le sais, mais... Que se passera-t-il après qu'il aura passé quelques jours de plus ici ? Que se passera-t-il alors ? Chaque minute que je passe avec lui et Everly me plonge de plus en plus dans cette histoire et... je ne sais vraiment pas si je dois le faire.

— Eh bien, je crois que tu dois prendre une décision. Si tu penses qu'Austin pourrait être le bon pour toi, es-tu prête à faire tout ce qu'il faut pour que cela marche ? En fin de compte, c'est à ça que ça se résume. Tu peux faire ce que tu veux, Maria. Tout ce que tu veux. Si c'est l'homme que tu veux, fonce. Les détails – et c'est tout ce qu'ils sont, juste des *détails* – se régleront d'eux-mêmes.

— Tu es la pire des facilitatrices, lui dis-je en riant. Tu donnes l'impression que c'est tellement simple.

— Ça l'est. Tu tiens à lui et à sa fille. Va le rejoindre.

— OK.

— Et prépare un sac, espèce d'idiote.

Carmen me donne la permission de ressentir toutes ces choses, et le sentiment que j'éprouve pour lui est si grand qu'il prend absolument toute la place en moi.

— Ça va ?

— Je crois que oui. Tout cela est terrifiant.

— Et excitant. Ça l'est aussi, non ?

— Oui, c'est ça. Il est juste...

— Il est tout ce que tu as toujours voulu et plus encore. Va le chercher.

— J'y vais !

Carmen rit.

— Bien. Et appelle-moi demain pour me dire comment ça s'est passé.

— D'accord. Merci de m'avoir sauvé la vie.

— C'est pour ça que je suis là. Je t'aime.

— Je t'aime aussi.

Je mets fin à l'appel et vais dans ma chambre pour préparer un sac parce que Carmen me l'a ordonné. Je refuse de m'attarder sur les nombreuses raisons pour lesquelles cela pourrait être une mauvaise idée. Je suis bien consciente de la multitude de raisons. Apparemment, je ne m'en soucie plus.

CHAPITRE 14

CARMEN

J e termine l'appel avec Maria et je danse joyeusement dans la chambre principale pendant que Jason me regarde du lit.

— Gros développement dans la saga de Maria, dit-il.

— Un *énorme* développement ! Austin est resté à Miami après le départ de l'équipe ! Il est resté *pour elle* !

— En effet, c'est énorme.

Je lève les bras au-dessus de ma tête et me lâche vraiment avec ma danse.

— C'est la chose la plus excitante qui soit arrivée depuis que tu t'es pointé à mon hôpital dans une Porsche noire avec une blonde à la place du mort.

Il rit.

— Si je me souviens bien, tu ne trouvais pas ça excitant à l'époque. Je crois que le mot que tu as utilisé était « prévisible » ?

— On s'en est remis, non ?

— Pas avant que je paye ta caution pour te sortir de prison.

Je continue ma danse sur le lit King-size californien.

— Tu n'as pas le droit de mentionner la *prison*.

On a réussi à cacher à mes parents et à mes grands-mères que j'ai atterri *deux fois* en prison le jour de notre rencontre. J'ai l'intention de continuer comme ça.

Il observe chacun de mes mouvements, comme il le fait toujours.

— Je n'y peux rien si la *taule* fera toujours partie de notre histoire.

Je l'aime à la folie, passionnément, éternellement, mais...

— Si tu t'obstines à parler de ça, tu vas faire une gaffe devant mes parents et mes grands-mères un de ces jours.

— Mais non. Puisque ce n'est pas encore arrivé...

Il me tend la main.

— Viens ici et apporte un peu de cette énergie à ton fiancé.

J'atterris sur le lit et me glisse sur lui. J'adore la façon dont ses bras m'enlacent et ses lèvres trouvent les miennes dans un baiser avide et passionné. C'est toujours comme cela entre nous, torride, sexy, amusant et tellement, tellement bon après les années que j'ai passées dans les affres du chagrin à la suite du meurtre de Tony.

Jason a restauré ma foi en l'amour, la vie et le bonheur, mais cela ne signifie pas que je ne m'inquiète pas pour lui chaque fois qu'il quitte la maison. Je me fais du souci et m'en ferai probablement toujours après avoir vu avec quelle rapidité la personne que j'aime le plus au monde peut m'être enlevée sans prévenir.

— Pourquoi es-tu devenue si tendue ?

— Je ne le suis pas.

Il me masse les épaules.

— Si, tu l'es tout à coup.

— Je pensais à combien je t'aime.

— Et ça te rend tendue ?

— Quand on aime quelqu'un autant que je t'aime, ça vient avec... des inquiétudes sur ce qui pourrait arriver, surtout quand c'est déjà arrivé avant.

— Ah, ma chérie, je ne veux pas que tu penses comme ça.

— Je ne peux pas m'en empêcher.

— Je veux que tu penses uniquement à des choses heureuses, comme notre mariage, notre lune de miel et tout le bonheur qu'on va avoir aux îles Turquoises sans parler du reste de notre vie.

— C'est à ça que je pense surtout.

— Il ne m'arrivera rien.

— Tu n'en sais rien, alors ne fais pas de promesse que tu ne pourras pas tenir.

— Je comprends pourquoi tu penses comme cela, mon cœur, mais je ne veux pas que tu t'inquiètes pour moi tout le temps.

— J'essaie de me maîtriser, mais avec le mariage qui arrive bientôt, je suis un peu plus anxieuse dernièrement.

— Qu'est-ce que je peux faire ?

Je me blottis dans son étreinte, éprouvant la même attirance irrésistible que je ressens à son égard depuis le jour de notre rencontre. Cela n'a fait que croître au cours des quinze mois depuis que nous sommes ensemble.

— Cela m'aide. Ça m'aide toujours.

— Je suis toujours heureux de te serrer dans mes bras, mais je veux savoir si le stress te pèse. Tu promets de me le dire ?

— Je te le dirai.

— Tout ira bien. Pense à Maria et continue à faire ta danse du bonheur.

— J'essaie. J'essaie vraiment.

MARIA

Je me force à regarder HGTV[1] pendant une demi-heure pour ne pas être tentée d'arriver trop tôt à l'hôtel. Tout en gardant le regard fixé sur le téléviseur, je refuse de penser à autre chose qu'à la peinture, à l'éclairage, au carrelage et aux ouvertures de portes coffrées. En sortant, je prends le sac que j'ai préparé à la demande de Carmen et dans le réfrigérateur le déjeuner que j'ai concocté plus tôt pour demain, l'emportant avec moi en espérant qu'il y aura un frigo dans sa suite.

Il n'y a presque pas de circulation à cette heure de la soirée et j'arrive à l'hôtel dix minutes avant la fin de l'heure d'attente qui m'est demandée. Je confie la voiture au voiturier, lui donne le nom de famille et le numéro de chambre d'Austin et je suis en train de chercher un fauteuil dans le hall d'entrée pour y passer quelques minutes de plus quand mon téléphone sonne avec un texto.

Ev s'est endormie comme une masse. Je suis tout à toi. Il a inclus son numéro de chambre.

Et bien sûr, mon cœur déjà trop attaché s'emballe à l'idée qu'un homme aussi extraordinaire soit tout à moi. Je tape une réponse. *Je monte.*

Il répond avec tous les émojis qui traduisent son bonheur.

Je suis une pauvre folle sur un chemin qui mène à la ruine, mais quel parcours merveilleux ! Je sors de l'ascenseur au septième étage et je suis les panneaux jusqu'à sa chambre. Je suis à peu près à mi-chemin dans le couloir quand je vois Austin qui m'attend dans l'embrasure de la porte.

Son sourire illumine mon univers et je cours vers lui, sans me soucier une seconde des nombreuses façons dont cela pourrait mal tourner, car il est là avec moi et rien n'a jamais été aussi bon que d'être avec lui.

Il m'attrape, m'enveloppe de ses bras puissants et me tient fort.

— Te voilà.

— Me voilà.

Sans me lâcher, Austin nous fait entrer dans la chambre et la porte se referme avec un claquement sourd. Il me plaque contre le mur et m'embrasse avec le même besoin que j'éprouve pour lui. Mon sac tombe sur le sol et mes bras se retrouvent autour de son cou, mes doigts enfouis dans ses cheveux tandis que ma langue se mêle à la sienne.

Je perds toute notion de temps, d'espace et de tout ce qui n'est pas lui, moi et nous, et cette chose incroyable entre nous qui semble devenir encore plus magique chaque fois que nous sommes ensemble. Puis je me souviens des choses que je voulais lui dire. Je me retire lentement du baiser mais garde mes lèvres près des siennes.

— J'ai apporté un sac avec mes affaires de travail.

— C'est la meilleure nouvelle de la journée.

— Mieux que de gagner ton vingt-deuxième match de la saison ?

— Bien mieux.

— Je peux mettre mon déjeuner pour demain dans ton frigo ?

— Mon frigo est ton frigo et au cas où j'oublierais de te le dire, tu es super mignonne.

— Parce que je fais mon déjeuner ?

— Pour ça et absolument tout le reste chez toi.

Je suis déjà complètement folle de cet homme et il faut qu'il soit adorable en plus.

— J'ai des conditions.

Il embrasse mon cou et je ne peux que gémir à cause des sensations qui me traversent comme une fièvre incontrôlable.

— Vas-y.

— Je ne veux pas qu'Everly nous voie ensemble au lit.

— Elle ne nous verra pas. Elle a sa propre chambre et elle ne bronchera pas avant 6 h du matin. Je vais m'installer sur le canapé avant qu'elle se lève.

— D'accord.

— Quoi d'autre ?

— Je veux savoir combien de temps tu vas rester ici et ce qu'on va faire.

— En fait, je pense passer l'hiver en Floride pendant l'intersaison.

Je m'éloigne de lui pour voir s'il est sérieux. Il l'est.

— *Vraiment ?*

Ma voix est perçante et aiguë.

Il sourit jusqu'aux oreilles devant ma réaction.

— Mm-mm.

— À cause de moi ?

— Non, à cause du soleil et des palmiers.

Il embrasse mon nez.

— Bien sûr, à cause de toi.

Prenant ma main, il se penche pour attraper mon sac, puis me conduit dans la suite spacieuse.

— Assieds-toi.

En m'installant sur le canapé, les jambes repliées sous mon corps, j'ai tellement de questions mais je n'arrive pas à organiser mes pensées assez pour en poser une seule. Il m'a coupé l'herbe sous les pieds avec cette nouvelle.

Austin range mon déjeuner dans le réfrigérateur, apporte un verre de Chardonnay pour moi et une bière pour lui, et s'assied à côté de moi, tourné vers moi. De sa main libre, il joue avec mes cheveux tout en fixant du regard mes lèvres.

— Que veux-tu savoir ?

— Tout. Ce que tu penses, ce que tu ressens et ce que tu prévois de faire.

— Après le match d'aujourd'hui, lorsque nous avons appris que le match de demain était annulé, j'en étais malade de devoir partir pour Baltimore un jour et demi plus tôt que prévu. Puis j'ai réalisé que je n'étais pas obligé de partir. Notre saison est terminée à partir d'aujourd'hui. Je peux faire ce que je veux et ce que je veux, c'est être avec toi – et Everly. Alors j'ai dit au coach que j'allais rester ici un peu, j'ai fait mes adieux aux gars et me voilà, exactement là où je veux être. Avec toi et ma fille qui dort à côté.

— Et toi, tu vas rester, pour l'hiver...

— Si tu le veux.

— Bien sûr que je le veux. C'est juste que je suis... Que se passera-t-il après ça ?

— Honnêtement, je ne sais pas. Je garde toutes les options ouvertes et pour le moment, il s'agit d'attendre. Mais voilà ce que je pense... On passe l'hiver ensemble, autant que possible, à sortir, à être avec Ev, à faire nos trucs. Et au printemps, on voit où on en est et ce qu'on veut faire.

— Tu donnes l'impression que c'est tellement simple, que je pourrais passer l'hiver avec toi et Everly et qu'ensuite vous pourriez partir ailleurs comme si cela n'avait aucune importance.

Il prend mon visage dans ses mains, caressant ma peau avec son pouce.

— C'est déjà très important pour moi. Pourquoi penses-tu que je suis encore là ?

— Je n'arrive pas à croire que tu sois resté.

En se penchant vers moi avec un sourire, il dit :

— Tu n'y arrives pas ? Vraiment ?

Il me prend mon verre, le pose sur la table à côté de sa bouteille de bière et m'embrasse à nouveau. Avant que je comprenne ce qui se passe, nous sommes enlacés, désespérément en quête de plus.

— Je sais qu'il y a tant de choses en suspens et tant de choses qu'on ne sait pas, mais il y a une chose dont je suis sûr, c'est combien je te veux dans ma vie.

— C'est ce que je veux aussi. Je vous veux, Everly et toi.

— Viens au lit avec moi, Maria. Sois avec moi.

Me souvenant de ce que Carmen m'a dit à propos des détails et de comment ils s'arrangent tout seuls, je fais un signe de tête subtil mais catégorique.

— Je présume que tu as ce dont on a besoin pour cela ?

Souriant, il dit :

— Tu présumes bien.

Il se lève, me donne la main et me conduit vers deux portes fermées, en désignant celle de droite.

— Je veux jeter un coup d'œil sur Ev vite fait.

— Je peux venir avec toi ?

— Bien sûr.

Il lâche ma main et nous entrons sur la pointe des pieds dans la chambre d'Everly, qui dort à poings fermés et est toute mignonne dans sa chemise de nuit rose. Austin remonte les couvertures sur ses épaules et embrasse le sommet de sa tête.

Je fais un geste vers elle, demandant silencieusement si je peux l'embrasser aussi.

Il s'écarte pour me laisser l'approcher.

J'embrasse son front et respire l'odeur du shampoing pour bébé dans ses cheveux. Puis je suis son père qui sort de la pièce et gagne la chambre voisine.

Austin laisse les deux portes entrouvertes pour pouvoir entendre Everly.

— Et si elle se réveille ?

— D'habitude, elle ne se réveille pas.

— Mais si elle se réveille ?

— Je l'entendrai. Ne t'inquiète pas.

Je m'inquiète pour tout, non pas que je veuille gâcher ce moment spécial en lui disant cela.

Mais il semble s'en rendre compte par lui-même lorsqu'il me serre dans ses bras.

— Ne te soucie de rien, ma douce Maria. Nous allons prendre les choses au jour le jour et trouver une solution. Je sais que c'est beaucoup te demander de t'embarquer avec moi dans cette aventure, mais tu es devenue l'une des personnes les plus importantes dans ma vie et je veux être avec toi. Dis-moi que tu le veux aussi.

— C'est ce que je veux. Bien sûr que c'est ce que je veux. C'est juste ce qui se passe par la suite qui m'inquiète.

— Je le sais, et tout ce que je peux faire, c'est te promettre que je te tiendrai au courant autant que possible et que nous parlerons de ce qui se passe et trouverons une solution.

— OK.

— Je vais essayer très fort de ne pas te décevoir.

— Je vais essayer très fort de ne pas te décevoir non plus.

— Tu ne le pourrais jamais.

— J'en serai probablement capable.

— Mais tu ne le feras pas. Je le sais déjà et la seule façon dont je risque de te décevoir serait en partant loin de toi pendant des mois. C'est la seule chose dont tu as à t'inquiéter en ce qui me concerne.

Il me dit, sans ambiguïté, qu'il ne me trompera jamais.

J'apprécie qu'il comprenne combien cela est important pour moi.

— Pareil. Et je ne laisserais jamais, jamais, *jamais* ton enfant seule à la maison, non plus.

— Je le savais déjà, mais merci de l'avoir confirmé. Y a-t-il autre chose que tu veux savoir ?

Tellement de choses, mais il m'a donné tout ce dont j'ai besoin pour me sentir bien dans notre situation actuelle.

— Pas pour le moment.

— Il y a une chose de plus que je veux que tu saches... Depuis la première fois qu'on a parlé, il y a des mois, je ressens une connexion avec toi que je n'ai jamais ressentie avec personne d'autre.

— Je la ressens aussi. J'avais tellement hâte qu'on puisse parler librement au bout d'un an. Je n'arrêtais pas de me dire de ne pas en faire tout un plat, mais il était bien trop tard pour ce genre de considération.

— Je pensais tout le temps à toi et me disais que c'était fou d'être aussi obsédé par quelqu'un que je n'avais jamais rencontré, en fait. Je ne connaissais pas encore ton nom que j'étais obsédé par toi.

— Idem. Je me suis demandé si le sentiment de connexion était dû à ce que j'ai fait pour Everly.

— C'était le cas au début, mais c'est bien plus que ça maintenant. Tu le sais, non ?

— Je crois.

— C'est vrai, Maria. Everly nous a réunis, mais tout ce qui s'est passé depuis a à voir avec toi et moi. Et tout ce que je veux, c'est plus de tout cela, plus de nous.

— Moi aussi.

Je suis complètement folle de cet homme et même mes inquiétudes sur ce qui pourrait se passer plus tard ne peuvent m'empêcher de vivre pleinement ce moment avec lui. Je me lève pour déboutonner sa chemise.

Il reste parfaitement immobile tandis que je suis la trace des boutons, laissant mes doigts effleurer sa poitrine et son abdomen musclé. Je dégage la chemise de ses épaules et il recule légèrement lorsque ma main effleure son épaule gauche.

— Tu as mal après avoir lancé ?

— Un peu. Ça va.

Je dépose un doux baiser sur son épaule gauche et il soupire en passant ses bras autour de moi.

— Tu devrais mettre de la glace dessus.

— Je vais le faire. Plus tard.

Il tire sur mon T-shirt et je recule pour le laisser me l'enlever.

J'ai toujours été gênée par mes courbes extravagantes, comme ma mère les appelait autrefois, mais cette façon avide qu'a Austin de regarder mes seins généreux contenus par le soutien-gorge transparent le plus sexy que je possède me remplit de confiance.

— Tu es si belle, Maria. Je n'oublierai jamais la nuit où tu m'as envoyé ta photo. La première fois que j'ai vu ton visage... J'ai dû fixer cette photo pendant une heure.

— C'était pareil pour moi. J'ai été instantanément attirée. Bien que je sois sûre que la moitié des femmes en Amérique sont attirées par ce joueur de baseball sexy avec son adorable petite.

— Il n'y a qu'une seule de ces femmes qui m'importe. Son opinion est la seule qui compte.

— Elle te trouve super sexy.

Il rit, même s'il semble embarrassé.

— Si tu le dis.

Maintenant que j'en ai le droit, j'ai envie de le toucher partout. Je passe mes mains sur les muscles très tatoués de sa poitrine, de son dos et de ses bras, en faisant attention à son bras gauche sensible.

— Pourquoi toute cette encre ?

— Tu détestes ça ?

— Non. En fait, c'est plutôt magnifique.

— Je suis content que tu le penses. J'adore dessiner et ça m'a semblé être un bon moyen d'exposer certains de mes tableaux.

— Attends. C'est toi qui as *dessiné* ça ?

Il acquiesce alors que je continue à passer mes mains sur lui.

— T'es en train de me rendre folle de toi.

— Ah bon ?

Son rire franc me fait sourire.

— Tu sais exactement ce que tu me fais, dis-je.

J'embrasse son torse et son bras, tournant autour de lui pour embrasser son dos, qui est aussi tatoué et musclé que l'avant de son corps. Pendant que je suis derrière lui, je glisse mes mains sur ses fesses et les serre, ce qui lui fait prendre une grande inspiration.

Je ne sais pas trop d'où vient cette tentatrice, mais avec lui je me sens libre comme je ne l'ai jamais été avec Scott ou les deux autres gars avec qui j'ai couché. Quand Austin me dit que je suis belle, je le crois. J'enlève mon soutien-gorge, j'appuie mes seins contre son dos et je me retourne pour déboutonner son short, glissant une main à l'intérieur de la bande de taille où je rencontre la tête de sa bite très dure.

— Maria... Si tu continues comme ça, ça va être rapide...

Il attrape ma main et se retourne pour m'embrasser avec une férocité qu'il ne m'a jamais montrée auparavant. Il y a un besoin urgent dans ce baiser qui me donne des jambes en coton. Nous tombons sur le lit sans rompre le baiser. Ses mains sont sur mes seins, les miennes sont à l'intérieur de l'arrière de son short. Je n'ai jamais eu envie de quelqu'un ou de quelque chose comme j'ai envie de cet homme qui m'a montré son cœur avant même que je ne voie son visage.

Il recule pour me regarder.

— Je veux que tu saches qu'il n'y a eu personne depuis qu'Ev est tombée malade. Je suis un désastre ambulant... Ça risque d'être fini avant même qu'on commence.

Je prends son visage dans mes mains.

— Tu n'es pas un désastre ambulant.

— Je le suis à l'intérieur.

— Non, tu es aussi beau de corps que d'esprit.

Il pose son front contre le mien.

— Toi aussi. Belle à l'infini.

Après cela, il n'y a plus de mots, seulement un désir si fort qu'il me consume totalement, à l'intérieur comme à l'extérieur. Nous nous arrachons nos vêtements jusqu'à être nus et nous enroulons l'un autour de l'autre.

Au fond de mon esprit, cependant, il y a le fait que sa fille dort dans la pièce d'à côté.

— On peut se couvrir, juste au cas où ?

— Ouais, bien sûr.

Nous nous libérons l'un de l'autre juste le temps de nous mettre sous les couvertures, puis nous revenons ensemble dans un enchevêtrement de membres et de désir frénétique. Je suis tellement emportée par lui que je n'arrive pas à penser à autre chose qu'à mon envie de lui, de cela et de nous.

Il rompt le baiser et se déplace de manière à être au-dessus de moi, déposant des baisers dans mon cou, le long de ma clavicule, puis dans la vallée entre mes seins.

— Tu n'as pas idée d'à quel point je suis distrait depuis que je t'ai vue vendredi soir. Je voulais t'embrasser partout, te toucher, te serrer dans mes bras, te faire l'amour. Je n'arrive pas à croire qu'il n'y a que deux jours de cela. J'ai l'impression d'avoir passé toute une vie à te désirer.

Ses mots sincères me font monter les larmes aux yeux. Jamais je n'aurais imaginé trouver quelqu'un comme lui et maintenant que je l'ai, je ne peux déjà plus imaginer ma vie sans Everly et lui.

Il prend mon téton dans sa bouche, le tire et le suce jusqu'à ce que j'en perde la tête et que je lui en arrache presque les cheveux.

— Doucement, ma tigresse, je ne suis pas encore prêt à devenir chauve.

Il sourit en embrassant mon ventre, ses lèvres m'enflammant avant même qu'il n'ajoute sa langue et ses doigts entre mes jambes et me donne l'orgasme le plus rapide de ma vie.

Je dois me mordre la lèvre pour ne pas crier quand il recommence, faisant de moi une loque tremblante, vidée de la personne que j'étais quand je suis entrée dans sa chambre. J'ai à peine commencé à m'en remettre que j'entends le froissement de l'emballage du préservatif et j'ouvre les yeux pour le voir le mettre en place, ma bouche salivant à la vue de son érection pour moi. Je tends les bras vers lui, l'encourageant à revenir, puis j'enroule mes bras et mes jambes autour de lui lorsqu'il se baisse sur moi. Ses lèvres trouvent les miennes dans un autre baiser frénétique qui me distrait de la pression de sa chair contre la mienne. Mais seulement momentanément.

J'halète et je bouge sous lui, le voulant tout de suite.

— Doucement, mon cœur. Tout doucement. Je ne veux pas oublier une seconde de tout cela.

Je lève les yeux vers lui et c'est cette façon dont il me regarde que je ne veux jamais oublier alors qu'il entre en moi, m'excitant jusqu'à la folie. Ça n'a jamais été comme cela, mais je n'ai jamais ressenti pour quelqu'un d'autre ce que je ressens pour lui depuis le début.

Lorsqu'il pousse, entrant complètement en moi, je dois à nouveau retenir le besoin de hurler de plaisir.

Austin effleure mes lèvres avec les siennes.

— Hé, murmure-t-il.

J'ouvre les yeux pour rencontrer son regard intense.

— Hé.

— Tu es si bonne, mais je savais que tu le serais.

— Mm, pareil. Tellement bon.

Nous bougeons ensemble comme si nous faisions cela depuis toujours.

— Je veux que tu saches quelque chose, murmure-t-il.

— Tout de suite, là ?

— Tout de suite.

— Quoi ?

— J'étais déjà à moitié amoureux de toi avant de te rencontrer.

— Moi, aussi.

— Et maintenant...

J'acquiesce, car je ressens la même chose, mais c'est presque trop fort pour être exprimé avec des mots.

Il me regarde dans les yeux pendant qu'il me fait l'amour, me changeant à jamais au cours de ces minutes où nos corps sont unis pour la première fois. C'est presque irréel, comme si cela arrivait à quelqu'un d'autre et que je regardais.

Je ne devrais pas être surprise qu'il soit aussi féroce, physique et exigeant au lit qu'il l'est sur le terrain de jeu, et le prochain orgasme me traverse comme un tsunami, touchant chaque partie de mon corps, en particulier mon cœur qui lui appartient désormais entièrement.

— *Mon Dieu,* Maria...

Il s'enfonce en moi, la tête penchée en arrière, les muscles tendus et son corps luisant de sueur alors qu'il atteint le sommet juste après moi. Il est la plus belle chose que j'aie jamais vue et je sais déjà que je l'aimerai pour toujours.

CHAPITRE 15

AUSTIN

Mon réveil sonne à 5 h, me rappelant de m'installer sur le canapé avant qu'Everly ne se réveille. J'ai les yeux irrités à cause de la nuit blanche, mais cela en valait vraiment la peine. La dernière chose que j'ai envie de faire, c'est de m'éloigner du corps chaud et nu de Maria, mais je lui ai promis de ne pas laisser Ev nous surprendre au lit ensemble et je suis d'accord pour dire qu'il est trop tôt pour ça.

Non pas qu'Everly s'en offusquerait. Elle aime « Rie » autant que moi. Eh oui, bien sûr que je l'aime. Comment pourrais-je ne pas l'aimer ? Et non, il ne s'agit pas de ce qu'elle a fait pour Everly, même si cela en fait partie. Comme je le lui ai dit, c'est bien plus que cela. Un mail à la fois, une conversation à la fois, un baiser à la fois, elle s'est frayée un chemin si profondément dans mon cœur que je ne peux pas me souvenir de ce qu'était la vie quand elle n'était pas au centre de mon existence.

Et après la nuit dernière, tout ce que je veux c'est ressentir encore et encore ce que j'éprouve quand elle est dans mes bras. C'est le meilleur sentiment que j'aie jamais eu en dehors de la paternité.

Je l'embrasse sur l'épaule et la laisse dormir tandis que je me traîne hors du lit, trouve un short, ferme la porte de ma chambre et me dirige vers le canapé pour m'y écrouler jusqu'à ce qu'Everly se réveille. Je me réveille quelques instants plus tard, suffoquant alors que le petit visage malicieux de ma fille ricane de la réaction qu'elle obtient en me bouchant le nez. Ça marche à tous les coups et son fou rire ravi est une belle chose à entendre au réveil, même si c'est à mes dépens.

— Tu te crois si drôle, Miss Everly.

— Papa bête.

Je la prends dans mes bras et la serre contre moi, respirant le parfum frais et propre de ses cheveux et remerciant le ciel, comme je le fais chaque jour, de son retour à la santé. Les souvenirs d'elle pâle, apathique, sans cheveux, meurtrie par d'interminables piqûres, resteront à jamais gravées dans ma mémoire. Mais dans des moments comme celui-ci, je ne vois que la petite fille douce et en bonne santé qu'elle est maintenant et j'en suis tellement reconnaissant envers la femme qui dort dans mon lit que j'en ai les larmes aux yeux.

Je peux vivre ce moment avec ma petite parce que Maria nous a fait le cadeau suprême. Je ne l'oublierai jamais.

J'allume la télé pour Ev, je trouve des dessins animés et je somnole un peu, jusqu'à ce qu'elle s'agite et veuille prendre le petit déjeuner. Je commande le service en chambre pour trois personnes et demande à Everly de s'asseoir sur le canapé une minute pendant que je vais réveiller Maria à 7 h 30. Elle doit commencer le travail à 9 h, mais je devine qu'elle aura besoin d'un peu de temps pour se préparer. De plus, je n'ai aucune idée de combien de temps il lui faudra pour se rendre au dispensaire d'ici.

Assis sur le bord du matelas, je dépose un baiser sur sa joue.

— Il est temps de se réveiller, ma Belle au bois dormant.

Elle gémit et s'enfonce plus profondément dans les couvertures.

— Je vais venir te chercher.

— Je suis si fatiguée.

— Je suis désolé.

— Tu ne l'es certainement pas.

— Non, je ne le suis pas, en fait.

Je lui mordille l'épaule.

— J'ai commandé le petit-déjeuner. Il sera bientôt là.

— Qu'est-ce qu'on dit à Ev ?

— Que tu es venue nous rendre visite et que tu as dormi chez nous. Elle ne se formalisera pas. Ne t'inquiète pas.

— D'acc.

— Euh, Maria ? Tu dois te lever.

— J'veux pas.

— Dis que tu es malade.

— *Je ne peux pas*, dit-elle sans ouvrir les yeux. J'ai fait ça après qu'on a rompu.

— On n'a jamais rompu.

— J'ai essayé de rompre avec toi.

— Ouais et ne recommence pas.

Ses lèvres dessinent un sourire même si ses yeux restent fermés.

— Ça n'a pas très bien marché la première fois, murmure-t-elle.

— Tu as des vacances à prendre ?

— Un peu.

Je trace un chemin de baisers de son épaule à son cou.

— Pourquoi ne prendrais-tu pas quelques jours pour qu'on puisse passer du temps ensemble ? Tu peux m'aider à chercher une maison.

— Je vais voir si je peux. Je suis en congé vendredi prochain pour le mariage de Carmen. Elle ouvre enfin les yeux.

— Veux-tu venir avec moi au mariage ?

— J'en serais ravi.

— Toute ma famille sera là. Ils ne nous lâcheront pas d'une semelle...

— D'accord.

— Tu dis ça parce que tu n'as aucune idée de ce qui t'attend.

— Je peux le gérer.

— Je suis sûr qu'on peut amener Everly aussi. Ça ne gênera pas Carmen. Il y aura d'autres enfants.

— Je dois retourner à un moment donné à Baltimore et faire mes bagages pour cet hiver qui n'était pas prévu à Miami. Je me dis qu'on va redescendre en voiture pour que j'aie ma voiture.

— Tu vas vraiment passer l'hiver à Miami ?

— Je vais vraiment le faire. Tu es sûre que tu veux toujours de moi ?

Elle prend ma main et la serre.

— J'en suis sûre.

C'est ridicule combien je suis soulagé d'entendre cela.

— C'est bien. Maintenant, lève-toi.

— Ton comportement avec les femmes au lit pourrait être mieux.

Je lève un sourcil.

— Vraiment ?

Elle glousse.

— Non, pas vraiment. Si c'était mieux, je serais complètement estropiée aujourd'hui au lieu de l'être en partie.

— Tu as mal ?

— Juste un peu. Mais c'est une bonne douleur.

— Papa !

— Le devoir m'appelle. Sors quand tu es prête. Je vais lui dire que tu es là.

— Dis-moi que tu as commandé du café.

— Bien sûr que j'en ai commandé.

— Merci.

Je l'embrasse sur la joue et la quitte pour retourner auprès d'Everly, en fermant la porte de la chambre derrière moi.

Sans quitter la télévision des yeux, Everly tapote le canapé à côté d'elle, aux commandes comme d'habitude.

Je m'assois à ses côtés et passe mon bras autour d'elle.

— Hé, alors la nuit dernière, après que tu es allée dormir, Rie est venue nous rendre visite, et elle est restée dormir.

Elle lève les yeux vers moi.

— Rie ?

— Oui, elle est là et elle va prendre le petit déjeuner avec nous.

— Voir Rie ?

— Dans une minute.

Je m'arrête une seconde avant de me jeter à l'eau.

— Tu aimes bien Rie, non ?

Everly acquiesce.

— C'est bien, ma puce. Je l'aime bien aussi.

Je l'aime tellement, tellement bien. La nuit dernière, c'était tout simplement... Je n'ai pas les mots pour décrire ce que j'ai ressenti en faisant l'amour avec elle – trois fois – et en dormant avec elle dans mes bras. J'ai eu ma part de petites amies, d'aventures et la véritable « relation » avec Kasey qui s'est terminée de façon dramatique, avec des menaces, des avocats et assez de chagrin pour que je reste célibataire pour la vie.

Mais je n'ai jamais été lié à quelqu'un comme je le suis à Maria et pas seulement au lit. Nous étions connectés de toutes les manières possibles avant même de nous retrouver nus ensemble et cela rend notre relation encore plus importante pour moi.

Le room service nous livre notre petit déjeuner et pendant que j'attends que Maria sorte de la chambre, j'en ai le souffle coupé tellement je suis excité de savoir qu'elle est là et qu'elle va nous rejoindre d'une seconde à l'autre.

J'installe Everly à la table avec des flocons d'avoine et du jus d'orange et je me sers une tasse de café. Le café n'a jamais été aussi bon que ce matin, tout comme le bacon que je pique sous un des couvercles de la nourriture.

— Papa, mange !

J'adore comment toutes ses phrases se terminent par des points d'exclamation maintenant qu'elle découvre sa voix.

— Je vais le faire, mon cœur. J'attends juste Rie.

— Rie ! Gace !

Je ne peux qu'éclater de rire. J'ai peur qu'elle soit terriblement gâtée parce que je la trouve si mignonne et je suis toujours si douloureusement conscient du fait que j'ai failli la perdre.

— Pas de glace avant le repas.

Elle prend une autre bouchée de flocons d'avoine en pensant à cela.

— Pourquoi ?

Alors que je célèbre encore un nouveau mot, je choisis mes propres mots avec soin.

— Parce que la glace, c'est le dessert et on prend le dessert après le repas.

— Pourquoi ?

— Parce que c'est la règle.

Ses petits sourcils se rapprochent tandis qu'elle réfléchit au mot « règle ».

— Les règles sont des choses que les petites filles doivent suivre pour devenir grandes et fortes.

Comme elle m'a déjà vu soulever des poids, elle fléchit les muscles de ses bras.

En riant, je lui dis :

— C'est ça.

Quand Maria nous rejoint enfin, j'utilise une serviette pour essuyer les flocons d'avoine du visage d'Everly. Maria porte une tenue médicale composé d'une tunique et d'un pantalon roses et une paire de Nike blanches. Les vêtements médicaux n'ont jamais été aussi sexy.

— Rie ! Gace ! Everly s'échappe de mon étreinte et court vers Maria.

Celle-ci la soulève et lui fait un gros bisou sur la joue, ce qui fait pouffer de rire Everly.

Mon cœur déborde de les voir toutes les deux ensemble, l'une aux cheveux et yeux noirs, l'autre blonde aux yeux bleus, liées l'une à l'autre pour toujours par un cadeau qui a sauvé une vie.

— Gace, Rie !

Maria rit et pince le nez d'Everly.

— Pas de gace avant la fin du repas, ma puce.

— Règles, dit Everly en fronçant les sourcils.

— Ça fait deux nouveaux mots aujourd'hui pour l'instant.

— C'était quoi, l'autre ?

— Pourquoi.

— Oh, mince.

— En effet...

Je prends Everly à Maria, la remets dans son siège pour qu'elle termine son petit-déjeuner et verse du café pour Maria.

Elle a l'air fatiguée mais heureuse. J'espère qu'elle l'est, en tout cas. Je veux qu'elle soit aussi heureuse que je le suis aujourd'hui après une nuit qui a changé notre vie à tous les deux, du moins c'est mon plus cher souhait.

— Comment le prends-tu ? demandé-je à propos du café.

— Noir, c'est bien.

— Ça va te faire reprendre du poil de la bête, dis-je en tapotant machinalement ma poitrine.

— Pas de poils là pour l'instant, répond-elle avec un regard expressif qui me ramène directement au souvenir de mon visage enfoui entre ses superbes seins.

— Je devrais peut-être vérifier ça à nouveau plus tard.

Elle rougit en buvant son café et essaie de ne pas me regarder.

Everly se lève et va courir dans sa chambre.

Je tire une chaise pour Maria.

— Assieds-toi.

— Merci.

— Je n'étais pas certain de ce que tu aimes, alors j'ai pris un peu de tout.

— Je me sens comme Vivian dans *Pretty Woman.*

Je ne suis pas sûr de ce qu'elle veut dire.

— Ce n'était pas une prostituée ?

Elle rit.

— Edward a commandé de tout le lendemain matin parce qu'il ne savait pas ce qu'elle aimait.

— La seule chose que tu as en commun avec elle, c'est que tu es une très jolie femme. Voyant qu'Everly est occupée dans sa chambre, je me penche pour embrasser Maria et ajoute :

— Très, très jolie.

— J'ai une sale tête ce matin. Quelqu'un a perturbé mon sommeil la nuit dernière.

— Si ça c'est toi avec une sale tête, je vais perturber ton sommeil tous les soirs.

— Tu ne peux pas. Je deviendrais un vrai ogre.

— Cela n'est pas possible.

— Demande à ma famille comment je suis quand je ne dors pas.

— Je le ferai dès que j'en aurai l'occasion. Mieux encore, je vais te priver de sommeil pour que je puisse le découvrir par moi-même.

Everly sort en courant de sa chambre avec son maillot de bain à l'envers et ses flotteurs accrochés à son cou. On dirait une sirène qui a pris une cuite, et Maria et moi rions.

— Papa, *nage* !

Les yeux de Maria brillent avec amusement au-dessus de sa tasse de café.

— Je parie que je sais ce que tu vas faire ce matin.

— Probablement toute la journée, ce qui est très bien. Tout ce que mon petit lapin veut faire me convient. Papa est en vacances !

— Bacances !

— Je vais devoir faire attention à chaque mot que je dis maintenant que mon bébé trouve ses mots.

— Mot.

— Et ça fait deux de plus.

Je secoue la tête, parce qu'une partie de moi a envie de pleurer tellement je suis soulagé de la voir rattraper les autres enfants de son âge à mesure que le temps passe depuis sa maladie.

Excitée à l'idée de nager, Everly court dans le salon, ses flotteurs et ses tongs à la main.

— J'ai entendu un médecin dire un jour que si les mots entrent, ils finissent par sortir, dit Maria.

— On nous a dit la même chose. L'un d'entre nous lui disait de faire certaines choses, comme aller chercher ses chaussures, et elle revenait avec des chaussures – peut-être pas une paire assortie, mais c'étaient des chaussures. Le docteur a dit que si elle faisait cela, elle finirait par dire les mots. Je pense que ce serait arrivé plus tôt...

Si elle n'avait pas été malade, mais je n'ai pas besoin de compléter ce blanc pour Maria. Elle a compris.

— Elle va bien, Austin. Je sais que c'est dur de ne pas s'inquiéter, mais elle est absolument parfaite.

— Tu peux continuer à me le dire ?

— Chaque fois que tu auras besoin de l'entendre.

Elle mange la moitié d'une omelette au fromage et au bacon et un morceau de pain perdu avant de prendre son sac et son déjeuner dans le réfrigérateur pour aller au travail.

J'appelle le voiturier pour sa voiture.

— Everly, viens dire au revoir à Rie. Elle doit aller au travail.

— Travail !

Everly se précipite pour enlacer les jambes de Maria.

Maria se penche et l'embrasse sur le sommet de la tête.

— Amuse-toi bien à nager avec Papa.

— Papa, *nage* !

— On y va, Winnie mon ourson.

J'ai envie d'embrasser Maria, mais je sais qu'elle ne le fera pas devant Everly.

— On peut te voir pour le dîner ?

— Je crois qu'on peut arranger ça.

— Très bien.

Everly part en courant tandis que je raccompagne Maria à la porte, où je lui vole un baiser. — Passe une bonne journée.

— Vous aussi.

— Tu vas nous manquer.

— Vous allez me manquer.

Je l'embrasse à nouveau.

— La nuit dernière était tout pour moi, Maria. Absolument tout.

— Pour moi aussi.

Je caresse son visage.

— Dépêche-toi de revenir.

CHAPITRE 16

MARIA

*J*e vais au travail dans le cirage à cause du manque de sommeil et de la béatitude que j'éprouve. La nuit dernière était incroyable, sauf que je n'ai dormi que trois heures. Je savais que j'en paierais le prix aujourd'hui et c'est le moment de passer à la caisse alors que je m'apprête à passer une longue journée complètement épuisée.

Mon téléphone sonne et je prends l'appel de Carmen.

— Alors, dit-elle, comment c'était, ma cousine ?

— Il n'y a pas de mots.

Elle crie et je grimace.

— Doucement ! Je suis privée de sommeil et je conduis.

— Oh, non ! Ça va être une longue journée, hein ?

— À qui le dis-tu ?

— Mais ça en vaut le coup ?

— Ça en vaut vraiment la peine. Vraiment, vraiment, vraiment.

— C'est ce que je voulais entendre. L'as-tu invité au mariage ?

— Oui, je l'ai invité. Il peut amener Everly ?

— Bien sûr.

Carmen est très zen à propos du mariage, ce qui contraste fortement avec sa première fois où elle a voulu s'occuper de tout jusque dans les moindres détails. Elle a appris depuis, de la pire façon possible, qu'on ne peut pas tout contrôler dans la vie. Elle se concentre donc sur elle-même et Jason et a confié le reste de l'organisation à sa mère et à ses grands-mères, qui sont aux anges.

— Je suis tellement, tellement heureuse pour toi, Mari. Personne ne mérite plus que toi une romance torride.

— C'est ce que c'est ?

— À toi de me le dire.

— C'est plutôt torride, si on peut dire ça comme ça.

— C'est ce qu'il y a de mieux, quand deux personnes destinées à être ensemble arrivent à se trouver dans ce monde insensé.

— Je ne sais pas si on est destinés à être ensemble, mais je suis de plus en plus attachée à chaque minute que je passe avec Everly et lui. Tu sais quoi ? Il va passer la saison morte ici.

— Ce n'est pas *vrai* !

Comme elle est sur le Bluetooth, je ne peux pas tenir le téléphone loin de mon oreille, mais je peux baisser le volume.

— Je n'arrive pas à croire que tu me dises ça maintenant, alors qu'on est au téléphone depuis... trois minutes entières ! C'est le gros titre !

— Pas le fait que j'ai couché avec lui ?

— Non ! Ça passe après le fait qu'il *déménage pour toi* !

— Temporairement. Qui sait où il sera d'ici le printemps ?

— On s'en fiche. On sait où il sera pour les prochains mois.

— Et qu'est-ce qui m'arrivera s'ils se retrouvent à 5 000 km d'ici pendant la moitié de l'année ?

— Tu partiras avec lui.

Je gémis.

— Toute ma vie est ici, Car. Tu sais que je n'ai jamais voulu vivre ailleurs.

— Je le sais et à un moment donné, tu devras peut-être choisir. Mais tu n'as pas à prendre cette décision aujourd'hui. Pour l'instant, la seule chose dont tu doives t'inquiéter, c'est de finir ton travail pour pouvoir les voir plus tard. Prends les choses au jour le jour et essaie de ne pas t'embourber dans tes soucis au point de ne pas apprécier ce qui se passe dans le moment présent.

— C'est un bon conseil.

— Je sais ! Tu devrais m'écouter.

Carmen marque une pause avant d'ajouter :

— Je l'ai vécu deux fois, cette *chose* inimitable qui ne peut être décrite par de simples mots. C'est un sentiment qui ne ressemble à aucun autre, et l'ayant vécu et perdu une fois, je te dis de faire tout ce qu'il faut pour t'y accrocher le plus longtemps possible, parce qu'il n'y a rien de tel que d'être amoureuse de la *bonne* personne.

Et maintenant je suis en larmes.

— J'ai compris.

Scott n'était pas la bonne personne pour moi. Je le sais maintenant. J'étais amoureuse de lui, mais il ne m'a jamais rendu une fraction de ce que je lui ai donné. Je sais déjà que ce ne sera pas le cas avec Austin. Je le savais avant qu'on fasse l'amour et j'en suis encore plus certaine maintenant. Pas une seule fois Scott ne s'est assuré que j'avais un orgasme – ou *deux* – avant d'obtenir ce qu'il voulait. Pas une seule fois. Et cela aurait dû être un énorme signal d'alarme qu'il n'était pas le bon pour moi.

C'est une parmi les centaines de façons dont Austin est différent de Scott. Il serait stupide d'essayer de comparer les deux – le chou et la carotte par excellence.

— Ça va ? demande Carmen.

— Je pense que oui.

— Sois heureuse du moment présent, Maria. C'est tout ce que nous avons.

— Je vais essayer très fort de faire ce que ma très sage cousine me dit de faire.

— Excellent. Alors mon travail ici est terminé – pour l'instant. Dînons ensemble un soir de cette semaine. Nous aimerions passer plus de temps avec Austin et Everly et apprendre à les connaître.

— J'en serais ravie. Peut-être demain soir ?

— Je vais voir avec Jason, mais ça devrait marcher. Pour parler d'autre chose, j'ai entendu de sources sûres que Marcus est mal en point.

— Dee m'a dit que sa salope l'a quitté.

— J'aimerais que ce soit aussi simple, dit Carmen avec un soupir. D'après ce que j'ai entendu, c'est parce qu'il a réalisé l'énorme erreur qu'il a faite en laissant Dee partir.

C'est un véritable choc.

— Impossible.

— Si, c'est vrai.

— Tu vas le dire à Dee ?

Carmen gémit.

— Je n'ai aucune idée de ce qu'il faut faire. Dis-le-moi.

— Pouah, je ne sais pas non plus. Elle a mis une éternité à l'oublier et puis quand il s'est *marié*...

— On dirait qu'il s'est marié par dépit. Les gens font des choses stupides comme ça et ensuite le regrettent.

— Parlons-lui quand elle sera là la semaine prochaine pour le mariage.

— Oui, c'est une bonne idée, dit Carmen. Je ne veux pas qu'elle rumine pendant une semaine à New York où elle ne peut rien faire.

— C'est sûr. On va l'aider à décider quoi faire. Je dois y aller. Je suis au dispensaire et il y a la queue devant la porte.

— Passe une bonne journée.

— Toi aussi.

— Je t'aime.

— Je t'aime aussi.

Je me gare derrière le dispensaire, je rassemble mes affaires et entre. Ma patronne, Miranda, sort de son bureau quand j'arrive. C'est notre infirmière diplômée et l'administratrice de la clinique.

— Bonjour.

C'est une grande femme noire d'une cinquantaine d'années qui a créé le dispensaire il y a trente ans avec son défunt mari, qui était un médecin de Cuba. J'ai tellement appris d'elle sur la santé communautaire, les soins infirmiers, la compassion et la justice sociale.

— Bonjour. Je vois que la journée s'annonce déjà chargée.

— C'est sûr.

Elle me regarde de plus près.

— Tu vas bien ?

Je m'arrête net.

— Je vais bien. Pourquoi ?

— Tu as l'air fatiguée.

— Je n'ai pas bien dormi la nuit dernière.

Parce que je faisais l'amour comme une folle avec le mec le plus sexy de la planète, mais je ne peux pas lui dire cela.

Elle me serre le bras.

— Je viens de refaire du café. Sers-toi.

— Merci.

Je range mon déjeuner dans le frigo et je me sers du café quand mon téléphone sonne avec un texto de Jason.

Salut, c'est strictement confidentiel, mais je suis inquiet pour Carmen. Elle m'a dit hier soir qu'elle avait peur qu'à chaque fois que nous sommes séparés, il m'arrive quelque chose comme à Tony. Je voulais que quelqu'un d'autre soit au courant pour que nous puissions nous assurer qu'elle est bien soutenue avant le mariage. S'il te plaît, garde cela pour toi.

Cela me rend si triste de penser qu'elle est anxieuse comme ça, surtout que je n'ai ni vu ni entendu de signe de sa part. Je lui réponds. *Merci de m'avoir prévenue, et je ne dirai rien. Je déteste qu'elle porte ce poids, mais je pense que c'est tout à fait compréhensible. Je pense qu'elle se sentira mieux une fois le mariage passé. Elle jongle avec beaucoup de choses en ce moment.*

Je me rends compte que j'ai été distraite par ma propre situation et que je n'ai pas gardé un œil assez attentif sur elle en tant que l'une de ses deux demoiselles d'honneur – et la seule qui soit du coin.

Oui, dit-il. Ça fait beaucoup, mais je veux que ce soit un moment heureux pour elle. Je ne sais pas comment la rassurer en lui disant que tout ira bien.

Continue de le lui dire et je ferai de même. Je prendrai de ses nouvelles plus tard. On a parlé de dîner ensemble cette semaine, avec Austin et Everly. Peut-être demain soir ?

Le fait de taper leurs prénoms me rend heureuse. C'est dire à quel point ils je suis mordue d'eux.

J'ai entendu dire qu'ils restaient dans le coin pour un moment et je suis content pour toi ! Faisons ça demain soir. Ce sera bien pour Carmen de passer du temps avec toi.

Je lui renvoie un pouce levé.

Ma journée devient folle à partir de ce moment-là, avec des patients de tous âges et aux problèmes de santé très variés. Beaucoup d'entre eux n'ont pas d'assurance maladie, nous sommes donc leur seule source de soins médicaux, ce qui est une responsabilité que nous prenons très au sérieux. C'est un travail satisfaisant de servir cette population et même si je pourrais gagner beaucoup plus d'argent en étant employée dans un hôpital, j'aime ce travail et le sentiment d'accomplissement que je ressens en m'occupant de notre patientèle.

Nous sommes tellement débordés que je mange mon déjeuner debout dans la salle de repos.

L'une de mes patientes de l'après-midi est une jeune mère nommée Sara, que je soupçonne d'être maltraitée par son petit ami. Nous avons développé une bonne relation au cours de plusieurs visites précédentes et je continue à espérer qu'elle me laissera l'aider. Elle est ici pour une visite de santé avec sa fille.

Je frappe à la porte et entre pour prendre les signes vitaux du bébé avant qu'elle ne voie Miranda.

Sara a les cheveux foncés et soyeux, la peau bronzée et de grands yeux bruns. Elle a un regard hagard qui me touche chaque fois que je la vois avec sa petite, Isabella.

— Comment allez-vous Mesdames, aujourd'hui ?

— Bien.

Sara s'assied sur la table d'examen avec Isabella, un bébé de trois mois potelé et bien soigné. Pendant que je pèse et mesure le bébé, j'essaie de trouver quelque chose à dire pour que Sara parle de sa situation à la maison, mais mon cerveau est brouillé par le manque de sommeil.

— Je vous ai vue à la télé l'autre jour, dit Sara.

— Ah oui ? C'était plutôt embarrassant.

— C'est génial la façon dont vous avez fait ce qu'il fallait pour cette petite fille.

— Je suis si heureuse que cela ait marché. Elle est en rémission.

— C'est une fille qui a beaucoup de chance.

— Oui et son papa et ses grands-parents lui sont très dévoués. Est-ce qu'Isabella a des grands-parents ?

Sara acquiesce.

— On ne les voit pas, cependant. Ils n'aiment pas son père, alors il ne veut pas que je les voie.

— Et le reste de votre famille et vos amis ?

— Ils ne l'aiment pas non plus.

— Est-ce que *vous*, vous l'aimez, Sara ?

Je pose la question aussi gentiment que possible, en espérant qu'elle me voie comme quelqu'un qui puisse aider et non pas aggraver la situation.

— Plus maintenant, dit-elle, les yeux remplis de larmes et la lèvre tremblante.

— Laissez-moi vous aider, ma belle.

— Il a dit qu'il prendrait Isabella si j'essayais de le quitter.

— Nous avons accès à des personnes qui peuvent vous aider. Vous vous souvenez de toutes les fois où vous êtes venue avec des hématomes et d'autres blessures que vous disiez être dues à une chute ou parce que vous vous étiez cognée ?

Tout en serrant le bébé contre elle, elle acquiesce.

— J'ai documenté chacun d'entre elles dans votre dossier. S'il vous fait du mal, nous avons des preuves.

— J'ai peur de lui, dit-elle en sanglotant. Il a dit qu'il me tuerait si j'essayais de le quitter.

— J'ai peur qu'il vous tue – vous ou votre bébé – si vous restez. S'il vous plaît, laissez-moi vous aider.

Elle lève le menton en signe d'accord. Ce léger mouvement est tout ce dont j'ai besoin pour agir.

— Restez ici. Je reviens et s'il vous plaît, n'appelez personne et n'envoyez pas de SMS.

Un appel ou un texto depuis la salle d'examen peut faire dérailler tout le plan. Nous sommes si près de pouvoir l'aider, je ne veux pas que cela arrive.

— Il n'y a plus personne à qui le dire. Il les a tous éloignés de moi.

Je lui tapote l'épaule.

— Nous allons y remédier.

Je quitte la salle d'examen en fermant la porte derrière moi et je vais dans le bureau de Miranda où elle travaille sur des dossiers entre deux patients tout en buvant de la soupe dans une tasse.

— J'ai enfin convaincu Sara de nous laisser l'aider.

— Merci, mon Dieu. Qu'est-ce que tu as en tête ?

— J'allais appeler la sergente Ramos.

L'inspectrice de l'unité des victimes nécessitant un traitement spécial, avec laquelle nous avons déjà,travaillé dans le passé, est presque toujours la première que nous appelons dans ces situations.

— Sara a-t-elle le soutien de sa famille ?

— Il l'a isolée, mais je pense que sa famille serait disposée à lui parler.

— Travaillons cet angle, aussi.

— OK, je m'en occupe.

Entre les visites des autres patients, je passe le reste de la journée à travailler sur la situation de Sara et à l'aider à signaler les abus qu'elle a subis au contact de son partenaire. La sergente Ramos est une pro et sait comment assurer la sécurité des victimes d'abus tout en les extirpant de situations dangereuses.

Lorsque finalement je pars à 18 h, je suis épuisée émotionnellement et physiquement, mais soulagée de savoir que Sara et Isabella seront en sécurité au sein de la famille de Sara ce soir, avec un agent chargé de surveiller la maison au cas où il y aurait des problèmes. C'est la première étape de ce qui sera un processus long et difficile, mais faire ce premier pas est la partie la plus difficile. Je me suis assurée que Sara sait combien je suis fière d'elle de l'avoir fait. Maintenant, je prie pour qu'elle ne perde pas sa détermination et ne retourne pas vers lui. Cela arrive bien trop souvent.

Dans ma voiture, je vérifie mon téléphone pour la première fois depuis ce matin et je trouve des messages et des photos d'Austin et Everly, qui ont passé une journée bien remplie à la piscine de l'hôtel. Alors que je regarde leurs adorables visages et leurs sourires heureux, mon téléphone sonne avec un nouveau texto d'Austin. *Tu as envie de quoi pour le dîner ? J'irai chercher tout ce que tu veux.*

J'allais lui dire que j'étais trop fatiguée pour faire quoi que ce soit ce soir, mais à l'instant où je vois leurs photos, ma détermination disparaît. *Mexicain ?*

Je m'en occupe. Tu arrives vers quelle heure ?

Je rentre à la maison pour me doucher et me changer et ensuite j'arrive.

On a hâte...

Moi aussi.

Apporte ton maillot. Everly veut montrer à Rie combien elle est douée pour la natation.

C'est d'accord.

La circulation est mauvaise sur le chemin du retour, ce qui me laisse le temps de prendre des nouvelles de Carmen. J'ai pensé aux soucis de Jason toute la journée, même quand j'étais trop occupée pour souffler.

— Salut, dit-elle. Quoi de neuf ?

— Je prends juste des nouvelles de la mariée. Je me suis rendu compte aujourd'hui que je n'ai pas rempli mes fonctions de demoiselle d'honneur en oubliant de demander ce que je pouvais faire pour aider avec le mariage.

Elle nous a demandé de ne pas nous embêter avec des cadeaux pour l'enterrement de vie de jeune fille puisqu'ils vivent ensemble depuis plus d'un an et ont déjà tout ce dont ils ont besoin.

— Il n'y a vraiment rien à faire. Maman, Nonna et Abuela sont des Madame J'Ordonne, et cela me convient. Ça les occupe et les tient à l'écart des ennuis.

— Et de vos oignons.

— Oui, aussi.

— Je pense que ça les empêche de se mêler de mes affaires, aussi. Elles ont été assez cool au sujet de ce qui se passe avec Austin.

— Tu pourras me remercier plus tard, mais sois prête à ce qu'elles reportent leur attention sur toi après le week-end prochain.

— Aïe. Merci de l'avertissement.

Elle éclate de rire, un son que j'apprécie à la lumière de ce que Jason a partagé plus tôt avec moi.

— Tu sais que je suis là si je peux faire quelque chose pour toi, hein ? lui demandé-je.

— Bien sûr. Je n'arrive pas à croire que c'est déjà la semaine prochaine !

— C'est ce qui arrive quand on a des fiançailles de trois mois.

— C'est vrai.

— Je suis contente que tu sois excitée. Tu mérites tous les bonheurs, Car. C'est ce qu'on veut tous très fort pour toi.

— Je le sais. Merci de m'avoir soutenue pendant toutes les années qu'il m'a fallu pour trouver Jason.

— C'est toujours un plaisir d'être un soutien pour toi.

— De même. Est-ce que tu vois Austin ce soir ?

— Oui, je vais à son hôtel une fois que je serai rentrée chez moi pour me changer.

— Et pour préparer un sac.

— Et pour préparer un sac.

— Bravo, ma petite ! Appelle-moi demain matin et dis-moi comment s'est passé le deuxième round.

— Ce sera le quatrième round et plus, en fait.

— *Doucement*, ma fille, tu ne fais pas les choses à moitié quand tu te remets en selle.

Cela me fait rire.

— J'ai l'endolorissement de la selle pour le prouver.

Carmen grogne tellement elle rit.

— La meilleure sorte de douleur. Amuse-toi bien ce soir et appelle-moi demain matin.

— D'accord. À plus tard.

— À plus tard. Je t'aime.

— Je t'aime aussi.

Nous nous le disons presque à chaque fois que nous nous parlons depuis la mort de Tony, parce que nous sommes maintenant douloureusement conscientes que cela peut toujours être la dernière fois.

À la maison, je prends une douche rapide et je me lave les cheveux pour me débarrasser de tous les microbes du dispensaire avant de voir Everly, dont le système immunitaire est encore fragile. Je prépare mon déjeuner et fais mon sac pour rester à nouveau chez Austin, mais ce soir, je dormirai beaucoup plus.

Je me rends compte que j'ai oublié de demander à Miranda si je pouvais prendre des congés plus tard dans la semaine. Je lui envoie un texto rapide. *Je voulais te demander aujourd'hui si ça t'ennuie que je prenne un jour ou deux cette semaine ? J'ai des amis en ville et j'aimerais passer du temps avec eux si tu peux me libérer.*

Je me sens toujours coupable de demander des congés parce que le dispensaire est occupé tous les jours et chaque fois que l'un d'entre nous est absent, c'est la galère pour tous les autres. Mais Miranda prêche toujours pour prendre soin de soi et le temps libre compte.

Bien sûr, pas de problème. Prends jeudi et vendredi. Jason est là jeudi, alors ça devrait aller.

Super, merci.

Et avec ça, ma semaine de travail s'est raccourcie de deux jours. Remplie d'excitation, je conduis jusqu'à l'hôtel d'Austin et me gare avant de prendre l'ascenseur jusqu'à sa chambre. Je frappe à la porte et souris quand j'entends Everly crier.

Il arrive à la porte, la portant dans ses bras, tous deux le teint hâlé par une journée à la piscine.

Avant qu'Austin ne puisse dire un mot, Everly s'écrie :

— Rie ! Gace ! Nage !

En annonçant notre programme, elle se penche vers moi et je la prends des bras d'Austin.

Il me débarrasse de mes sacs, souriant de la façon dont Everly prend le contrôle.

— Tu laisses Rie entrer.

— Rie ! Entre !

— Je suis là !

Je serre l'adorable petite dans mes bras jusqu'à ce qu'elle se tortille pour que je la laisse descendre. Une fois que je l'ai posée, elle part en courant.

Austin profite de l'occasion pour m'embrasser.

— J'ai cru que ce soir n'arriverait jamais, dit-il entre deux doux baisers. J'avais hâte de te voir.

— Pareil. *Longue* journée.

— Tu vas bien ?

— Oui, mais je suis fatiguée.

Il m'enlace et presse ses lèvres contre le sommet de ma tête.

— Je vais m'assurer que tu feras une bonne nuit de sommeil.

— Pourquoi est-ce que je ne te crois pas ?

En riant, il dit :

— Je le ferai. Je te le jure.

— Rie ! Dors ! dis-je.

Il rit de mon imitation d'Everly.

— Rie dormira. Je te le promets.

— J'ai pris mon jeudi et mon vendredi.

Son sourire illumine tout son visage.

— C'est la meilleure nouvelle de la journée. Tu peux m'aider à décider quelle maison louer pour l'hiver et ensuite je vais retourner à Baltimore samedi pour faire mes bagages et revenir ici à temps pour le mariage. Ça te semble être un bon plan ?

— Cela me semble bien, sauf pour la partie concernant ton départ.

— Je ferai vite.

— Je n'arrive toujours pas à croire que tu restes pour l'hiver.

Il m'embrasse à nouveau.

— Crois-le, baby. Le seul endroit où Ev et moi voulons être est là où tu es.

CHAPITRE 17

AUSTIN

Cette semaine à Miami avec Maria et Everly est l'une des meilleures que j'aie vécues depuis longtemps. Pour la première fois depuis qu'Ev a été malade, je me suis vraiment senti détendu comme je ne pouvais pas l'être lorsque la peur de perdre ma fille envahissait chaque instant – et me torturait les rares fois où je dormais. Vivre avec ce genre de peur est débilitant, alors c'est un énorme soulagement de retrouver la capacité de me détendre et de profiter de ma vie sans attendre tout le temps qu'une catastrophe ne se produise.

Bien sûr, Maria y est pour beaucoup dans cette capacité à me détendre. Sa présence apaisante est exactement ce dont j'ai besoin et je veux être avec elle tout le temps. Je l'ai avec moi depuis hier après le travail et nous avons jusqu'à mon départ pour Baltimore samedi matin pour passer du temps ensemble – trois nuits et deux jours complets avec Maria.

Nous avons dîné avec Carmen et Jason hier soir, ce qui était très amusant. Jason est un mec génial et je nous vois bien devenir amis. Il a promis de me faire faire du golf et du vélo quand je rentrerai à Miami. Et Carmen est géniale. J'adore la façon dont elle et Maria finissent les phrases l'une de l'autre et rient de leurs blagues privées.

Elles parlent un langage qui leur est propre, développé au cours d'une vie de complicité. J'ai adoré être avec elles et voir Maria complètement elle-même avec la cousine qu'elle adore.

La seule chose qu'Everly a voulu faire cette semaine, c'est nager. Nous lui avons proposé une grande variété de choses à faire aujourd'hui, mais nous avons fini par passer une autre journée à la piscine. Nous l'avons déjà prévenue que nous allions visiter des maisons demain et que nous n'irions pas à la piscine avant un moment. J'ai fait savoir à l'agent immobilier qu'en plus de deux suites parentales, la maison que nous louerons devra avoir une piscine – avec une clôture gigantesque autour pour qu'il n'y ait aucune chance qu'Everly puisse s'en approcher sans que l'un de nous ne soit avec elle.

Les parents de Maria nous ont invités chez eux ce soir, mais pour l'instant, Maria et moi profitons d'un peu de temps pour nous deux pendant la sieste d'Ev.

— À quoi penses-tu ? demande Maria en traçant un chemin sur mon torse avec son index.

— Je pense qu'être nu dans le lit avec toi est ma nouvelle chose préférée.

— Ce n'est pas à ça que tu pensais.

— Comment tu le sais ?

— Parce que tu étais tendu.

— Juste pour info, être nu au lit avec toi est en fait mon nouveau truc préféré.

— Moi aussi, avec toi, mais tu ne m'as toujours pas dit ce qui te rendait tendu.

— Je me disais qu'il fallait qu'on trouve une maison avec une piscine pour Ev, mais il faut qu'elle soit entourée d'une gigantesque clôture pour que je n'aie pas à m'inquiéter pour elle tout le temps qu'on y vivra.

— C'est un bon point.

— Penser à la garder en sécurité m'a rendu tendu, mais juste avant ça, je pensais au fait que je suis plus détendu que je ne l'ai été depuis le désastre de l'année dernière et c'est entièrement grâce à toi.

— Cette semaine a été très amusante. Es-tu prêt à rencontrer mes parents et mes frères ?

— Je suis prêt. J'ai hâte.

— Tu dis ça maintenant... Quand ils seront tous dans tes pattes, tu pourrais changer de chanson.

— Ce sera un jeu d'enfant comparé aux médias du baseball qui se sont mêlés de mes affaires pendant la saison.

— Papa m'a demandé hier où tu pensais que tu allais finir. J'ai dit que je ne le savais pas, alors il va probablement te le demander.

— C'est la grande question qui plane sur tout en ce moment.

— Quand le sauras-tu ?

— En décembre, lorsque les réunions d'hiver auront lieu. C'est à ce moment-là que tous les contrats seront finalisés, mais il y aura beaucoup de discussions et de choses entre-temps et tout s'accélérera vraiment après les World Series. Mon agent, Aaron, est sur le coup. Je lui ai dit de me tenir au courant mais de me laisser profiter de mon temps libre.

— Trois mois, c'est long à attendre.

— Je compte sur toi pour me divertir.

En regardant l'heure sur l'horloge de la table de chevet, je vois qu'il nous reste une heure avant qu'Ev ne se réveille.

— Tu peux commencer maintenant, ma chérie.

Je lève son menton pour recevoir mon baiser. Je ne me lasse jamais de l'embrasser. En fait, c'est ma nouvelle deuxième chose préférée à faire. Comme toujours avec Maria, nos baisers deviennent rapidement désespérés et passionnés, alors que nous nous efforçons de nous rapprocher l'un de l'autre.

Je ne peux jamais être assez près d'elle.

Sa jambe se glisse entre les miennes, sa douceur se presse contre ma bite dure et son parfum envoûtant remplit chaque partie de mon corps d'un désir féroce. Je suis complètement accro à elle et cela « empire » de jour en jour, ce qui me convient parfaitement. Je n'ai aucune idée de comment je vais la quitter pendant cinq jours pour rentrer à Baltimore, faire mes bagages et récupérer ma voiture. Ça va être cinq jours terriblement longs, putain.

Je suis tellement épris par elle que j'oublie presque de prendre un préservatif. Je m'éloigne d'elle, abasourdi par la façon dont je me suis emporté. Je ne prends jamais ce genre de risques, surtout pas après ce que je soupçonne Kasey d'avoir fait.

— Je prends un contraceptif.

Maria saisit ma main pour me faire découvrir la bosse sur son bras.

— Long terme, pas de pilules, pas de patchs, pas de risque d'erreur.

— Je me demandais ce que c'était. Je pensais que ta famille t'avait mis une puce électronique.

Ai-je mentionné à quel point j'aime son rire rauque et sensuel ? Elle rit comme elle vit, de tout son être.

— Ils ne sont pas aussi mauvais que ça, pas *tout à fait*.

— Alors ce que tu es en train de dire...

— Est qu'il n'y a presque aucune chance que je tombe enceinte.

Je réfléchis à cela pendant une seconde. Chaque partie de moi fait confiance à cette femme, mais j'ai déjà été tellement échaudé que je ne suis pas sûr de pouvoir aller jusque-là, même avec Maria.

Naturellement, elle le sait, parce que c'est Maria et qu'elle me comprend. Lorsqu'elle pose ses mains sur mon visage, que je vois son expression ouverte, honnête et tendre, je me sens aimé d'une manière que je n'ai jamais connue avec aucune autre femme. Je suis bien plus habitué aux femmes qui attendent quelque chose de moi qu'à celles qui semblent vouloir me donner – et donner à ma fille – tout ce qu'elles ont.

— Je comprendrais tout à fait si tu voulais continuer à utiliser des préservatifs.

— Je te fais confiance. Bien sûr que je te fais confiance.

— Je sais que tu me fais confiance et je sais que ceci te pose problème. Je le dis juste pour que tu le saches.

— Merci de me l'avoir dit.

— J'ai gâché l'ambiance ?

— Ce n'est pas possible que tu ruines mon humeur quand tu es douce, gentille et nue dans mes bras.

Elle m'attire dans un autre de ces baisers chauds et sexy qui me rendent fou d'elle et avec ses seins pressés contre mon torse et ses jambes enroulées autour de mes hanches, je décide de voir comment c'est sans préservatif. Juste pour une seconde...

Et il ne faut que ce temps pour comprendre ce que doit être le paradis.

— Maria... Toi... Je... *Dieu.*

Elle rit jusqu'à ce que je m'enfonce plus profondément en elle, quand son rire se transforme en la meilleure sorte de gémissement.

— Ça... J'allais seulement... Pendant une seconde...

Le rire la fait trembler sous moi tandis que j'essaie de me ressaisir pour que ce soit bon pour nous deux. Avec mes mains sur ses hanches, je la tiens immobile et je perds toute notion de temps, de lieu et de tout ce qui n'est pas cela, elle et nous. *Putain*, on est si bien ensemble, et je l'aime, j'aime faire l'amour avec elle, être avec elle, la toucher, rire avec elle. J'aime lui parler, la tenir dans mes bras et la regarder avec Ev, qui adore sa Rie autant que moi.

Je l'enlace et elle fait de même avec moi.

Nous jouissons ensemble, nous tenant fermement l'un à l'autre à travers la tempête. C'est la meilleure chose que j'aie jamais vécue avec une femme et j'ai du mal à ne pas lui dire combien je l'aime, combien je veux qu'elle reste avec moi pour toujours afin que j'aie une chance d'être heureux. C'est dire à quel point elle est devenue vitale pour moi. C'est dire à quel point j'ai besoin d'elle.

Mais je n'ai pas le temps de parler de cela maintenant, avec Everly qui dort dans la chambre d'à côté et nous qui devons aller chez les parents de Maria dans une heure.

— Il faut prendre une douche, dit Maria après une longue période de silence.

— Mm-mm.

Elle me tape doucement sur l'épaule.

— Ça veut dire que tu dois bouger, Austin.

— Je ne peux pas bouger. Je n'ai jamais été aussi bien.

— Everly va te trouver cul nu en train d'étouffer sa Rie si tu ne bouges pas.

— C'est seulement parce que je n'ai pas envie d'expliquer pourquoi j'étouffe sa Rie que je vais bouger.

Je l'embrasse et ajoute :

— Ce n'est que partie remise.

On se douche à tour de rôle et quand j'entends Everly remuer dans l'autre pièce, Maria et moi sommes présentables. Nous avons eu de la chance jusqu'à présent qu'Ev ne nous ait pas surpris au lit ensemble, mais je ne me fais pas d'illusions : cela ne va pas durer. J'espère qu'au moment où elle nous y trouvera, Everly sera tellement habituée à nous voir ensemble qu'elle ne verra pas d'inconvénient à ce que nous dormions ensemble, aussi.

Everly nous veut tous les deux quand elle se réveille de sa sieste et pendant que Maria l'aide à choisir une robe pour le dîner chez ses parents, je m'efforce de dompter ses boucles blondes en une queue de cheval.

— *Aïe*, Papa.

— Désolé, Winnie l'ourson. Tu t'es emmêlé les cheveux.

— Rie fait !

— Rie t'habille. Je m'occupe de tes cheveux.

— Rie ! Cheveux !

Je lève les yeux vers Maria, toujours aussi amusé par mon petit bébé autoritaire.

— Et nous avons un autre nouveau mot.

— On permute.

Maria est d'une patience infinie lorsqu'il s'agit d'Everly et de ses nombreuses demandes – et elle m'assure qu'Everly n'est pas en train de devenir une gamine qui jappe des ordres à tout le monde autour d'elle, ce qui était ma crainte. En fait, dit Maria, elle est en train de devenir une enfant de trois ans parfaitement normale.

Une enfant de trois ans parfaitement normale. Ce sont les meilleurs mots que j'aie jamais entendus et tandis que je regarde Maria s'occuper efficacement des cheveux d'Everly, je réalise à quel point Ev s'attache à elle et à quel point elle le sera encore plus à la fin de l'hiver. Nous allons devoir trouver une solution et faire un plan pour être ensemble, parce que vivre sans Maria n'est pas une option.

MARIA

Je suis nerveuse à l'idée de les amener à la maison pour les présenter à ma famille, surtout parce que mes parents vont nous regarder ensemble et savoir au premier coup d'œil que je suis amoureuse de lui – ainsi que d'Everly – et ils auront des tonnes de questions sur ce qui va se passer. J'ai les mêmes questions et pas encore de réponse. Je vais devoir attendre comme tout le monde jusqu'à ce qu'Austin sache où il jouera l'année prochaine, et nous ne le saurons pas avec certitude avant décembre.

J'ai déjà compris que cette relation va changer ma vie et j'essaie de m'y faire. J'aime les choses telles qu'elles sont, avec la plupart de ma famille et de mes amis à proximité, un travail qui me satisfait et une communauté dynamique qui joue un rôle si important dans ma vie. Honnêtement, je ne peux pas m'imaginer vivre ailleurs, mais à l'approche de cinq jours sans Austin et Everly, je commence à penser différemment.

Et oui, cela me fait terriblement peur, parce qu'après Scott je me suis promis de ne plus jamais réorganiser ma propre situation pour m'adapter à la vie de quelqu'un d'autre. J'étais malléable comme de la pâte à modeler, tellement déterminée à essayer de m'adapter au monde de Scott, à le rendre heureux, à faire en sorte que notre relation fonctionne, que je me suis perdue. J'ai juré de ne plus jamais faire cela, mais maintenant je me demande comment ce serait de vivre une partie de l'année à Seattle, Chicago, Boston, San Francisco ou Los Angeles et de passer la saison morte à Miami.

Je me rends également compte qu'Austin va avoir vingt-neuf ans au début de l'année prochaine. Ce prochain contrat pourrait bien être son dernier, donc ce n'est pas comme si nous parlions de déménager pour toujours. Je sais aussi, à coup sûr, qu'il est probablement beaucoup trop tôt pour envisager de telles éventualités. Mais je sais tout autant que je veux cet homme et sa fille dans ma vie. En ce sens, il n'est pas du tout trop tôt pour penser à l'avenir.

Austin conduit sa voiture de location et je lui indique le chemin de la maison de mes parents à Little Havana. Il garde une main sur ma jambe pendant qu'il conduit et, comme toujours, son contact fait circuler plus vite le sang dans mes veines. Sur la banquette arrière, Everly chante une chanson de sa propre création, avec des mots mélangés qui n'ont de sens que pour elle. Le son joyeux de sa voix nous fait sourire tous les deux, alors que nous nous imprégnons de ce moment.

Le téléphone d'Austin sonne et il le sort de sa poche pour me le tendre.

— Qui est-ce ?

— Kasey.

Son expression est empreinte de choc quand il me regarde.

— Décline-le.

Je fais ce qu'il veut, mais je me demande ce que cela signifie qu'elle l'appelle.

— Quand lui as-tu parlé pour la dernière fois ?

— Il y a des mois.

Je ne peux pas croire qu'elle ne prenne pas régulièrement des nouvelles de sa fille, au moins, surtout après qu'Everly a été si malade. Mais c'est la même femme qui a laissé un bébé seul à la maison, alors pourquoi suis-je surprise qu'elle ne se soucie pas assez d'elle pour savoir comment elle va ? Malgré tout, cela me rend triste pour Everly et d'une manière bizarre, je suis triste pour Kasey, parce que je vois ce qu'elle rate en n'étant pas présente dans la vie d'Everly.

— Qu'est-ce que tu crois qu'elle veut ?

— Qui sait ?

J'ai tant d'autres questions, mais je décide de ne pas les poser maintenant. Va-t-il la rappeler ? Est-ce qu'elle rappellera ?

Nous arrivons chez mes parents quelques minutes plus tard et, voyant la voiture de Nonna dans l'allée, je demande à Austin de se garer dans la rue, devant la maison en stuc jaune à deux étages où j'ai grandi. Une clôture en ferraille blanche richement décorée entoure la maison et la cour et ma mère a rempli les jardinières de fleurs colorées.

— Home sweet home, dis-je à Austin lorsque nous marchons vers la porte du garage qui est ouverte.

Il tient la main d'Everly qui remonte l'allée en sautillant.

— C'est très joli.

— Ils y travaillent constamment. Ils peignent, ils taillent, ils plantent. C'est comme ça qu'ils déstressent du travail.

— L'effort se voit. C'est très beau.

— Ils en sont fiers.

Je m'arrête et me tourne vers lui.

— N'oublie pas ce que je t'ai dit tout à l'heure sur le fait que ma famille est connue pour poser des questions inappropriées.

Il sourit, me donnant envie de n'avoir rien d'autre à faire que de fixer son magnifique visage pendant les prochaines heures.

— Pas de problème. Je ne suis pas inquiet.

— Eh bien, je suis assez inquiète pour nous deux. Ma Nonna est ici, ce qui signifie qu'elle a pris un soir de congé du restaurant, et ça n'arrive presque jamais. Si elle est là, Abuela est probablement avec elle et elles font un duo comme tu n'en as jamais vu.

Il se penche et m'embrasse sur la joue.

— J'ai hâte de les revoir. Tout va bien, ma chérie. Il n'y a pas de quoi se faire du souci.

— Tu dis ça maintenant...

— Tu les aimes, alors je les aimerai aussi.

Il pose sa main dans le bas de mon dos, m'incitant à avancer pour que je puisse lui présenter ma famille.

Nous entrons par la porte du garage, qui nous mène directement dans la cuisine, où ma mère a probablement passé toute la journée à tout préparer pour recevoir Austin à dîner. Ma famille fait tout un foin de tout, y compris du dîner du jeudi soir avec le nouveau petit ami de Maria et sa fille.

— Lo, ils sont là !

Ma mère appelle mon père à plein poumons – et du coffre, elle en a. Elle se concentre sur Austin, comme un rayon laser qui trouve sa cible.

— Et vous devez être Austin.

Non, c'est un gars que j'ai trouvé dehors sur le trottoir.

— Oui, voici Austin et Everly.

Ev se cache derrière son papa jusqu'à ce que ma mère s'accroupisse pour la saluer à son niveau.

— Coucou, Everly, je m'appelle Elena.

Maman tend la main à Ev.

Everly lève les yeux vers moi.

Je m'accroupis aussi.

— C'est ma maman. Tu peux lui dire bonjour ?

— Bonjour.

Elle serre la main de ma mère.

— Comme elle est charmante !

Je souris à ma mère.

— On le pense aussi.

Everly se jette contre moi et je la prends dans mes bras, voulant qu'elle soit à l'aise avec ma famille comme avec moi.

Papa entre dans la pièce et je le présente à Austin et à Everly, qui est très timide avec mon père jusqu'à ce qu'il m'embrasse sur la joue et joue à lui faire coucou.

Il la fait rire en un rien de temps, ce qui ne me surprend pas. Il est chou et les enfants l'aiment toujours.

— Entrez, dit-il. Que puis-je vous proposer à boire, Austin ? J'ai de la bière, du vin et du soda.

— Une bière, ça me va bien, dit Austin.

— Du vin pour toi, mon cœur ? demande Papa.

— Ce serait super, Papa. Merci.

— Le dîner est presque prêt, dit Maman. Entrez avant que les garçons ne mangent tous les amuse-gueules.

Je conduis Austin dans le salon où mes frères sont assis avec Nonna et Abuela, qui bondissent toutes deux de leur chaise pour nous accueillir avec des embrassades et des câlins, comme si nous ne nous étions pas vus depuis des années alors que nous les avons vues seulement samedi soir dernier.

— Ça fait tellement plaisir de vous revoir, Austin, ainsi que votre charmante petite, dit Nonna en l'embrassant.

— Merci de nous recevoir.

— Austin, Everly, ces animaux sont mes frères, Nico et Milo, qui ne sont là que pour la nourriture et pour rencontrer le célèbre lanceur.

— Il ne faut pas l'écouter, dit Nico quand il se lève pour serrer la main d'Austin. Nous avons appris à l'ignorer.

Il est le beau grand brun par excellence – si beau qu'il est toujours célibataire à trente-et-un ans et un dragueur de première classe, d'après ce que j'ai entendu. J'essaie de ne pas prêter trop attention à sa vie sociale très active.

— Je ne pourrais jamais ignorer Maria, dit Austin. C'est ma personne préférée à qui parler.

Nico lève les yeux au ciel.

— Si vous le dites.

Je mets mon bras autour de mon petit frère.

— Voici Milo. Il est beaucoup plus gentil que l'autre.

Lui aussi serre la main d'Austin.

— Enchanté. Le match parfait de cette saison était vraiment *génial*.

— Merci. Ravi de vous rencontrer, aussi.

À vingt-cinq ans, Milo est tout aussi beau que Nico, mais il est un peu plus lourd et porte des lunettes à monture noire qui lui donnent un air de geek intello dont Nico se moque toujours. Pas que Nico soit un mauvais garçon. Il ne l'est pas, mais il est casse-couille.

Ils nous font de la place sur le canapé. Sur la table basse, ma mère a disposé ses fameux champignons farcis, de la mozzarella frite et des olives.

— Il faut que tu goûtes les champignons, dis-je à Austin. Ils sont tellement bons.

— Avec plaisir.

Je prends Everly sur mes genoux et lui coupe un morceau de mozzarella frite.

— Goûte ça. C'est ma maman qui l'a fait. Je crois que tu vas adorer.

Elle prend une petite bouchée et lève les yeux vers moi.

— C'est bon ?

Elle fait un signe de tête enthousiaste et prend une autre bouchée.

— Quel amour, dit Papa en nous tendant nos boissons. Qu'est-ce que je peux lui offrir ?

— On a apporté sa tasse à bec avec de l'eau, lui dis-je en la sortant de son sac à dos et en la lui donnant.

Je lève les yeux pour trouver mon père, mes frères et mes grands-mères m'observant pendant que je m'occupe d'Ev et je me demande quelles conclusions ils se hâtent d'en tirer. Probablement celles que j'ai déjà tirées moi-même.

MARIA

— Alors, Austin, dit Nico, c'est le moment des transferts, hein ?

— Ouais.

— J'ai lu sur internet que vous pouviez vous faire jusqu'à *cent millions*. C'est complètement dingue !

Je suis mortifiée que Nico parle de cela et un peu effrayée par le chiffre. *Cent millions ?* Sérieusement ?

— Je ne sais pas, dit Austin. On verra bien.

— Vous devez être en train de perdre la boule, dit Nico, sans se gêner. Je serais en train de choisir ma Lamborghini si j'étais vous.

— On ne peut pas mettre un siège bébé dans une Lamborghini, dit Austin, ce qui fait que je l'adore encore plus. Je suis plutôt SUV ces jours-ci, ajoute-t-il.

— Où pensez-vous finir ? demande Papa.

— Honnêtement, je ne le sais pas. Nous allons discuter avec plusieurs équipes dès que les World Series seront terminées. En novembre, nous aurons réduit nos choix et j'espère en savoir plus d'ici les réunions d'hiver en décembre.

— Un moment excitant pour vous, dit Papa.

Austin me regarde et sourit.

— Ça l'est, mais pour des raisons bien plus importantes que le baseball.

Je sens mon visage monter en température alors qu'il fait une déclaration plutôt publique. Il n'aurait rien pu dire que Papa, Nonna et Abuela aient plus envie d'entendre. Il est important pour eux de savoir qu'Austin a le sens des priorités – et en gros, il vient de leur dire que je suis en haut de la liste des siennes.

Peu de temps après, Maman nous appelle dans la salle à manger et nous offre un festin composé d'un énorme plat d'antipasti, d'un délicieux piccata de poulet avec une sauce au citron, de pâtes à la carbonara, d'arancini et de pain tout juste sorti du four.

— Tu as fait des folies, Maman, dis-je en voyant le buffet et en réalisant qu'elle a dû prendre un rare jour de congé pour faire tout cela.

— C'est beau et ça sent divinement bon, Mme Giordino, dit Austin.

— Appelez-moi Elena, mon grand.

— D'accord, dit Austin.

— Alors servez-vous. Y a-t-il quelque chose qu'Everly mangera ?

— Elle va adorer le poulet et les arancini, réponds-je.

Ma mère lève un sourcil, ce qui signifie que je vais avoir droit à un interrogatoire complet à propos de tout sur Austin et Everly dans un avenir proche.

Pendant le dîner, nous parlons du mariage, de la personne qui doit aller chercher Dee à l'aéroport mercredi et des projets d'Austin pour l'intersaison.

— Everly et moi avons prévu de passer l'hiver ici, dit-il en acceptant une troisième portion de poulet de ma mère qui n'aime rien de plus que nourrir les gens jusqu'à ce qu'ils éclatent.

Ma famille devient silencieuse, ce qui n'arrive pas très souvent.

— Vous allez passer l'hiver à Miami, dit Maman, le sourcil levé. Eh bien, c'est un développement intéressant.

— On adore cet endroit, dit Austin en me lançant un regard lourd de sens.

Il aurait tout aussi bien pu dire *je suis amoureux de Maria et j'ai l'intention de l'épouser*, car c'est la conclusion que mes parents et mes grands-mères vont tirer de cette déclaration parfaitement anodine. Je vais devoir limiter les dégâts après cela, mais ce n'est pas grave. Il n'y a tout simplement aucun moyen de préparer un nouveau venu à ma famille, comme Carmen l'a découvert lorsqu'elle a ramené Jason à la maison et qu'ils se sont tous jetés sur le neurochirurgien pédiatrique comme des oiseaux de proie sur un animal fraîchement tué.

Ils ont de bonnes intentions et ce sont les meilleures personnes que je connaisse. Ils font tant de choses pour tant de gens. Nonna et Abuela organisent toujours des collectes de fonds au restaurant pour quelqu'un dans le besoin, au point que l'oncle Vincent plaisante en disant que c'est lui qui sera dans le besoin lorsqu'elles auront terminé. Mais cela ne le dérange pas vraiment, car lui aussi a un cœur énorme.

Prenez Sofia au restaurant. Lorsque Jason a diagnostiqué chez son fils Mateo une tumeur maligne au cerveau qu'il a ensuite opérée, Nonna et Abuela ont fait de Sofia une affaire personnelle, organisant des collectes de fonds, lui donnant un emploi et faisant tout ce qu'elles pouvaient pour l'aider à traverser la période la plus difficile de sa vie. Elles en ont fait un membre de notre famille et continuent de la soutenir, ainsi que Mateo, plus d'un an après l'opération qui lui a sauvé la vie. C'est comme ça qu'ils sont tous et je ne les changerais pour rien au monde.

— Ai-je tout gâché quand j'ai dit que j'aime cet endroit ? demande Austin quand nous sommes sur le chemin du retour à son hôtel deux heures plus tard.

— Tu as remarqué, hein ?

— Je pensais que c'était un moyen simple de dire que je t'aime beaucoup, mais quand ils se sont tus...

Je ris à la grimace qu'il m'adresse.

— Ce n'est pas grave. Tu n'as rien fait de mal. Ils tirent des conclusions hâtives, mais c'est ce qu'ils allaient faire de toute façon.

— Ça ne me dérange pas qu'ils tirent des conclusions hâtives. Je tire les mêmes, moi aussi.

Je le regarde.

— Tu le fais ?

— Oui, bien sûr. Je passe l'hiver à Miami pour pouvoir te voir tous les jours, pas parce que je veux m'amuser au soleil. Bien que ce soit un plus bien agréable. L'hiver à Baltimore est froid.

— Et moi qui pensais qu'il n'y avait que le soleil qui comptait.

— Tu sais bien que non.

À un feu rouge, il me regarde.

— J'ai remarqué que tu étais un peu choquée quand ton frère a commencé à parler d'argent.

— J'étais un peu choquée, en effet. *Cent millions ?* C'est de l'argent du niveau de LeBron James ou Michael Jordan.

Il rit.

— Ils pourraient se faire ça en un an, mais pour moi, ce serait la valeur d'un contrat de plusieurs années, pas ma prise annuelle. Et ça pourrait finir par être beaucoup moins.

— Mais ça va se jouer autour de cela, sans faire de jeu de mots.

— Ouais, je suppose. Je ne sais pas.

Il semble adorablement mal à l'aise, alors je laisse tomber, même si l'idée qu'il gagne autant d'argent me rend un peu nerveuse. Bien qu'il ne soit pas exactement un mendiant maintenant...

Nous retournons à l'hôtel, déposons la voiture chez le voiturier et passons les trente minutes suivantes à préparer Everly pour le coucher et à lui lire deux histoires, une de Papa et une de Rie ! Et oui, j'adore le fait qu'elle ne puisse pas dire mon nom sans le point d'exclamation. C'est peut-être la chose la plus mignonne au monde.

Elle est fatiguée d'avoir nagé et été au soleil et s'endort avant que je finisse mon histoire.

— Pst, chuchote Austin. Elle est partie.

— Je veux savoir comment ça se termine.

— La maman lionne finit par être amie avec la maman zèbre et la maman tigre et tous les petits bébés sont heureux.

— Bon, d'accord. Maintenant, je vais pouvoir dormir.

On sort sur la pointe des pieds de la chambre d'Everly, et Austin laisse la porte entrouverte pour pouvoir l'entendre si elle se réveille.

— Je peux te proposer un autre verre de vin ?

— Je pourrais me laisser tenter.

Il me verse du vin, attrape une bière pour lui et suggère que nous les emmenions dehors sur la terrasse, où la nuit est chaude mais pas humide.

— C'est la période de l'année que j'aime le plus ici, lui dis-je lorsque nous sommes blottis l'un contre l'autre sur une des chaises longues. Il fait chaud et ensoleillé pendant la journée, bon la nuit, mais il n'y a presque jamais d'humidité folle.

— Comment est l'hiver ?

— Un peu plus froid, mais on n'a jamais vraiment besoin de plus qu'une veste légère. De temps en temps, nous avons une vraie vague de froid, mais ça ne dure généralement pas plus de quelques jours.

Son téléphone portable sonne et il parvient à le sortir de sa poche sans me déranger ni renverser sa bière.

— Putain, c'est encore Kasey. Ça te dérange si je prends l'appel ?

— Bien sûr que non. Vas-y.

Il se lève et répond.

— Qu'est-ce qu'il y a ?

Il n'y a pas une once de chaleur ou autre chose que de l'agacement pur dans son ton.

J'aimerais pouvoir entendre ce qu'elle dit.

Ses épaules sont tendues, sa posture rigide.

— Viens-en au fait, Kasey. Qu'est-ce que tu veux ? Parce que tu veux toujours quelque chose.

Après une autre longue pause, il dit :

— Non. Ça n'arrivera pas. Et ne me sors pas ces conneries sur le fait que tu m'as *donné* Ev. Le tribunal m'a donné Ev parce que tu as été négligente. Je ne te dois rien du tout. Ne m'appelle plus jamais.

Il met fin à l'appel, range son téléphone dans sa poche et continue à regarder fixement dans le vide.

Je pose mon verre, me lève et vais vers lui, glissant un bras autour de sa taille et posant ma tête sur son épaule.

— Désolé, dit-il. J'aurais dû l'ignorer.

— Ce n'est pas grave. C'est mieux de s'en occuper.

— Elle ne va jamais s'en aller.

— Que voulait-elle ?

— Ce qu'elle veut toujours : de l'argent. Elle pense que je lui dois un flux constant d'argent parce qu'elle a donné naissance à ma fille et m'a ensuite « donné » la garde exclusive.

— Austin...

— Pas grave. C'est comme ça. Je m'y suis habitué maintenant. J'ai fait l'erreur de lui donner de l'argent quand j'ai obtenu la garde exclusive et elle revient sans cesse à la charge. En plus elle n'a jamais demandé de nouvelles d'Everly, même quand elle était malade.

— Mon Dieu. C'est incroyable. Je suis désolée que tu sois confronté à cela.

— C'est de ma faute. Je savais qu'elle était superficielle quand on sortait ensemble. J'étais sur le point de rompre avec elle quand tout à coup elle est tombée enceinte. Elle savait que j'allais la laisser et je pense que c'est pour ça qu'elle a trafiqué les préservatifs. Elle voulait une vache à lait, pas une famille.

— Je déteste qu'elle t'ait fait du mal comme ça, qu'elle continue à t'en faire.

— Elle ne me blesse que par rapport à Everly. Comment peut-on appeler le père de son enfant pour la première fois depuis des mois sans lui demander comment va sa fille, qui luttait contre une leucémie l'an dernier ?

— Je ne sais pas. Je ne peux pas l'imaginer.

— Non, tu ne peux pas et c'est pourquoi je passe l'hiver à Miami et que j'essaie de trouver un moyen de te garder dans notre vie pour toujours.

— C'est ce que tu essaies de faire ?

Il place une mèche de mes cheveux derrière mon oreille.

— J'ai demandé à Aaron de mettre les Marlins sur la liste.

Je suis abasourdie par cette nouvelle.

— Tu as fait *ça* ? Vraiment ?

— Ouais. Je ne voulais rien dire parce que c'est un peu improbable, mais je veux que tu saches que j'ai posé ma candidature et que nous leur parlons.

— À cause de moi ?

Je ne peux pas croire qu'il prenne des décisions de carrière en fonction de moi.

Il embrasse mon nez et ensuite mes lèvres.

— C'était certainement plus à cause du soleil et des loisirs ici qu'à cause de toi.

Puis il rit et m'embrasse à nouveau.

— Je plaisante. Bien sûr, tout tourne autour de toi. Tout tourne autour de toi, d'Everly et de nous, ainsi que de vivre d'autres moments comme celui-ci.

Il me prend dans ses bras.

— Je t'aimais avant même de te rencontrer et pas parce que tu as sauvé la vie de ma fille, même si cela en fait certainement partie. Je t'aimais pour *toi*, pour ce que tu es, pour ton grand cœur et pour la façon dont tu te soucies de tous les gens dans ta vie. Tu m'as donné envie d'être l'une des personnes qui comptent pour toi. Et je voulais cela pour Ev, aussi. Je te voulais pour nous deux.

— Je... Waouh, tu m'as rendue sans voix.

— Tu ne peux pas être surprise de m'entendre dire que je t'aime.

— Je ne le suis pas et bien sûr que je vous aime, Everly et toi. Je vous aime tellement tous les deux. Vous êtes tous les deux devenus le centre de mon monde depuis notre première conversation. C'était si bizarre de ressentir une telle connexion avec quelqu'un alors que je ne connaissais même pas encore ton nom.

— Je ressentais la même chose. J'avais hâte de pouvoir te parler.

— Tu veux entendre quelque chose que je ne t'ai jamais dit ? lui demandé-je.

— Toujours.

— Dans les six mois qui se sont écoulés entre ton premier message et le premier anniversaire de la greffe où nous avons pu parler librement, trois types différents m'ont demandé de sortir avec eux.

— Qui sont-ils et comment puis-je les faire assassiner ?

— Doucement, mon grand, dis-je en riant de sa véhémence. J'ai dit non à tous les trois. Après notre premier échange, je ne voulais plus sortir avec personne d'autre. Je ne voulais pas parler à quelqu'un d'autre. Je voulais juste te parler à toi.

— Qu'est-ce que ça dit de moi que je sois jaloux de trois mecs que je n'ai jamais rencontrés ?

— Tu n'as aucune raison d'être jaloux de qui que ce soit.

Pendant un long moment, nous restons là, blottis l'un contre l'autre, tandis que la chaude brise de la Floride du Sud nous caresse.

— Les choses vont devenir dingues pour moi dans les deux prochains mois.

— Je le sais.

— Quoi qu'il arrive, toi et moi allons en parler et nous allons décider ensemble de ce qui est le mieux pour nous tous. Je ne veux pas que tu entendes des choses et que tu te demandes ce qui se passe ou que tu sois obsédée par les gros chiffres ou que tu penses à quoi que ce soit d'autre que ceci, là. C'est ce qui compte et c'est sur cela que je me concentre.

— Il faut que tu accordes une partie de ton attention à ta carrière pendant que tu réfléchis à ce que tu vas faire.

— Je le ferai, mais je ne veux pas que tu te préoccupes de cela. Quoi que je fasse, quoi qu'il arrive, tu feras partie de la conversation.

— Est-ce que ça te paraît irréel ?

— Quoi ?

— Tout cela entre nous et comment c'est arrivé.

— C'est la meilleure sorte de sensation irréelle. Juste au moment où j'avais renoncé à te trouver, tu es arrivée, sauvant la vie de ma fille et la mienne par ricochet, parce que sans elle... Je ne sais pas si j'aurais survécu à sa perte.

— Tu y aurais survécu, mais tu n'aurais plus jamais été le même.

— Non, je ne l'aurais pas été, donc tu nous as sauvés tous les deux.

Il caresse mon cou, me donnant la chair de poule et des frissons.

— Tu n'as pas bu ton vin.

— Peu m'importe le vin.

— Ah bon ? Et qu'est-ce qui t'importe ?

Je l'enlace, l'attirant dans un baiser passionné et sexy, nos langues s'entremêlant, et rapidement nous nous cramponnons l'un à l'autre et en redemandons, comme toujours.

— Allons au lit, murmure-t-il contre mes lèvres.

Il me prend la main et me conduit à l'intérieur, où nous rions et gémissons en nous déshabillant l'un l'autre et en tombant sur le lit dans un élan de besoin et de désir si fort qu'il efface tout ce qui n'est pas lui, moi et *ceci*. Je veux qu'il sache à quel point je l'aime, à quel point je le veux, à quel point... enfin, tout. Tout est pour lui et sa fille magnifique.

Ma main sur son épaule, je lui ordonne de s'allonger sur le dos et quand il est là où je le veux, je commence par l'embrasser sur les lèvres, le torse et son abdomen musclé. Je n'avais jamais connu des tablettes de chocolat avant les siennes et je suis fascinée par la façon dont les muscles s'assemblent et ondulent sous ma langue et la façon dont sa bite dure bande encore plus à chaque seconde qui passe.

En imitant le ton emphatique d'Everly, il dit :

— Rie ! *Maintenant !*

En riant, j'embrasse le bout du pénis, sa longueur et j'ajoute des touches de langue jusqu'à ce qu'Austin émette des sons inarticulés qui me ravissent. J'aime savoir que je le fais pratiquement bafouiller pendant que je lui donne du plaisir. En me déplaçant pour être entre ses jambes, je me penche sur lui et le prends dans ma bouche.

Ses hanches se soulèvent du lit et ses mains finissent par s'enchevêtrer dans mes cheveux alors que j'entreprends de lui faire vivre une expérience qu'il n'oubliera jamais.

— Maria...

J'entends l'avertissement dans la façon tendue dont il dit mon nom, mais je l'ignore et je continue à lécher et à sucer jusqu'à ce qu'il crie en jouissant. Je reste avec lui pendant la tempête et je le fais redescendre doucement sur terre, en embrassant son corps jusqu'à ce que je sois allongée sur lui, ses bras autour de moi, ses yeux fermés et sa poitrine gonflée par de profondes respirations.

Ses yeux s'ouvrent et son regard se pose sur le mien.

— Waouh.

Je souris, contente de ce commentaire d'un seul mot.

— Ouais ?

— Oh que oui.

— Tu étais tout stressé. Je ne pouvais pas tolérer cela.

— Je pourrais avoir besoin de ce service pendant les prochains mois stressants.

Je ris de sa remarque éhontée.

— On va voir ce qu'on peut faire pour que tu restes détendu.

Il resserre ses bras autour de moi et nous retourne pour être sur le dessus, me regardant avec une expression féroce sur son visage à la beauté pécheresse.

— Je t'aime. Je veux cela pour toujours. Toi, moi et Ev et d'autres enfants, beaucoup de rires, d'amusement et tout ça. Dis-moi que tu le veux aussi.

— Je le veux. Bien sûr que je le veux.

— Alors faisons en sorte que cela arrive, d'accord ?

— D'accord.

CHAPITRE 19

MARIA

Après la nuit dernière avec Austin, je suis remplie d'euphorie alors qu'il nous conduit à la recherche de maisons à louer pour l'hiver. Même si nous avons prévenu Everly qu'aujourd'hui nous allions visiter des maisons, elle n'est pas contente de ne pas se baigner comme elle l'a fait toute la semaine. Austin lui a dit que si elle était sage pendant que nous regardions les maisons, il l'emmènerait à la piscine dès que nous rentrerions à l'hôtel.

Il est tellement génial avec elle et, à mon avis, il n'y a rien de plus sexy qu'un homme qui se laisse mener par le bout du nez par une toute petite fille. Il est ferme mais affectueux avec elle, déterminé à ce qu'elle ne soit pas complètement gâtée et ingérable, bien que je ne puisse pas l'imaginer être l'une ou l'autre de ces choses.

Elle est si adorable et drôle. Je fonds à chaque fois qu'elle crie mon nom et ne pas la gâter va être un énorme challenge pour moi.

Mon euphorie dure jusqu'à ce que je réalise où nous allons – Indian Creek Island, le quartier le plus exclusif de tout Miami, où les maisons commencent probablement autour de quinze millions. D'après ce que j'en ai entendu dire, il n'y a que trente ou quarante propriétés sur l'île et il est presque impossible d'acheter quoi que ce soit ici car le taux de rotation est très faible.

— Euh, qu'est-ce qu'on fait ici ? demandé-je à Austin.

— On va voir une maison.

— À louer ?

— Temporairement. L'ami d'un ami en est le propriétaire et ne viendra pas cet hiver. Il a dit qu'elle était disponible si on était intéressés. Donc je vais aller la voir.

— Oh.

Il me regarde.

— Ça te va ?

— Si tu veux vivre dans le quartier le plus bourge de Miami.

— Ce n'est pas pour le côté bourge. C'est parce que la maison a ce dont nous avons besoin : deux suites parentales, une pièce de bonne taille pour Ev, une piscine, une vue et un jardin où je peux lancer. Je veux aussi une maison indépendante plutôt qu'un appartement ou une maison mitoyenne pour avoir un maximum d'intimité. Celle-ci remplit tous les critères.

Il se gare devant un manoir. Il n'y a pas d'autre mot pour le décrire et pendant une seconde je ne peux rien faire d'autre que de fixer du regard l'énorme maison contemporaine qui se trouve juste au bord de l'eau. Je veux dire... Waouh.

— Viens, dit-il. Jetons un coup d'œil et voyons ce qu'on en pense.

— Qu'est-ce qu'il y a à regarder ? Qui ne voudrait pas vivre ici ?

— Elle pourrait être affreuse à l'intérieur, pour ce qu'on en sait.

Je lui lance un regard désabusé et sors de la voiture avec un sentiment de malaise qui ôte tout ce qui me reste d'euphorie d'hier soir. Évidemment, il voudrait vivre dans un endroit comme celui-ci. Qui ne le voudrait pas ? Je ne lui en veux pas de pouvoir s'offrir une telle maison, mais c'est un rappel brutal de nos situations économiques très différentes.

Il tape un code sur un clavier qui nous permet d'entrer. Après avoir posé Everly pour l'explorer, il me tend la main.

— N'aie pas l'air si effrayée. C'est juste une location pour l'hiver.

C'est peut-être vrai, mais c'est aussi un aperçu de ce que serait la vie avec Austin et je ne suis pas sûre de ce que j'en pense. La plupart de ma vie se déroule à l'opposé du spectre, à travailler avec les personnes les plus démunies de notre communauté. Comment puis-je concilier cette maison avec cette autre réalité ? Je ne le peux pas et je ne devrais même pas essayer.

J'emporte cette constatation troublante avec moi dans la maison la plus extraordinaire que j'aie jamais vue, même dans les magazines ou à la télévision. Les pièces sont immenses, la vue exceptionnelle, la décoration épurée, contemporaine et tout simplement magnifique. Il y a une cave à vin, une salle de projection, six chambres, six salles de bains et demie, deux énormes suites parentales, une superbe piscine et un quai à l'avant avec un hors-bord racé qui y est amarré. En outre, il y a une zone gazonnée entre la piscine et le quai qui comprend un énorme bac à sable et une balançoire, le tout entouré de palmiers et de jardins paysagers luxuriants.

Everly voit la balançoire et pousse un cri.

— Papa ! *Balançoire !*

— Allons voir ça, ma puce.

Austin la laisse l'entraîner dehors pour regarder la piscine et faire de la balançoire pendant que je reste en retrait, essayant de rassembler mes idées.

Les meubles du patio et de la piscine valent à eux seuls plus que ce que je gagnerai en dix ans.

J'avale ma salive alors qu'un sentiment proche de l'hystérie m'envahit. C'est trop. C'est obscène, beau, luxueux et...

Il a travaillé dur pour tout ce qu'il a et mérite de dépenser son argent comme il l'entend. Je sais tout cela et j'admire ce qu'il a accompli avec son talent.

Mais cela... C'est peut-être trop pour moi. J'ai beau essayer, je n'arrive pas à m'imaginer passer la nuit dans ce palais et me rendre ensuite à mon travail dans un dispensaire de Little Havana, où je fais chaque jour l'expérience de la pauvreté et de l'extrême précarité. Au dispensaire, nous nous battons constamment pour joindre les deux bouts, pour fournir les services de santé les plus élémentaires à nos clients avec un budget de plus en plus serré.

Je m'assois sur le bord d'une chaise longue confortable sur le patio et je regarde Austin pousser Everly sur les balançoires, tous les deux riant et souriant. J'aime les voir ensemble et observer leur lien indéniable. J'aime tout chez eux, sauf ceci... Je n'aime pas qu'il soit si riche qu'il puisse se permettre de vivre dans un endroit comme celui-ci et je ne sais pas quoi faire de ces sentiments.

Austin accorde dix minutes à Everly sur les balançoires avant de la prendre pour aller voir le reste de la maison.

Je le suis à l'intérieur, la mort dans l'âme, où je découvre d'immenses chambres, des salles de bains en marbre avec des aménagements que je n'ai jamais vus ailleurs auparavant et la cuisine la plus incroyable de toutes les cuisines incroyables.

Nous sortons de là peu de temps après et un agent immobilier nous fait visiter deux autres maisons dans des quartiers tout aussi exclusifs – Hibiscus Island et Star Island – avant de terminer notre tournée à Gables Estates dans un autre manoir, celui-ci sur l'Intracoastal Waterway. Aucune des maisons que nous visitons ne se vendrait pour moins de dix millions de dollars.

Je vois qu'Austin préfère la dernière maison de Gables Estates. Elle n'est pas aussi grande que les autres, mais elle possède toutes les autres caractéristiques qu'il recherche et se trouve dans une communauté sécurisée et fermée.

— Qu'est-ce que tu en penses ? me demande-t-il alors que nous nous tenons dans la grande salle au centre de la maison pendant qu'Everly court autour de nous.

— C'est magnifique.

— Dis-moi ce que tu penses vraiment, Maria. Je veux savoir.

— Euh, eh bien, c'est un peu obscène.

— Ah. Vraiment ?

Je hoche la tête.

— Bon, d'accord. Hé, Ev, viens. On y va.

— Papa ! Nage !

— Bientôt, Winnie.

Je sors de la maison derrière lui et je m'installe sur le siège passager pendant qu'il attache Everly dans son siège auto. Nous sommes tous les deux silencieux pendant qu'il nous ramène à l'hôtel et je ne peux m'empêcher de remarquer qu'il ne me tient pas la main comme il le fait toujours quand nous sommes dans la voiture.

Après avoir commencé la journée sur une note si positive, j'essaie de concilier ce sentiment avec celui qui m'a envahie pendant la visite des maisons. Alors que nous nous arrêtons devant l'hôtel, je décide que j'ai besoin d'une pause pour assimiler ce que je ressens avant de dire quelque chose qui ne pourra être retiré.

— Je pense que je vais rentrer chez moi pour un petit moment, lui dis-je après qu'il a confié la voiture au voiturier.

Je suis en train de chercher le ticket pour ma propre voiture dans mon sac à main quand sa main se glisse autour de mon bras.

— Ne pars pas. On va en parler.

— On en parlera. J'ai juste besoin...

Je me force à lever les yeux vers lui.

— J'ai besoin d'une minute. Va à la piscine et amuse-toi un peu. Je te verrai plus tard.

Everly met ses mains sur le visage d'Austin.

— Papa ! Nage !

— On va nager, Winnie, dit-il, mais il ne détourne pas son regard du mien. On se voit plus tard ?

En hochant la tête, je remets mon ticket au voiturier.

Austin m'embrasse sur le front et entre dans l'hôtel avec Everly dans ses bras.

Je me retourne pour les regarder partir, le cœur brisé pour des raisons qui me dépassent complètement. Le stand des voituriers est occupé et il faut quinze très longues minutes pour que ma voiture arrive. Je dois lutter contre l'envie de courir après Austin et Everly pendant chacune de ces longues minutes. Ils partent demain pour cinq jours. Qu'est-ce que je fais à m'enfuir comme cela ?

Je monte dans la voiture et reste immobile une seconde, essayant de décider de ce que je veux faire. Et quand je sors du parking de l'hôtel, je me dirige vers la maison dans la circulation de fin d'après-midi qui me laisse beaucoup trop de temps pour réfléchir. Mon téléphone sonne avec un message, mais je ne le regarde pas. Pas encore.

Je me retrouve au restaurant, voulant voir ma Nonna. Toute ma vie, c'est vers elle que je me suis tournée lorsque j'avais besoin de quelqu'un pour m'aider à comprendre quelque chose. Pourquoi maintenant serait-ce différent ? Je me gare à l'arrière et me faufile par la porte de la cuisine, les odeurs de nourriture italienne et cubaine me mettant l'eau à la bouche comme toujours.

L'oncle Vincent sort de la cuisine.

— Hé, ma chérie. Tu travailles ce soir ?

Je travaille rarement le vendredi, mais parfois je remplace une des autres serveuses.

— Non. Je cherche Nonna. Est-elle dans le coin ?

— Elle est en haut dans la salle de banquet. Nous avons un dîner de répétition ce soir.

— Je ne veux pas la déranger si elle est occupée.

— Monte, ma chérie. Tu sais qu'elle n'est jamais trop occupée pour toi ou pour un autre de ses petits-enfants.

— C'est vrai.

— Tu vas bien ? demande Vincent, en me lançant le même regard que mon père quand il sent que quelque chose ne va pas très fort.

— Je vais bien, mais merci d'avoir demandé. Je viendrai te trouver avant de partir.

— Je suis là toute la soirée, plaisante-t-il, puisqu'il est là presque tous les soirs.

En montant les escaliers qui mènent aux salles de réception, je pense au réconfort que j'ai toujours éprouvé de savoir où trouver chacune de ces personnes chaque fois que j'en ai besoin. J'aime beaucoup mes propres parents, mais dans les moments difficiles, c'est vers Nonna et Abuela que je me tourne le plus souvent.

Nonna supervise les derniers détails de la préparation du dîner qui aura lieu ce soir dans la salle de banquet. Elle surveille le personnel avec un œil très attentif au genre de détails qui font de Giordino une véritable référence. Fleurs, couverts, bougies et nourriture de première classe. Les salles de banquet sont souvent réservées un an à l'avance. Ils ferment le restaurant à proprement parler pour la réception de mariage de Carmen parce que les salles à l'étage étaient déjà réservées.

Lorsqu'elle se tourne vers l'escalier, Nonna me voit là, son visage s'illuminant d'un sourire ravi. Carmen, Dee et moi parlons souvent du fait que personne ne nous aimera jamais comme nos grands-mères et même si elles sont en parfaite santé nous nous inquiétons du jour où elles ne seront plus là pour nous secouer les puces.

— C'est une belle surprise, dit-elle en me serrant dans ses bras et en m'embrassant comme elle le fait toujours, comme si on ne s'était pas vues depuis des mois. Je croyais que tu étais avec Austin et Everly ce soir.

— Je l'étais. Je suis... Je, euh, tu as une minute ?

— Pour toi ? Toujours.

Elle me prend par la main et me conduit au bar qui dessert les deux salles de banquet.

— Un verre ?

— De l'eau peut-être.

Elle verse de l'eau glacée pour nous deux et s'assoit à côté de moi sur un des tabourets du bar.

— Ah, ça fait du bien de s'asseoir.

— Tu ne fais pas trop d'efforts, non ?

— Probablement, mais c'est mieux que de rester assise à ne rien faire.

Je ris de son refrain fréquent sur les périls de la retraite, qui est un bien vilain mot par ici. Ni elle ni Abuela n'ont envie de prendre leur retraite, ou d'être « mises au rebut », comme elles disent. Les cheveux noirs de Nonna sont aujourd'hui parsemés de gris, son visage est marqué par une ride ici et là, mais son esprit est aussi vif que jamais.

— Qu'est-ce qui ne va pas ?

— C'est la chose la plus stupide.

— C'est souvent le cas, dit-elle, ses lèvres se retroussant et ses yeux s'illuminant avec amusement.

— C'est *obscène* comme il est riche.

Ses sourcils se lèvent dans une expression comique.

— Tu viens juste de le découvrir ?

— Je savais qu'il avait de l'argent... Je veux dire, tous les athlètes professionnels gagnent beaucoup d'argent, ce que j'ai toujours trouvé très étrange.

— Les infirmiers et les enseignants devraient être les millionnaires.

— Exactement !

On a déjà eu cette conversation quand je me suis plainte de cette injustice salariale pour des emplois aussi importants.

— Je me suis assise au stade avec Papa et j'ai parlé des joueurs de baseball surpayés et de tout ce qu'on pourrait faire pour aider les gens si on avait leur argent.

— Et maintenant que tu sors avec l'un d'eux, ta perspective a changé.

— Non, pas du tout. Je pense toujours que c'est obscène qu'ils soient payés autant pour jouer à un jeu.

— C'est vrai, mais ce n'est pas de sa faute si sa profession lui rapporte autant d'argent. C'est la société qui est à blâmer pour avoir accordé plus de valeur à ce qu'il fait qu'à ce que tu fais, même si nous savons tous que ce que tu fais est bien plus important.

— Il ne s'agit pas de ce que je fais, moi par rapport à ce qu'il fait, lui.

— Ce n'est pas le cas ?

— Pas à proprement parler.

— Qu'est-ce qui a provoqué cela ?

— On a visité des maisons aujourd'hui sur Indian Creek Island, Hibiscus Island, Star Island, Gables Estates.

— Ah...

— Nonna, les maisons étaient des manoirs XXL. Je n'ai jamais rien vu de tel.

— Et ça t'a déstabilisée.

— Absolument ! Je me demandais comment je pouvais passer du temps dans cet endroit avec lui, puis prendre ma voiture pour aller travailler au dispensaire où les gens n'ont rien.

— Je peux tout à fait comprendre pourquoi tu as ces pensées et ces sentiments, mais laisse-moi te demander ceci. Est-ce que tu l'aimes ?

— Oui. Mon Dieu, oui, je l'aime tellement. Lui et Everly, tous les deux.

— Crois-tu que ça lui importe que tu gagnes un salaire très modeste ?

— Non. Je suis sûre qu'il s'en fiche.

— Et pourtant tu es ici avec moi plutôt qu'avec lui parce que tu ne peux pas supporter qu'il gagne un gros salaire.

— Ils disent qu'il pourrait gagner *cent millions* en tant qu'agent libre.

— J'ai vu ta tête quand Nico a dit ça l'autre soir. Tu n'avais pas entendu ça avant ?

— Non ! Je n'en avais aucune idée. Je veux dire, je savais que ce serait un gros salaire, mais cent millions c'est juste...

— Pense à ce qu'il pourrait faire avec cet argent. Ce que tu pourrais *l'aider* à faire.

— Que veux-tu dire ?

— Votre dispensaire ne sait jamais comment il va payer les factures. Si tu disais ça à Austin, je parie qu'il financerait personnellement la clinique à l'avenir, sans parler des banques alimentaires locales, de la soupe populaire, des refuges pour sans-abri. Si tu venais à l'épouser, peut-être que ça pourrait être ta mission dans la vie. L'aider à dépenser son argent pour des bonnes causes.

— Pourquoi est-ce que tu arrives toujours à aller au cœur d'un problème d'une manière qui ne me vient jamais à l'esprit ?

— Tu aurais fini par y penser, ma chérie. C'est l'arbre qui cache la forêt. Tu as du mal à voir parce que tu es en train de tomber amoureuse d'un homme dont la vie est très différente de la tienne et ces différences vont présenter des défis. Aucun doute là-dessus.

— Cent millions, Nonna, dis-je en soupirant. Je n'ai aucune idée de ce que je vais faire de cette information.

— Il y a des problèmes bien pires que celui de tomber amoureuse d'un homme riche.

— Et je le sais. Je t'en prie... Bien sûr que je le sais.

— Je sais que tu le sais, ma chérie. Ton cœur a toujours été si grand envers les gens qui ont moins que toi. Nous savons tous que tu pourrais gagner beaucoup plus en travaillant dans un hôpital ou un cabinet privé.

Au fil des ans, j'ai reçu de nombreuses offres pour améliorer ma carrière et mon salaire et je les ai toutes refusées parce que j'aime tellement ce que je fais au dispensaire. Je n'ai aucun doute sur le fait que je fais toute la différence pour les personnes qui ont besoin de ce que nous fournissons. Même mes samedis soir au restaurant font partie de cet effort. Je complète mes revenus en étant serveuse pour pouvoir me permettre de travailler au dispensaire.

— Je ne pourrais jamais quitter le dispensaire pour de l'argent.

— Et je t'aime tellement à cause de cette attitude.

— Mon besoin d'aider les autres me vient directement de toi et d'Abuela. Vous montrez l'exemple.

— Tu nous rends fières chaque jour avec le travail que tu fais. Mais ça ne veut pas dire que tu n'as pas le droit d'aimer un homme qui gagne une somme d'argent scandaleuse. Ma mère avait l'habitude de nous dire que c'est aussi facile d'aimer un homme riche que d'aimer un homme pauvre. Mais on ne l'écoutait pas.

— Pardonnez-moi, Livia, dit l'un des chefs de banquet en s'approchant de nous. Puis-je vous déranger juste une minute ?

— Le devoir m'appelle.

Nonna me tapote le genou.

— Ne t'enfuis pas. Je reviens tout de suite.

— Je serai là.

Je bois une gorgée de mon eau et vérifie mon téléphone pour trouver un long texto d'Austin.

Chère Maria,

Cela me manque de t'écrire. Autant j'aime te voir tous les jours et passer du temps avec toi, autant j'aimais t'écrire et que tu me répondes. N'arrêtons jamais de faire ça, d'accord ?

Et je suis déjà en larmes.

Je sais que tu flippes à propos des maisons qu'on a visitées. Je comprends pourquoi. Tu ne réalises peut-être pas que je viens d'un milieu modeste. Nous étions solidement ancrés dans la classe moyenne en grandissant dans le Wisconsin. Nous avons toujours eu ce dont nous avions besoin, nous avons pris des vacances agréables, nous avons passé de merveilleuses fêtes et anniversaires et nous avons joué à la Little League et au hockey. Mais nous n'étions pas riches, loin de là.

Il m'a fallu des années pour me faire à ma nouvelle situation et je donne généreusement à un certain nombre d'organisations différentes, notamment aux Grands Frères et Grandes Sœurs[1] de Baltimore, à plusieurs organisations qui aident les enfants défavorisés à jouer à la Little League de baseball et je donne également à l'American Cancer Society parce que mes deux grands-pères sont morts du cancer, ainsi qu'à St Jude à cause du travail formidable qu'ils font pour les enfants qui souffrent de cancer. Je sais que ma situation sera un bouleversement pour toi, mais je suis prêt à faire tout ce qu'il faut pour t'aider à t'adapter à mon monde si tu m'aides à m'adapter au tien.

S'il y a des causes que tu veux soutenir, il te suffit de m'en parler et ce sera fait. J'ai quelques années d'avance sur toi pour accepter d'avoir à disposition autant d'argent juste parce que je joue à un jeu stupide. Je sais que c'est odieux. Mais je ne suis pas prêt à le refuser. Je préfère l'utiliser pour rendre la vie plus belle aux gens que j'aime et pour aider les autres qui ont moins de chance.

Tu as raison, les maisons sont bourgeoises, mais elles sont aussi très belles, non ??? J'ai adoré celle d'Indian Creek Island avec la piscine et la balançoire, mais celle de Gables Estates serait plus près du travail pour toi, alors je penche pour celle-là parce que je veux que tu sois là avec nous dès que tu le pourras et je ne veux pas que tu affrontes des embouteillages affreux pour y arriver. Je veux qu'on passe autant de temps ensemble cet automne et cet hiver que possible. Je vais passer l'hiver à Miami pour pouvoir être avec toi.

Si tu n'es pas contente de mes plans, alors je ne le suis pas non plus. Reviens. Discutons-en.

Je t'aime.

Austin (et Everly)

CHAPITRE 20

MARIA

*N*onna revient et me trouve en train d'essuyer mes larmes avec une serviette en papier.

— Que s'est-il passé ?

Je lui tends mon téléphone pour qu'elle puisse lire le texte. Elle retire ses lunettes de lecture du sommet de sa tête et les met sur le bout de son nez, son expression s'adoucissant à mesure qu'elle lit ce qu'il a écrit.

— J'aime beaucoup ce jeune homme.

— Moi aussi.

— Alors pourquoi es-tu ici avec moi plutôt qu'avec lui ?

— Parce que j'avais besoin de ma Nonna.

Elle enroule ses bras forts autour de moi et me serre fort.

— Ta Nonna est toujours là pour toi, mon amour.

— Tu as intérêt.

Elle m'embrasse sur le dessus de la tête.

— Va voir ton homme et résous le problème avec lui.

En hochant la tête, j'embrasse sa joue.

— Merci.

— Je t'en prie.

— Je ne le dis peut-être pas assez souvent, mais je t'apprécie tellement. J'apprécie le fait que je puisse te confier tous mes problèmes en sachant que tu les garderas pour toi. Dans notre famille, cela a une grande importance.

— Rien dans ma vie ne m'a jamais apporté autant de plaisir que mes petits-enfants. Et toi, ma douce, tu es une de mes préférés.

Je lève les yeux au ciel parce qu'elle dit cela à nous tous.

— Sois prudente sur la route, ajoute-t-elle. Je t'aime.

— Je t'aime aussi.

Je redescends et je tombe sur Abuela au poste d'hôtesse pour le côté cubain de la maison. Elle est l'opposé de Nonna en tous points. Abuela est petite, avec des cheveux blancs comme neige. Mais comme Nonna, elle est intemporelle et infatigable.

— On m'a dit que tu étais là, dit-elle en me regardant attentivement. Tout va bien ?

— Maintenant oui. Ta complice à l'étage m'a remise sur pied.

— Alors je vais te faire un câlin, te dire que je t'aime et te regarder partir.

— Moi aussi, je t'aime, Abuela. Je te vois demain soir.

— À demain.

Je fais signe à mon oncle au bar en sortant par la porte de derrière. De retour dans ma voiture et sortant du parking, je dois prendre une décision. Prendre à droite vers la maison ou aller à gauche vers Everly et Austin, ses millions de dollars et son cœur aimant. Je suis tombée amoureuse de ses mots et de son cœur avant de comprendre l'étendue de ses ressources. Et une fois de plus, ses mots me font tourner à gauche vers lui plutôt que m'enfuir.

J'ai adoré ce qu'il a dit dans son texte, la façon dont il a identifié précisément ce qui me faisait paniquer et a parfaitement apaisé mes inquiétudes. L'idée de pouvoir financer entièrement le dispensaire et soutenir d'autres bonnes causes dans ma communauté est une notion exaltante et quelque chose que je n'avais pas envisagé avant que lui et Nonna n'en aient parlé.

Le fait qu'il puisse financer des choses qui me tiennent à cœur n'est qu'une raison de plus d'aimer cet homme qui a mis mon monde sens dessus dessous. Je ne peux pas retourner à l'hôtel assez vite, surtout dans les embouteillages du vendredi soir. Cela me prend quarante minutes pour arriver au centre-ville et lorsque je remets les clés au voiturier, je décide de monter d'abord à l'étage plutôt que d'aller voir à la piscine.

Austin tient à ce qu'Everly ait une routine précise et l'heure du dîner, du bain et du coucher approche.

Devant la suite, je sonne à la porte.

Une bonne minute plus tard, la porte s'ouvre.

Austin tient Everly dans ses bras, enveloppée dans une serviette de bain. Son expression est pleine de soulagement quand il me voit là.

— Entre.

— Rie ! Gace !

— On a pensé que c'était le service d'étage. Quelqu'un est plus excité par sa gace que par son dîner.

Everly se penche vers moi, alors je la prends des bras d'Austin.

— La gace est tellement plus amusante que le dîner.

Everly acquiesce avec enthousiasme.

— Rie !

— Everly !

Son rire est ce que je préfère.

— Rie !

— Everly !

Elle se blottit contre moi et un profond sentiment de retour à la maison m'envahit quand je vois Austin qui nous observe ensemble.

— Content que tu sois revenue.

— Moi aussi.

AUSTIN

Je n'ai jamais été aussi heureux de voir qui que ce soit. Pendant qu'Everly barbotait dans la pataugeoire, je me suis assis à côté d'elle et j'ai écrit le message pour Maria, insufflant tout ce que je ressentais pour elle, de peur de ne plus la revoir après l'avoir emmenée visiter des maisons. J'avoue qu'il ne m'est jamais venu à l'esprit qu'elle puisse être effrayée par le luxe des maisons que nous avons visitées. Toutes les autres femmes que j'ai connues auraient flippé tellement elles voulaient y vivre.

Pas ma Maria. Elle est spéciale, pure, attentionnée et tant d'autres choses qu'il me faudrait un an pour les énumérer toutes. En fait, je vais peut-être commencer à faire cette liste et la regarder grandir au fur et à mesure que je découvre de nouvelles choses sur elle.

Nous nous asseyons avec Ev pendant qu'elle mange ses macaronis au fromage, puis la glace à la vanille avec sauce au chocolat qu'elle mange tous les soirs depuis que nous sommes ici. Je crains qu'elle ne s'attende à ce que le serveur du service d'étage se présente avec ses plats préférés longtemps après notre départ de l'hôtel, une pensée que je transmets à Maria.

— Tu vas devoir mettre une chemise blanche et un nœud papillon.

Elle essuie le chocolat sur le visage d'Everly.

— Comme ça, tu pourras continuer à l'élever avec la classe à laquelle elle s'est habituée.

En observant la tendresse avec laquelle elle s'occupe d'Ev, je me rends compte qu'elle s'intéresse déjà plus à ma fille que sa mère ne l'a jamais fait.

— Je me demandais si tu accepterais de lui lire ses livres ce soir pour que je puisse aller rendre la voiture de location. Je ne suis pas sûr de pouvoir jongler avec la voiture, Ev et les sacs tout seul demain matin.

— Je pourrais t'emmener.

— C'est super tôt. On va prendre un Uber si ça ne te dérange pas de rester avec elle pendant que je dépose la voiture de location.

— Bien sûr, on peut faire ça, n'est-ce pas, ma puce ?

— Rie !

— Et le peuple a parlé, dis-je en riant.

J'ajoute à l'intention d'Everly :

— Papa revient tout de suite. Rie va lire tes histoires, d'accord ?

— Rie ! Lis !

Je serre l'épaule de Maria.

— Je vais faire vite.

J'appelle le stand des voituriers pour la voiture et je suis en route pour le dépôt à l'aéroport quinze minutes plus tard. Je peux prendre un Uber avec un siège pour enfant demain matin et ce sera plus facile de me faire déposer à la sortie des départs que d'avoir à m'occuper de la voiture de location. J'ai hâte de retrouver Maria, alors je conduis plus vite que je ne le devrais et, pendant que je fais le plein, je pense à ce qui s'est passé plus tôt et à ce que je veux lui dire en rentrant à l'hôtel.

À cause de la circulation et d'une file d'attente en rendant la voiture de location, je finis par être parti une heure. À mon retour, je trouve Maria dehors sur une chaise longue, en train de boire un verre de vin. Elle a enfilé un pantalon de pyjama et un débardeur, ce qui me soulage car cela signifie qu'elle a l'intention de passer la nuit.

Je regarde Everly, qui dort comme un loir, et je me penche pour l'embrasser sur la joue. Puis je me change, enfilant un short de sport dans l'autre chambre, prends une bière et rejoins mon amour sur la terrasse pour arranger les choses entre nous. Je ferai tout ce qu'il faut pour qu'elle ait l'esprit tranquille.

— Tu me fais de la place ?

— Bien sûr.

Elle se décale pour me faire une place afin que je la rejoigne sur la chaise longue.

Je pose ma bière sur la table et je prends Maria dans mes bras. Je respire son parfum caractéristique et j'embrasse le sommet de sa tête.

— Je suis désolé que cette journée ait été bizarre pour toi. Ce n'était pas mon intention.

— Je sais. C'est juste un peu un... ajustement pour moi.

— Je suis désolé de t'avoir choquée avec ça. Ce n'est pas ce que je voulais faire. Je suppose que je pensais que tu savais...

— Je le savais. Je veux dire, je suis au courant, mais c'est encore... C'est beaucoup.

— C'est un fric monstre et parfois j'ai été gêné de gagner autant alors que tant de gens ont si peu. Je me concentre vraiment sur le fait de donner à mon tour depuis ma première année dans les ligues majeures.

— Et sachant cela, je t'aime encore plus que je ne t'aimais déjà.

— Dis-moi ce qui est important pour toi et je ferai tout ce que je peux. Tout ce que tu as à faire, c'est de me mettre dans la bonne direction.

Elle laisse tomber sa tête sur ma poitrine et glisse son bras autour de moi.

— Ma Nonna et mon Abuela sont très attachées à l'idée de

donner aux autres et elles nous ont appris à garder un œil sur les moins fortunés. Le dispensaire où je travaille... Nous nous occupons de personnes qui n'ont aucune assurance, aucun espoir d'en avoir un jour. Beaucoup d'entre eux sont en situation irrégulière, ils craignent d'être dénoncés s'ils vont à l'hôpital. Le besoin est si grand, Austin. Et c'est pourquoi je suis toujours là, six ans après avoir obtenu mon diplôme d'infirmière, alors que je pourrais gagner trois fois plus d'argent dans un hôpital ou un cabinet privé. C'est pourquoi je suis serveuse le samedi soir, pour pouvoir me permettre de travailler au dispensaire pendant la semaine.

— J'admire tellement ça.

— C'est à cause de ce que j'y vois tous les jours que j'ai paniqué à propos des maisons qu'on a visitées aujourd'hui.

— Je comprends. J'ai demandé à l'agent immobilier de me trouver quelque chose de moins huppé.

— Ne fais pas ça. Prends ce que tu veux et je m'adapterai.

— Je veux que tu sois heureuse.

— Être avec toi et Everly me rend heureuse. Que tu passes l'hiver ici me rend heureuse. Je ne veux pas que tu te sentes obligé de changer pour moi.

— Je le ferai. Je ne peux pas supporter l'idée que tu sois malheureuse ou que tu penses que je suis dégoûtant à cause de ma maison de luxe.

— Tu n'es pas dégoûtant. Tu es juste sacrément riche et il va me falloir une minute pour m'y faire.

— Sais-tu à quel point c'est rafraîchissant d'être avec quelqu'un qui ne cherche pas un mec plein aux as ? Quelqu'un qui est un peu effrayé par l'argent plutôt que séduit ? De savoir que tu es avec moi pour moi et pas pour ce que j'ai ?

— Cela a été un problème pour toi, alors ?

— Depuis l'instant où j'ai signé mon premier contrat, j'ai dû m'interroger sur les motivations de presque tout le monde dans ma vie, à l'exception des membres de ma propre famille. Eux ne m'ont jamais rien demandé. J'ai eu la plus grosse dispute avec mes parents quand j'ai voulu qu'ils prennent une retraite anticipée, qu'ils se détendent et qu'ils profitent de la vie après tout ce qu'ils avaient fait pour que j'arrive là où je suis. Ils ne voulaient pas, mais finalement, mes frères et moi nous sommes alliés contre eux et nous les avons convaincus.

— C'est si gentil de ta part de vouloir faire ça pour eux.

— Ils ont tout fait pour moi et continuent de me permettre de faire ce que je fais, alors pourquoi ne le ferais-je pas ? Et toi... Tout ce que tu veux, ma douce Maria... Il suffit de me le dire. Je financerai ton dispensaire et toutes tes causes, celles de tes grands-mères...

Elle prend une grande inspiration et la relâche lentement.

— Merci.

— Ne me remercie pas de mettre ma richesse embarrassante au service des autres. Cela devrait être une évidence pour quiconque dans ma situation.

— Prends la maison à Gables Estates. Elle a la clôture autour de la piscine dont nous avons besoin et ça ne me prendra pas deux heures pour y aller.

— Tu seras bien là-bas ?

Son rire grave et rauque est le meilleur des sons.

— *N'importe qui* y serait bien, Austin.

— Ma douce Maria n'est pas n'importe qui. Elle est *tout*. Si elle ne s'y sent pas bien, je trouverai autre chose.

— J'y serai très bien. Prends la maison et rends ta fille heureuse.

— Quand je rentrerai de Baltimore, je pourrai venir voir ton dispensaire ?

— Bien sûr. J'en serais ravie, mais ça ne prendra pas plus de cinq minutes pour te le montrer. Ce n'est rien d'extraordinaire.

— Mais c'est tout pour les gens que vous servez.

— Oui, ça l'est et on a toujours du mal à joindre les deux bouts.

— Plus maintenant. Tu t'es trouvé un bienfaiteur, mon amour.

— Tu n'as pas idée de ce que cela signifie pour notre communauté.

— C'est l'avantage d'avoir de l'argent. On peut faire des choses comme financer un dispensaire à Little Havana qui fait tant de bien à tant de gens. Il y a une énorme satisfaction à cela et je veux que tu ressentes cette satisfaction, aussi. Si tu vois un besoin, on peut y répondre de la manière qui te convient.

— Ça va me prendre une minute à digérer, aussi.

— Prends tout le temps que tu veux. Je ne vais nulle part.

— Tu vas à Baltimore, dit-elle, l'air sombre.

— On sera de retour tellement vite qu'on ne te manquera même pas.

— Vous me manquerez dès l'instant que vous partirez.

Elle penche la tête pour me regarder.

— Ton message de tout à l'heure était si gentil. Tu m'as fait pleurer.

— Je suis content que ça t'ait plu et que tu sois revenue. Je me sentais tellement mal de t'avoir contrariée par quelque chose que j'avais fait.

— Ce n'était pas ce que tu avais fait. C'était juste moi qui essayais de me faire à l'idée de certaines choses.

— Il faut m'inclure la prochaine fois, OK ?

— D'accord. J'ai juste tellement l'habitude de courir chez ma Nonna.

Elle rit, ajoutant :

— Les vieilles habitudes ont la vie dure.

— Et ta Nonna t'a aidée ?

— Elle m'aide toujours. Elle m'a dit qu'il y avait pire que de tomber amoureuse d'un homme riche.

J'en ris et je tombe un peu amoureux de sa Nonna.

— C'est vrai. Alors tu lui as dit que tu es en train de tomber amoureuse de moi, hein ?

— Elle le savait déjà. Rien ne lui échappe.

La main de Maria est posée à plat contre mon torse, où elle doit pouvoir sentir les battements rapides de mon cœur. Cela arrive à chaque fois qu'elle est proche de moi comme cela.

— Je veux que tu saches qu'il sera toujours important pour moi d'aider les autres, de faire du travail qui compte pour les gens qui ont moins, de prendre soin des gens dans le besoin. C'est qui je suis, Austin, ma famille m'a élevée pour devenir cette personne-là.

— Je le sais et j'aime tellement cela chez toi. Regarde ce que tu as fait pour Everly sans broncher et sans même penser à ce que cela signifierait pour toi. Je sais qui tu es vraiment depuis l'instant où tu as fait ce don pour ma fille et tout ce que j'ai appris sur toi depuis n'a fait que renforcer ma première impression. Je ne te demanderai jamais de changer qui tu es pour moi, Maria.

— Je ne te le demanderai pas non plus. Tu as travaillé dur pour obtenir ce que tu as et tu devrais pouvoir profiter de l'argent sans t'inquiéter de m'offenser. Je m'en remettrai. Je te le promets.

— On va résoudre tout ça ensemble, d'accord ?

Elle acquiesce et je me défais de la crainte que j'ai éprouvée plus tôt de l'avoir peut-être faite fuir en l'emmenant dans ces maisons.

— Et oui, dit-elle avec un léger soupir, ne cessons jamais de nous écrire.

— Marché conclu, ma chérie.

MARIA

Je me réveille le lendemain matin quand Austin dépose un baiser sur ma joue.

— Je reviens très vite, murmure-t-il.

— Sois prudent.

— Rie !

Everly entre en trombe dans la chambre et saute sur le lit.

— Voler !

Je m'assieds pour la serrer dans mes bras.

— Oui, ma puce. Tu vas voler dans le ciel. Sois une gentille fille pour Papa et reviens me voir très bientôt, d'accord ?

— Rie ! Gace !

Austin et moi rions ensemble.

— Je crains que mon nom ne soit toujours associé aux glaces.

— Il y a des choses bien pires pour lesquelles tu pourrais être connue. Viens, Winnie mon ourson. Allons-y, qu'on puisse revenir voir notre Rie.

Je serre Everly encore une fois.

— Je t'aime, ma puce.

— Rie ! Aime !

— Ajoute un nouveau mot à la liste.

Austin me la prend et se penche pour m'embrasser.

— Profite, prends le room service, va nager. La chambre est à nous jusqu'à midi.

— Ça ne sera pas drôle sans vous, les chéris.

Il m'embrasse à nouveau.

— Fais-le quand même. Je t'aime.

— Je t'aime aussi. Envoie-moi un message quand tu atterris.

— D'accord.

— Hé, Austin ?

Il se retourne.

— Vous me manquez déjà, mes amours.

Souriant, il dit :

— Tu nous manques aussi.

Je les regarde partir et quand la porte de l'hôtel se referme derrière eux, je me laisse tomber sur les oreillers et j'écoute le silence qui résonne dans l'espace maintenant sans vie sans eux. Ce silence est à l'image de ce que serait mon existence s'ils n'en faisaient plus partie. Je pense à ce qui s'est passé hier et à la façon dont nous avons réglé le problème comme des adultes rationnels et sains d'esprit.

Ce n'est pas ce qui se serait passé avec Scott. Nous aurions passé des jours sans nous parler, après quoi nous en aurions eu assez de nous disputer et serions passés à autre chose sans jamais résoudre le problème à l'origine de la dispute.

Je prends mon téléphone pour composer un message à Austin et j'en trouve un de lui.

J'ai commandé le service de chambre pour toi parce que je sais que tu ne le feras pas par toi-même. Profite. Je t'aime et tu me manques tellement alors qu'on vient juste de partir !

Cher Austin,
Merci pour le petit-déjeuner. C'est si gentil de ta part et tu as raison. Je ne l'aurais pas commandé pour moi-même. MDR ! Vous me manquez tellement, Everly et toi, et vous venez juste de partir. Je me sens mal d'être dans cette ville où j'ai vécu toute ma vie sans vous avoir près de moi. Comment avez-vous réussi à tout changer pour moi si rapidement, vous deux ? Comment avez-vous réussi à faire tellement partie de ma vie que tout semble anormal sans vous à mes côtés ?
Je voulais te dire à quel point j'ai apprécié la façon dont nous avons réglé nos différends hier. Cela signifie beaucoup pour moi que tu aies compris ce qui se passait sans que je sois obligée de te l'expliquer et que tu aies fait un effort immédiat pour réparer ce

qui n'allait pas entre nous. Je n'ai jamais eu cela dans une relation auparavant et c'est pour le moins rafraîchissant de l'avoir avec toi. Cela m'aide de savoir que, sous l'éclat de ta situation actuelle, tu viens toi aussi d'un milieu modeste et que tu comprends combien il y a de gens dans le besoin dans notre monde. Merci d'avoir proposé de soutenir les organisations et les causes qui me tiennent à cœur. Cela signifie tellement pour moi. Et pour info, je t'aime pour TOI. J'aime ton cœur et ton sourire. J'aime la façon dont tu aimes ta fille et dont tu t'en occupes si tendrement. J'aime ton corps sexy et la façon dont tu me tiens, m'embrasses et me traites comme l'une des choses les plus précieuses de ta vie. J'aime te regarder lancer, marcher, respirer, sourire et rire. J'aime le fait que tu savais que je ne commanderais pas de petit-déjeuner pour moi et que tu l'aies fait pour moi. Je t'aime pour TOI, pas pour ce que tu as. Je t'aimerais même si tu n'étais pas un lanceur extrêmement talentueux, mais j'aime que tu aies un tel talent. Je voulais juste que tu le saches.

Dépêche-toi de rentrer, mais conduis prudemment. Je compterai les jours.

Je t'aime,

Maria

Il répond quelques minutes plus tard. *Je suis sur le point de passer la sécurité, mais tu ES l'une des choses les plus précieuses dans ma vie. N'en doute jamais. J'écrirai davantage plus tard. Profite de ton petit déjeuner. Je t'aime.*

Je me *pâme* ! Il fait battre mon cœur à toute vitesse avec ses mots, comme il le fait depuis les premiers messages qu'il m'a envoyés. Je sors du lit, prends une douche rapide et m'habille avant que le petit-déjeuner n'arrive. Je suis en train de passer une brosse dans mes cheveux mouillés quand on sonne à la porte.

Le serveur du service d'étage pousse un chariot sur lequel se trouve un vase avec une rose rouge et une note avec mon nom dessus.

— Dois-je signer quelque chose ? demandé-je au serveur.

— Non, Madame. C'est déjà réglé.

— Merci beaucoup.

— Passez une bonne journée.

— Vous aussi.

Je vais directement à la table et j'ouvre la note. *Maria, j'ai entendu tout ce que tu as dit hier, mais tu vas devoir me laisser te gâter un peu. Désolé – pas vraiment. On t'aime. Austin & Everly.*

Je souris jusqu'aux oreilles en me versant du café et en me jetant sur l'omelette au bacon et au fromage qu'il a commandée pour moi, avec les pommes de terre frites devant lesquelles je me suis extasiée hier et un bol de fruits. Il y a deux jours au petit-déjeuner, je lui ai dit que les fruits me permettaient de me sentir moins coupable de manger le reste. Il fait attention. Encore une chose que j'aime chez lui.

Je rentre chez moi une heure plus tard, encore aux anges après le petit-déjeuner, le mot et la dernière semaine avec lui et Everly. Je défais mon sac, fais quelques lessives et prépare une liste de courses à faire après le brunch de demain.

Mon téléphone sonne avec un SMS d'Austin. *J'ai atterri à BWI. Serai de retour dès que possible !*

Je réponds. *Heureuse que vous soyez sains et saufs et j'ai hâte de vous revoir. Bisous.*

Je passe l'après-midi à lire, à regarder la télé et à essayer de me détendre avant mon service au restaurant. J'envoie un SMS à Carmen. *Vous venez ce soir ?* Ils viennent la plupart des samedis soir et nous avons pris l'habitude de passer du temps ensemble après mon travail.

Oui, on vient ! On se voit tout à l'heure.

Bien !

Vêtue de la chemise blanche amidonnée et de la jupe noire qui constituent l'uniforme du personnel de salle, je me rends au travail vers 16 h 30, tout en me demandant ce qu'Austin et Everly font à Baltimore.

CHAPITRE 21

AUSTIN

Mon père vient nous chercher dans mon SUV BMW noir et lorsque j'attache Everly dans son siège je remarque que ses joues sont plus roses que d'habitude, alors je passe une main sur son front. Elle est chaude et il n'en faut pas plus pour que je sois complètement pris de panique. Il n'y a pas d'autre façon de décrire cet état. Elle était à plat et de mauvaise humeur dans l'avion jusqu'à la descente où elle a pleuré de façon incontrôlable pendant vingt minutes. J'ai mis l'apathie et les pleurs sur le compte d'une fatigue excessive due à une semaine chargée, mais maintenant je ne peux pas nier qu'elle a l'air fébrile et qu'elle est chaude.

Je ferme sa portière et m'installe sur le siège passager.

— Emmène-nous à Hopkins.

Papa me regarde et le choc se lit sur son visage.

— Quoi ? Pourquoi ?

— Elle a de la fièvre.

— Mais non. Elle n'en a pas.

— Si, Papa. Roule. Tu veux bien ?

Après avoir jeté un autre regard hésitant sur moi et sur Everly dans le rétroviseur, il passe la vitesse et démarre.

J'envoie un message à l'oncologue d'Ev. *Je viens d'arriver à*

Baltimore après une semaine à Miami et Ev a de la fièvre. Je l'emmène aux urgences de Hopkins tout de suite.

Le docteur, un don du ciel nommé Jai Anand, répond immédiatement. *Je vous retrouve là-bas.*

Il est incroyable et je lui reconnais le mérite d'avoir contribué à sauver la vie d'Everly. Mais le fait qu'il ressente le besoin de nous rencontrer aux urgences un samedi ne fait rien pour calmer mon anxiété incontrôlable. Ma tension artérielle doit être dangereusement élevée et je peux à peine respirer à cause de la peur qui me serre la gorge.

Je devrais envoyer un SMS à Maria pour lui dire ce qui se passe, mais elle doit travailler ce soir et je ne veux pas l'inquiéter avant d'en savoir plus.

— Tu devrais appeler Maman, dit Papa d'un ton sombre.

Je ne veux pas avoir à dire ces mots à haute voix, même à ma propre mère. Mais Papa a raison. Nous avons entrepris ce périple tous les trois ensemble depuis le début et elle a le droit de savoir ce qui se passe. Je compose le numéro.

— Hé ! Vous avez atterri ?

— On a atterri. Nous sommes avec Papa maintenant et, euh, eh bien, Ev est un peu fiévreuse, alors nous allons passer par Hopkins très vite, juste pour, tu sais, être sûrs.

J'entends clairement son cri.

— Austin. Non.

Je ne peux ni respirer, ni parler, ni faire quoi que ce soit d'autre que paniquer.

— Je vous y retrouve.

— OK.

— Elle va bien. Elle va *très bien*.

— Ouais.

— J'arrive tout de suite.

— Merci, Maman.

À mon papa, je dis :

— Elle nous rejoint.

Il tend la main et me serre le bras.

— Essaie de rester calme, mon fils. La fièvre peut être le signe de beaucoup de choses.

J'acquiesce et j'essaie d'écouter ses conseils, mais je ne pourrai pas respirer normalement tant que je ne saurai pas ce qui se passe. Et si le cancer était de retour...

Non. Ce n'est pas possible. Ce n'est tout simplement pas possible.

Le docteur Anand a dû appeler à l'avance, car on nous fait entrer tout de suite dès que nous nous signalons aux urgences de Hopkins. Une infirmière arrive quelques minutes plus tard et prend sa température. Elle a 39°.

Je suis sur le point de craquer. D'où est-ce que ça vient, bordel ? C'est l'odeur de cet endroit qui me ramène directement à la période la plus terrifiante de ma vie. C'est l'endroit que je déteste le plus au monde, malgré ce qu'ils ont fait ici pour sauver la vie de ma fille.

Une autre infirmière vient faire une prise de sang à Everly. Ma fille se souvient de ce processus et recule devant l'infirmière. Je me déteste de la tenir immobile alors qu'elle crie et pleure à cause de la piqûre, puis après, quand elle sanglote doucement dans mon cou.

Heureusement, Ev s'assoupit et je la garde dans mes bras pendant qu'elle dort, en essayant de ne pas remarquer la chaleur qui émane de son petit corps.

Maman arrive en trombe un peu plus tard, nous embrasse Everly et moi, et me regarde avec la même expression paniquée que celle qu'elle avait le soir où je me suis retrouvé dans un cauchemar après avoir traversé le pays en avion pour les rejoindre.

Mon papa glisse un bras autour d'elle et ils restent à proximité pendant l'interminable attente pour obtenir des informations. Je ne dis pas un mot pendant les deux heures qui suivent, mais chaque minute me semble être une putain d'année. Je repasse en revue les derniers jours dans ma tête, cherchant des signes de malheur imminent qui n'étaient tout simplement pas là. Elle allait *très bien*. Elle avait une bonne hygiène de vie, beaucoup de sommeil, de la bonne nourriture et du soleil.

Je n'ai aucune idée de ce que je vais faire si c'est revenu.

Quand le docteur Anand arrive, j'ai peur de faire un AVC à cause de la pression qui monte dans ma tête.

— Elle va bien, dit le médecin.

Au début, je ne suis pas sûr de l'avoir bien entendu. A-t-il vraiment dit « elle va bien », ou ai-je tellement envie d'entendre cela que j'entends des choses ?

— Toutes ses analyses sont dans les normes et elle est toujours en rémission. Je vais lui faire un examen rapide pour être sûr, mais quoi qu'il en soit, ce n'est pas une leucémie.

Il n'y a rien d'autre qu'il puisse dire qui soit plus important pour moi. Je me force à respirer, à avaler en évitant l'énorme nœud dans ma gorge, à poser mon enfant endormie sur la table d'examen pour qu'il puisse l'ausculter.

Elle se réveille en pleurant, jusqu'à ce qu'elle voie le Dr Anand, qu'elle adore.

En quelques minutes, elle sourit et discute. Il est très minutieux, comme toujours, et après avoir examiné ses oreilles il dit :

— Ses conduits auditifs sont rouges et gonflés.

— Elle a beaucoup nagé cette semaine.

— L'otite du nageur pourrait être le coupable.

— *Sérieusement ?* Ça peut causer de la fièvre ?

— Parfois.

Je n'arrive pas à croire qu'il puisse s'agir de quelque chose d'aussi simple, probablement parce que je suis maintenant enclin à m'attendre au pire.

Il lui prescrit un antibiotique et des gouttes pour les oreilles et signe les papiers de sortie un peu plus tard.

— Donnez-lui du Tylenol quand vous rentrerez à la maison et continuez pendant les prochaines vingt-quatre heures. Si elle ne va pas mieux demain, faites-le moi savoir. Et utilisez des boules de protection auditive pour la baignade.

Je lui serre la main, cet homme qui a sauvé la vie de mon enfant et qui est accouru quand on a eu besoin de lui aujourd'hui.

— Merci.

— Je vous en prie.

Il s'amuse à tapoter le menton d'Everly, ce qui la fait glousser.

— Tout pour ma petite Everly.

— Vous êtes le meilleur.

— Allez boire un coup, Papa, quelque chose de fort. Tout va bien.

— Il faudra peut-être que vous me disiez ça plus d'une fois.

— Faites-moi savoir comment elle va demain matin.

— Je n'y manquerai pas. Merci encore, docteur.

— Pas de problème.

Papa et Maman nous accompagnent vers la sortie. J'ai Everly dans mes bras, sa tête sur mon épaule. Je suis tellement rempli de gratitude que j'ai envie de pleurer. J'ai plus pleuré depuis qu'Ev est tombée malade que durant toute ma vie auparavant.

— Je vais chercher les médicaments, dit Papa. Ramenez notre petite à la maison pour qu'elle se repose.

— Merci, Papa.

Maman s'assoit à l'arrière avec Everly pendant que je nous conduis jusqu'à la maison.

Je suis une vraie épave. Mes mains tremblent, j'ai mal à l'estomac et j'ai l'impression que chaque partie de mon corps est passée dans une déchiqueteuse. Je me gare dans le garage sous notre immeuble et porte nos sacs alors que Maman porte Everly. La première chose que nous faisons en arrivant chez nous est de lui donner du Tylenol, qu'elle prend sans protester.

Elle pose ses mains sur mon visage, me forçant à la regarder.

— Rie ?

— Elle est toujours en Floride, Winnie, mais on la verra très bientôt.

— Dora !

Je l'installe sur le canapé avec sa couverture préférée et trouve Dora l'exploratrice à la télévision. Elle se blottit contre moi pour regarder le dessin animé et je prends ma première grande respiration depuis des heures.

Maman s'approche pour me serrer dans ses bras. Elle ne dit rien, mais bon, elle n'a pas besoin de parler. Elle comprend parce qu'elle a vécu chaque seconde de l'enfer avec moi.

— Je vais préparer quelque chose pour le dîner.

— Qu'est-ce que je ferais si je ne vous avais pas, vous deux ?

— Pas besoin de t'inquiéter pour quelque chose qui n'arrivera pas.

— Merci.

— Nous vous aimons tous les deux. Tu n'as pas besoin de nous remercier.

Elle se dirige vers la porte.

— Au fait, j'ai pris la liberté d'emballer les affaires d'Ev pour la Floride, pour que tu n'aies à te soucier que de toi. Je me suis dit que ça te permettrait de retourner là où tu veux être beaucoup plus rapidement.

— Tu es la meilleure, Maman.

— Comment est Maria ?

— Elle est incroyable, fantastique, belle, charmante.

Rien que de penser à elle, je me sens mieux après ces dernières heures horribles.

— Tu rayonnes quand tu parles d'elle.

— Parce que je l'aime.

— Oh, Austin... C'est merveilleux. C'est une personne adorable.

— Tu n'as pas idée d'à quel point elle est adorable.

Penser à Maria relâche la tension en moi et me remplit d'un sentiment que je n'avais jamais éprouvé avant de la connaître. C'est un niveau de joie qui ne peut être décrit avec des mots. Je raconte à Maman que j'ai emmené Maria voir des maisons hier et parle de sa réaction.

— On s'est arrangés, mais c'était plutôt rafraîchissant de voir qu'elle était rebutée par l'argent au lieu d'être excitée par cela.

— Ce à quoi tu es habitué.

— Ouais. Sans compter qu'Ev l'adore et vice versa.

— Je ne pourrais pas être plus heureuse pour vous tous.

— Je retourne auprès d'elle dès qu'Everly se sent mieux.

— On ne sera pas loin derrière. Papa a un rendez-vous chez le médecin mardi, alors on a prévu de partir mercredi.

— Que diriez-vous de faire du baby-sitting samedi prochain ? Sa cousine Carmen se marie.

— On s'en charge. Je t'envoie un texto quand le dîner est prêt.

— Super. Merci encore.

— Pas de problème.

Je vais voir comment va Everly. Je constate qu'elle s'est à nouveau assoupie et je m'assois à côté d'elle sur le canapé, voulant être près d'elle si elle a besoin de moi. Je penche la tête en arrière et j'essaie de me forcer à me détendre, à évacuer la panique et la peur qui me tenaillent. *Elle va bien. Elle va bien. Elle va bien.* Peut-être que si je me le dis assez souvent, je finirai par comprendre.

J'envoie un SMS à Maria. *Je sais que tu travailles, mais appelle-moi si tu fais une pause.*

Le téléphone sonne deux minutes plus tard et je me lève pour prendre l'appel dans la cuisine pour ne pas déranger Ev.

— Coucou, dit-elle. Nous ne sommes pas encore occupés. Qu'est-ce qu'il y a ?

— Everly a fait une poussée de fièvre pendant le vol.

— *Quoi ?* Elle va bien ? Tu l'as fait examiner ?

— Oui, oui. Elle va bien. Mais je suis une loque.

J'essaie tellement de maîtriser mes émotions, mais entendre la voix de Maria et son inquiétude cause ma perte.

— Oh mon Dieu, Austin... J'aimerais pouvoir te serrer dans mes bras.

— J'ai flippé.

J'essuie mes larmes, souhaitant pouvoir contrôler mes émotions incontrôlées, mais je sais maintenant qu'il n'y a pas moyen de lutter contre le tsunami quand il frappe.

— C'est normal. Je suis vraiment désolée. Ont-ils dit ce qu'ils pensent que c'est ?

— Elle a les conduits auditifs rouges et gonflés, probablement à cause de la piscine. Il lui a donné un antibiotique et des gouttes en plus du Tylenol pour la fièvre.

— Et ils lui ont fait des analyses de sang ?

— Ouais. Tout va bien.

Elle expire profondément.

— Merci, mon Dieu. Tu devais être dans tous tes états.

— Tu n'as pas idée.

— J'ai ma petite idée. Je suis bouleversée pour toi et c'est après coup.

— Désolé de te déranger pendant que tu travailles.

— Je t'en prie, ne t'en fais pas pour ça. Évidemment que je veux être mise au courant.

— Appelle-moi quand tu rentres, OK ?

— D'accord. Ça va aller ?

— Ça ira. Dans quelques temps. Je suis à bout de nerfs et tout et tout.

— Tu devrais peut-être voir ta thérapeute ?

— Oui, probablement. C'est une bonne idée.

— Fais ce qu'il faut pour que tu te sentes mieux, Austin. Il n'y a pas de honte à ça.

— Le fait de te parler m'aide.

Je prends une grande inspiration et la relâche lentement, en essayant de mettre de l'ordre dans les pensées folles qui traversent mon esprit.

— Quand on s'est parlé pour la première fois, je me suis senti stupide de t'avoir parlé du syndrome de stress post-traumatique, de la thérapie et de tout ça, mais maintenant je suis content que tu sois au courant.

— Tu ne devrais jamais te sentir stupide à propos de ce que tu ressens. Et savoir que tu as été si profondément affecté par la maladie d'Everly fait que je t'aime plus, pas moins.

— Tu me manques tellement. Ça ne fait que huit heures depuis la dernière fois que je t'ai vu ? Comment est-ce possible ?

— J'ai l'impression que ça fait une semaine.

— Je, euh... j'ai des doutes sur le fait de déménager Ev loin de son oncologue.

— Ce qui est aussi parfaitement normal, mais si quelque chose arrive, nous pouvons lui fournir des soins de qualité ici en consultation avec son médecin là-bas. Je suis infirmière et tu peux être sûr que je garderai un œil très attentif sur notre fille.

— Notre fille... Je n'ai jamais voulu la partager avec personne avant toi.

— Je l'aime tellement, c'est dingue. J'ai peur de trop la gâter.

— Ce n'est pas grave si tu le fais. Je veux qu'elle ait tout, y compris toi et ton amour.

— Elle a les deux. Je suis toute à elle et je l'aime à la folie.

— Devine quoi ?

— Quoi ?

— Ma mère a fait les bagages d'Ev pour Miami, donc je n'ai plus qu'à préparer les miens et à faire en sorte qu'elle se sente mieux. On pourrait être de retour plus tôt que je ne le pensais.

— J'ai hâte, et continue de te dire qu'elle va bien, que tout va bien et qu'on va tellement s'amuser cet hiver.

— Je le ferai. Tu m'appelles plus tard ?

— Dès que je rentre à la maison.

— Passe une bonne nuit au travail.

— Je n'y manquerai pas. Je t'aime.

— Je t'aime aussi, mon cœur.

Je termine l'appel et je pense à ce que Maria a dit à propos de ma thérapeute. Je suis passé d'un rendez-vous hebdomadaire à un rendez-vous ponctuel à mesure que la greffe de moelle osseuse se faisait plus distante, mais Maria a raison. J'ai besoin de contacter Lois après ce qui s'est passé aujourd'hui. Ma réaction à ce qui s'est avéré être une simple fièvre prouve que je ne suis pas aussi « remis » du traumatisme que j'aimerais le croire.

Je lui envoie un SMS pour lui demander si elle peut me recevoir à un moment donné dans les prochains jours.

Elle me répond vingt minutes plus tard. *Je suis au complet cette semaine, mais j'ai trente minutes tout de suite si vous voulez m'appeler.*

Je vérifie qu'Everly est toujours endormie sur le canapé et je vais dans ma chambre pour passer l'appel.

— Bonjour, dit Lois quand elle décroche.

Elle a une cinquantaine d'années et est récemment devenue grand-mère pour la première fois. C'est à elle que revient le mérite de m'avoir remis sur pied après la maladie d'Everly et de m'avoir aidé à apprendre à vivre avec une anxiété invalidante.

— Je pensais à vous l'autre jour, dit-elle. Félicitations pour votre match parfait. C'était passionnant à regarder.

— Merci.

— Comment va Everly ?

— Elle se portait très bien jusqu'à ce qu'une fièvre aujourd'hui me fasse dérailler.

— Est-ce qu'elle va bien ?

— Elle va parfaitement bien. Tous ses tests sanguins sont revenus normaux et elle est toujours en rémission. Ils pensent que la fièvre vient d'une infection de l'oreille.

— Heureusement, ce n'est que ça. Vous avez dû passer quelques heures effrayantes.

— C'était horrible, d'où mon SMS pour un rendez-vous.

— Je suis sûre que ça vous a ramené au traumatisme de sa maladie.

— C'est cela. Je continue à me dire qu'elle va bien, mais...

— L'anxiété vous indique le contraire.

— Ouais.

— C'est parfaitement normal de réagir de façon excessive à une fièvre après ce que vous avez vécu, Austin. Dites-moi que vous le savez.

— Je le sais. C'est juste... Ça m'a replongé dans le passé.

— Bien sûr.

— Les choses allaient tellement mieux ces derniers temps. Ev est épanouie et je... j'ai rencontré quelqu'un.

— Ah bon ? C'est formidable.

— Vous n'allez pas le croire mais c'est la donneuse de moelle osseuse d'Everly.

— Waouh, c'est incroyable.

— C'est plutôt génial. C'est une personne tout à fait adorable. Depuis qu'on a pu enfin se parler librement, on n'a pas arrêté, en fait.

— Est-ce qu'elle vit près de chez vous ?

— Non, elle est à Miami, alors Ev, mes parents et moi allons passer l'hiver là-bas, mais après ce qui s'est passé aujourd'hui, je suis inquiet d'être si loin de son médecin.

— Il y a des médecins à Miami, Austin.

— C'est ce que dit Maria, aussi. Elle est infirmière. Elle dit qu'elle surveillera Everly de près.

— Alors il me semble que vous en avez fait le tour, sans vouloir faire de mauvais jeu de mots par rapport au baseball. Vous vous souvenez qu'on a parlé d'Everly, de sa maladie et de la façon dont son parcours va se dérouler, que vous fassiez quelque chose ou non ?

— Je m'en souviens.

Abandonner l'idée que je pouvais contrôler tous les aspects de cette situation a demandé du temps et des efforts de ma part.

— Nous avons parlé des choses que vous pouvez faire chaque jour pour la garder en sécurité et en bonne santé et je suis sûre que vous êtes d'accord avec cela.

— Je le suis.

— Le reste n'est simplement pas de votre ressort.

— Intellectuellement, je le sais. Émotionnellement, cependant...

— C'est votre fille et l'idée qu'elle tombe à nouveau malade est insupportable.

— C'est ça.

Je suis furieux contre les larmes qui remplissent mes yeux,

menaçant de me replonger dans le sentiment d'impuissance dans lequel j'ai vécu pendant des mois en pleine maladie d'Everly. Il n'y a littéralement rien de pire que voir son enfant souffrir et être impuissant à l'aider.

— Elle n'est pas à nouveau malade. Elle a une otite et dans un jour ou deux elle sera rétablie.

— Merci de me le rappeler.

— Je sais qu'il est très difficile de se sortir de ces spirales une fois qu'elles se sont installées, mais continuez à penser à toutes les choses positives dans votre vie. Everly est en bonne santé. Vous avez cette nouvelle relation passionnante qui vous rend heureux. Votre carrière est florissante. Tout va bien, Austin. C'est mieux que bien. C'est merveilleux. Concentrez-vous sur les choses positives, même si les choses négatives vous appellent.

— J'essaie.

— Je compatis. Vous avez vécu l'enfer et il va vous falloir du temps pour cesser d'attendre que le ciel vous tombe sur la tête. Soyez indulgent envers vous-même.

— Merci d'avoir pris le temps de m'écouter aujourd'hui. J'en suis reconnaissant.

— Je serai là à chaque fois que vous aurez besoin de moi.

— Je vous en serai tout aussi reconnaissant.

— Donnez-moi des nouvelles d'Everly et de vous et bonne chance pour l'intersaison. J'espère que vous aurez tout ce que vous méritez.

— Merci.

Son commentaire me rappelle les messages d'Aaron dont je dois m'occuper à un moment donné.

— Prenez soin de vous.

— Vous aussi.

Je termine l'appel et prends quelques minutes pour essayer de retrouver mon cool, qui a disparu depuis que j'ai réalisé qu'Everly était fiévreuse plus tôt. Lois a été une si grande source d'aide et de bon sens pour moi quand Everly était malade et continue de l'être depuis qu'elle est guérie. Je ne peux pas imaginer où j'en serais sans elle, mes parents, mes frères, mes amis et mes coéquipiers qui nous ont entourés, Ev et moi, de tant d'amour et de soutien dans les meilleurs et les pires moments.

Lois a raison. Les choses vont de nouveau dans mon sens. Les mois d'enfer sont derrière nous et il n'y a que de bonnes choses à venir. Malgré la fièvre et l'otite, Everly est en bonne santé et s'épanouit, et c'est tout ce qui compte. Je peux gérer tout le reste tant qu'elle va bien.

Ma mère m'envoie un message pour me dire que Papa est de retour avec les médicaments d'Everly et que le dîner est prêt.

Je vais sur le canapé pour réveiller Everly en embrassant sa joue, qui semble plus fraîche qu'il y a une heure. Quand elle ouvre les yeux, la première chose qu'elle dit est :

— Rie ?

En souriant, je lui réponds :

— Pas encore, mon ourson. Mais bientôt. Très, très bientôt.

CHAPITRE 22

MARIA

*J*e suis distraite au travail après l'appel d'Austin. Je me trompe dans deux commandes et renverse un Cosmopolitan sur moi, tachant ma chemise blanche. Dès que les choses se calment un peu après le rush du dîner, je fais une pause, vais aux toilettes et me lave les mains qui sont collantes à cause de la boisson sucrée.

Carmen vient me chercher.

J'ai été tellement occupée que je n'ai pas pu lui parler, ni à elle, ni à Jason, pendant qu'ils dînaient au bar avec mes parents.

— Ma belle, tu es un vrai désastre ce soir. Qu'est-ce qui se passe ?

— Everly a fait une poussée de fièvre pendant le vol pour Baltimore et Austin était en train de perdre la tête quand je lui ai parlé. Elle va bien, mais ça nous a secoués tous les deux.

— C'est normal. Que puis-je faire pour toi ?

— Rien. Elle va bien, donc je vais bien. Et toi, ça va ? Une semaine avant le grand jour !

— Je vais bien, je m'inquiète juste pour toi.

— Je l'aime tellement, chuchoté-je. Tellement, tellement.

Carmen me serre dans ses bras.

— Elle est merveilleuse et adorable. Elle aime aussi sa Rie.

— Tout ça est énorme.

Je m'éloigne d'elle et pose ma main sur mon cœur, qui semble trop grand pour ma poitrine ces derniers temps, et j'ajoute :

— Avec elle et avec lui.

— Je connais ce sentiment. C'est un peu effrayant, hein ?

— Terrifiant, mais aussi la meilleure chose qui soit.

— C'est à peu près ça.

— Comment les gens survivent à un tel amour ?

— Je me suis posé cette question au début de ma relation avec Jason, lorsque je commençais à réaliser ce qu'il allait représenter pour moi. C'est toujours un grand risque d'ouvrir son cœur à des sentiments aussi importants que ceux que tu éprouves pour Austin et Everly. Mais cela fait deux fois maintenant que je trouve que le jeu en vaut la chandelle.

Le bipeur à ma ceinture sonne pour me dire que j'ai de la nourriture dans la cuisine.

— Le devoir m'appelle. Merci d'être venue me voir.

— Prenons un verre après ton service.

— Parfait. Et fais-moi savoir ce que je peux faire pour toi cette semaine.

— D'accord.

Je termine mon service, encaisse près de 400 dollars de pourboires et rejoins ma famille pour prendre un verre vite fait au bar avant de rentrer chez moi. J'ai hâte de parler à Austin, de prendre des nouvelles d'Everly et d'être avec lui, même si ce n'est pas pareil quand il n'est pas là en personne. J'aimerais qu'ils soient tous deux encore à l'hôtel et que je puisse dormir dans les bras de l'homme que j'aime.

Après une douche rapide, j'enfile une robe de chambre et vérifie mon téléphone pour trouver un mail de lui, qu'il m'a envoyé il y a une heure.

Chère Maria,
Aujourd'hui a été une très, très longue journée. J'ai l'impression
qu'un mois s'est écoulé depuis que je t'ai quittée ce matin. Je suis
content que tu aies apprécié le petit-déjeuner et merci de m'avoir
laissé te gâter un peu. Tu le mérites !
Ev va beaucoup mieux. La fièvre est tombée de 39° tout à l'heure à

*37,7° et elle est beaucoup plus vive qu'avant. Avec un peu de
chance, les antibiotiques vont faire effet pendant la nuit et la
remettre sur pied. Je dois admettre que je me suis enfilé beaucoup
de whisky ce soir. Parfois, c'est la seule chose qui atténue l'anxiété.
Le fait d'apprendre qu'elle est toujours en rémission après avoir
craint une rechute a été un tel soulagement, pourtant il est difficile
de se débarrasser de ce sentiment de crainte et de peur. Mais j'y
travaille !*

*J'espère que tu as passé une bonne nuit au travail. Appelle-moi sur
FaceTime quand tu rentres.*

Tu me manques. Je t'aime. Je suis impatient de te retrouver.

Austin

Émue aux larmes par ses mots sincères, je passe l'appel
FaceTime.

Il apparaît à l'écran, souriant et heureux de me voir, mais il a
l'air épuisé.

— Salut, dit-il.

— Comment vas-tu ?

Je regarde son torse nu et son beau visage qui me fait de
l'effet.

— Je vais bien et Everly allait beaucoup mieux à l'heure du
coucher.

— Je viens de lire ton mail. Je suis contente que la fièvre soit
tombée et qu'elle ait repris du poil de la bête. On veut qu'elle soit
pleine d'énergie.

— C'est bien vrai. J'ai parlé à Lois, la psy, j'ai dîné avec mes
parents et Ev et j'ai parlé à mes frères. Je vais mieux qu'avant. Mais
j'aimerais quand même que tu sois là.

— Moi aussi. Je suis navrée que tu aies passé une si mauvaise
journée.

— Je suppose que ça devait arriver. Tout ce qui compte, c'est
qu'elle soit toujours en rémission.

— D'accord, mais tu comptes aussi et je sais que c'était affreux
pour toi.

— Je fais face et je me concentre sur le positif, y compris sur le
fait de revenir à tes côtés dès que possible. J'ai emballé toutes mes
affaires ce soir et si Ev va mieux demain nous partirons lundi

matin, à la première heure. J'ai vérifié sur internet. C'est seize heures.

— C'est long en voiture avec un enfant de trois ans.

— Ça ira. J'ai chargé un tas de ses vidéos et émissions préférées sur l'iPad et elle a ses livres et sa musique.

Il prend une gorgée d'un verre rempli de liqueur ambrée.

— Comment était le travail ?

Je montre ma chemise d'uniforme abîmée.

— Comme ça.

— Oh, la, la ! Qu'est-ce qui s'est passé ?

— Je n'étais pas dans mon assiette ce soir.

C'est un euphémisme.

— Comment ça ?

— Je m'inquiétais pour Everly, pour toi et pour... tout.

— Je suis désolé de t'avoir perturbée au boulot.

— Mais non. Je veux toujours savoir ce qui se passe dans vos vies.

— Je déteste être loin de toi et ça ne fait qu'une très longue journée qu'on est séparés.

— Pareil.

— J'ai décidé de prendre la maison de Gables Estates. Elle est entièrement à nous à partir de vendredi prochain.

— Vous pouvez rester chez moi si vous revenez avant.

— On sera de retour avant.

Nous discutons pendant deux heures, jusqu'à ce que nous bâillions sans cesse et n'ayons d'autre choix que de nous dire bonne nuit.

Je tiens le coup les jours suivants – un brunch avec la famille le dimanche et le travail le lundi. Lundi, Everly est encore un peu flagada, alors Austin décide de lui donner un jour de plus avant de prendre la route. Le mardi, elle va beaucoup mieux et ils quittent Baltimore tôt ce matin-là, atteignant la Géorgie avant de s'arrêter pour la nuit. Je suis tout excitée au travail le mercredi, sachant qu'ils seront là dans la journée.

Après le travail, je vais faire des courses et je rentre à la maison pour préparer le dîner en les attendant. La dernière fois que j'ai parlé à Austin, ils étaient dans les embouteillages à West Palm Beach et le GPS indiquait quatre-vingt-dix minutes pour arriver chez moi. Cette dernière heure et demie passe si lentement que je suis sur le point de perdre la tête.

Quand on frappe doucement à ma porte, je me précipite à travers la pièce et pousse un cri de joie en voyant Everly qui tient un bouquet de fleurs dans ses petites mains potelées.

— Rie ! Fleurs !

Je suis tellement heureuse de la voir que j'en pleure. Je la soulève et la fais tournoyer, manquant d'écraser les fleurs que je parviens à sauver à la dernière seconde. Je les pose sur le comptoir et la serre dans mes bras alors qu'Austin arrive après elle avec deux sacs accrochés à l'épaule et le sac à dos d'Everly à la main.

Je n'ai jamais été aussi heureuse de voir qui que ce soit. Ils sont partis cinq jours, mais cela m'a semblé une éternité. Pendant ces cinq jours, quelque chose est devenu très clair pour moi : je le suivrai – les suivrai – jusqu'au bout du monde si cela signifie que je pourrai être avec eux tous les jours. À un moment donné, je devrais probablement le lui dire.

Je pose Everly et me blottis dans les bras tendus d'Austin.

— Te voilà, dit-il, semblant aussi soulagé que moi de nous retrouver.

Je m'accroche à lui.

— Ce n'était vraiment que cinq jours ?

— On aurait dit cent, répond-il.

Il recule pour m'embrasser – une caresse légère lèvres contre lèvres, par respect pour notre petite spectatrice, mais qui me fait frissonner de plaisir.

— À suivre plus tard. Everly, arrête de courir partout.

— Ne t'inquiète pas. Elle doit être ravie d'être sortie de la voiture.

— On l'est tous les deux. La route a été longue, j'en ai mal au cul.

— Rie ! Cul !

Un rire silencieux me secoue tandis qu'Austin me regarde avec horreur.

— Ne dis pas ça, Winnie mon ourson. Papa a dit un gros mot.

— Rie ?

— Non, l'autre mot.

— Cul, cul, *cul* !

Je suis aux anges, essayant de retenir le rire, la joie, l'amour. Ils sont de retour et encore une fois tout va bien dans mon monde.

AUSTIN

Après le dîner, nous emmenons Everly dans un parc pour qu'elle joue et dépense un peu de l'énergie qu'elle a accumulée dans la voiture pendant deux jours. Nous la ramenons chez Maria vers 20 h, lui faisons prendre un bain et lui lisons quatre histoires avant qu'elle ne s'endorme enfin dans le lit de Maria vers 21 h. Nous la déplacerons sur le canapé quand il sera temps pour nous d'aller nous coucher.

Pour l'instant, nous nous faufilons de la chambre, laissant la porte entrouverte pour pouvoir l'entendre si elle se réveille.

— Ouf, dis-je quand nous sommes dans le salon. J'ai cru qu'elle allait rester avec nous jusqu'à minuit.

— Elle est la chose la plus mignonne au monde.

— Je suis d'accord. Viens à moi, fais-moi un câlin, embrasse-moi, abrège ma souffrance.

Elle se jette dans mes bras et nous nous accrochons l'un à l'autre pendant très longtemps. Je ne sais pas combien, car le temps cesse d'exister quand je suis avec elle. C'est juste elle, moi, nous et la perfection que nous avons trouvée l'un avec l'autre.

— J'avais hâte de te retrouver. Chaque kilomètre de ce trajet a été une vraie torture.

— Ça fait des jours que je suis sur les nerfs, à attendre que tu reviennes.

Elle recule et lève les yeux vers moi.

— J'ai réalisé quelque chose pendant que tu étais parti.

— Quoi donc ?

Elle me tire vers elle pour pouvoir embrasser le sillon entre mes sourcils.

— Rien de mauvais. C'est en fait quelque chose de très bien.

Prenant sa main, je l'entraîne jusqu'au canapé et nous nous asseyons ensemble, bras et jambes entrelacés.

— Dis-moi.

— Je me fiche de savoir où tu finiras. Je viendrai avec toi.

C'est la meilleure nouvelle qu'elle puisse me donner.

— Vraiment ?

Elle hoche la tête.

— Je ne peux pas être loin de vous pendant des mois. Je ne peux pas, c'est tout.

— C'est vraiment génial, parce que je ne supporte pas non plus d'être loin de toi, et Ev est pareille. Elle m'a rendu dingue à demander après Rie tout le temps que nous étions loin de toi, même si elle te parlait sur FaceTime tous les jours.

— Ce n'était pas assez pour moi non plus. Je l'aime tellement, bon sang.

— Elle t'aime aussi.

— Quand elle a commencé à dire « cul » tout à l'heure... Je vais avoir une très mauvaise influence sur elle, parce que je ne peux pas m'empêcher de rire.

— C'était drôle. Et horripilant.

— La tête que tu faisais valait vraiment le coup.

— Ma petite jurait comme un charretier !

— Il va falloir faire attention à tout ce qu'on dit devant elle.

— Je le sais.

J'enroule une mèche de ses longs cheveux autour de mon doigt, fasciné par ses boucles et leur texture soyeuse. Bon sang, je suis fasciné par chaque chose chez cette femme étonnante.

— Qu'est-ce que tu as de prévu pour le reste de la semaine ?

— Ma sœur arrive demain et l'enterrement de vie de jeune fille est pour demain soir. Répétition et dîner de répétition vendredi soir, puis le mariage samedi. Ça va être la folie pendant quelques jours.

— Mais ça va être amusant, non ?

— Oh oui. Je suis super excitée de fêter ça avec Carmen et Jason.

— Mes parents seront là vendredi, alors on a des baby-sitters pour le week-end.

— C'est une excellente nouvelle. J'ai hâte de t'avoir tout à moi.

— Ne prévois rien pour après le mariage, lui dis-je.

— Qu'est-ce que tu manigances ?

— Tu le découvriras.

Je l'embrasse parce que je ne peux pas attendre une seconde de plus.

Elle répond avec la même ardeur et nous finissons allongés sur son canapé, enlacés, essayant de nous rapprocher comme nous le faisons toujours. Je ne suis jamais assez près d'elle.

— Je pense qu'il est peut-être temps de déplacer Everly et d'aller au lit. Je suis crevé après cette longue route.

En souriant, Maria se presse contre ma queue dure, me faisant gémir.

— Je vois bien à quel point tu es épuisé.

— Épuisé à en tomber raide.

J'affiche un sourire coquin et je me lève pour aller installer Everly sur le canapé.

Maria tire la couverture préférée d'Everly sur elle et la borde avec tendresse avant de l'embrasser.

Nous allons dans sa chambre, enlevant nos vêtements au fur et à mesure, et nous nous retrouvons sur son lit avec une urgence que je n'ai jamais ressentie aussi vivement, même avec elle. J'ai besoin de cette femme comme j'ai besoin d'air et de nourriture. J'ai tellement besoin d'elle que nous oublions tous les préliminaires pour passer directement à l'acte principal.

— Oui, *Austin...* Oui.

Être à l'intérieur d'elle, c'est comme rentrer chez soi, dans l'endroit le plus sûr, le plus heureux et le plus sécurisant que j'aie jamais connu. J'enroule mes bras autour d'elle et je m'accroche à la meilleure chose qui me soit jamais arrivée. Elle est au même niveau qu'Everly et j'ai hâte de voir ce qui nous attend à mesure que nous avançons ensemble dans la vie.

— Je t'aime, lui chuchoté-je à l'oreille. Je t'aime tellement. Loin de toi, c'était l'enfer.

— Pareil pour moi. Je t'aime aussi.

— Épouse-moi, Maria.

Les mots sont sortis avant même que je prenne une seconde pour réfléchir à ce que je dis, mais je ne le regrette pas. C'est ce que je veux. C'est elle que je veux. Je le sais depuis la première fois que je lui ai parlé, avant de connaître son nom, de voir son visage ou de faire l'expérience personnelle de son amour. Je veux que nous formions une famille.

Elle crie, ses yeux s'ouvrent et elle s'immobilise sous moi.

— Quoi ?

Je m'enfonce profondément en elle et la regarde, si belle, douce, sexy et parfaite.

— Je t'aime. Everly t'aime. Épouse-nous. Sois notre famille. Sois tout pour nous.

Clignant rapidement des yeux, elle tente de contenir les larmes qui coulent sur ses joues.

— Je, ah... Tu me le demandes vraiment ?

Je m'enfonce encore plus profondément en elle, nous faisant tous les deux haleter à cause de l'intensité de ce que nous ressentons lorsque nous sommes ensemble de cette façon.

— Je te le demande vraiment.

En penchant la tête, je prends son téton dans ma bouche et je le tire doucement, si bien que ses muscles internes se resserrent autour de ma queue. Je ne peux que m'accrocher à elle quand cela arrive.

— Épouse-moi, douce Maria. Je te donnerai le monde.

— Je ne veux que toi et Ev.

— C'est oui ?

Je peux à peine respirer alors que j'attends qu'elle dise le seul mot que je veux entendre.

— Oui.

Je la serre tellement fort.

— Le meilleur mot du monde.

— On ne peut le dire à personne avant le mariage de Carmen. C'est sa grande semaine.

— Je peux accepter ça. Tu vas vraiment m'épouser ?

— Oui, Austin, je vais vraiment t'épouser.

— Je peux venir voir ton dispensaire demain ?

— Bien sûr.

— Très bien. Maintenant que dirais-tu de finir ce qu'on a commencé ici ?

— Mm, je dis oui à ça aussi.

— Oui est mon nouveau mot préféré.

Il n'y a rien de tel que trouver la seule personne qui vous complète, qui aime votre enfant autant que vous, qui vous donne l'impression d'être le roi du monde quand vous êtes avec elle, comme si tout était possible. Je sais sans l'ombre d'un doute que je serai en sécurité avec cette femme, que mon enfant sera en sécurité avec elle. Au final, y a-t-il autre chose qui compte ?

CHAPITRE 23

MARIA

— Je n'aurais probablement pas dû faire ça pendant qu'on faisait l'amour.

Je tourne la tête pour pouvoir le voir.

— C'était parfait. Du moment que tu le pensais.

— Bon sang, oui, je le pensais. Tu le pensais quand tu as dit oui ?

— Bien sûr que oui.

Son sourire illumine son visage alors qu'il se met sur son flanc pour être face à moi, son bras m'enlaçant.

— Ça va être tellement génial. On va être si bien ensemble.

— On l'est déjà.

— J'ai parlé à mon agent, Aaron, aujourd'hui.

Il passe ses doigts dans mes cheveux.

— Que penses-tu de Seattle ?

— Le Seattle qui est à l'autre bout du pays ?

— Oui, celui-là.

— Euh, eh bien... Je n'y ai pas vraiment réfléchi, pour être honnête.

— Serais-tu prête à l'envisager pour environ la moitié de l'année pendant les six ou sept ans à venir ? On pourrait passer la saison morte ici.

En posant ma tête sur son torse et en retraçant du bout des

doigts les dessins élaborés qui ornent ses pectoraux, j'essaie d'imaginer la vie sans les moments réguliers passés avec ma famille et mes amis et ce que cela représenterait.

— Tu pourrais rentrer à la maison n'importe quand et pour n'importe quelle raison. Sans que je ne te pose des questions. L'anniversaire de ta Nonna, parce que ta sœur est à la maison pour le week-end, ta cousine organise une fête Tupperware... Quoi que ce soit, si tu veux y aller, tu y vas.

Je me balance avec un rire silencieux.

— Plus personne n'organise de soirée Tupperware. Dans ma famille, c'est plutôt Pampered Chef[1].

— Quelle qu'en soit la raison, si tu dois y être, tu y seras.

— C'est très gentil de comprendre à quel point je suis proche de ma famille.

— Je l'ai vu de mes propres yeux et je ne voudrais jamais t'empêcher de les voir. Mais de façon égoïste, j'ai besoin de toi auprès de moi et d'Ev. Je sais que c'est beaucoup demander.

— Pas tant que ça. Oui, ce sera dur d'être loin de ma vie ici, mais je t'aurai toi ainsi qu'Ev pour que le sacrifice en vaille la peine.

— On fera en sorte que ça en vaille la peine – et les Mariners vont faire de même, eux aussi. Aaron dit qu'ils offrent cent-vingt millions pour trois ans avec toutes sortes d'options et de primes.

— Putain. De *merde*.

— N'est-ce pas ?

Je lève les yeux pour chercher son regard.

— Je peux te demander autre chose ?

— Tout ce que tu veux.

— Tu veux d'autres enfants ?

— Absolument. Je pourrais en avoir dix. J'adore être papa.

— On ne va pas avoir dix enfants.

— Tu n'es pas drôle.

— Si, je le suis et tu le sais. J'en envisagerais deux de plus avec des négociations possibles pour un quatrième, mais c'est tout.

— Marché conclu.

— Est-ce qu'on fait vraiment ça ? Est-ce qu'on parle de notre vie ensemble ?

— C'est de ça que je parle. De quoi tu parles, toi ?

Je souris à la façon dont il dit cela et je me blottis dans son étreinte chaleureuse.

— Je suis tellement excitée.

— Moi aussi. Quel genre de mariage devrions-nous avoir ?

— Le seul genre de mariage dont ma famille est capable : somptueux. Tu verras ce week-end.

— Je veux que tu aies ce que tu désires. Tout ce que tu désires.

— Tout ce que je veux c'est toi, Ev, ta famille et ma famille. C'est tout ce dont j'ai besoin.

Je fais une pause et laisse échapper un rire.

— Je n'arrive pas à croire que je vais me marier.

— Crois-le, ma chérie. On va tout avoir. Absolument tout.

Je ne suis pas sûre de l'heure à laquelle nous nous endormons finalement, mais il est tard et je me réveille en sursaut quand je n'arrive plus à respirer. J'ouvre les yeux et je trouve Everly qui se tient au-dessus de moi, me bouchant le nez pour que je me lève.

— Rie !

Austin revient à lui avec un cri alors que nous réalisons que nous avons été surpris au lit ensemble pour la première fois.

— Winnie mon ourson, ne fais pas ça à Rie. C'est déjà assez pénible quand tu le fais à Papa.

— Papa ! Rie ! Lit !

Je vais en mourir de rire et je ne peux pas empêcher le gargouillis qui éclate au plus profond de moi.

— Rie ! Bête !

On n'a pas pris le temps de se rhabiller, alors non seulement elle nous a trouvés au lit ensemble, mais en plus nous sommes à poil.

— Winnie, va sur le canapé. Papa arrive tout de suite.

— Rie !

— Je viens aussi, ma puce.

Dès que je pourrai m'arrêter de glousser, bien sûr.

Everly saute du lit et court vers le salon.

Austin se lève, enfile un caleçon et un short, puis se penche pour m'embrasser.

— On s'est fait prendre, dit-il.

— On dirait bien. Ça ne te pose pas de problème ?

— Il faut qu'elle s'habitue à nous voir dormir ensemble. Et tu sais ce qui est génial ?

— À part tout ça ?

Il sourit.

— Elle ne se souviendra jamais de la vie avant toi. Tu seras la seule mère qu'elle connaîtra jamais.

Après avoir lâché cette bombe émotionnelle sur moi, il m'embrasse et va voir ce qu'Everly fait pendant que je me recouche dans le lit et m'émerveille de la façon dont je suis maintenant une fiancée et la mère d'une enfant de trois ans.

Je plane toute la matinée au dispensaire, de meilleure humeur que je ne l'aie jamais été. Mon avenir est tracé. J'ai trouvé ma moitié et le fait qu'il soit accompagné de la plus merveilleuse des petites filles est un délicieux bonus. Dans la salle de repos, entre deux patients, Miranda me demande ce qui me fait sourire jusqu'aux oreilles.

— Tu les rencontreras tous deux vers midi quand ils viendront déjeuner.

— Tous deux ?

— Mon petit ami et sa fille.

Cela me fait mal de l'appeler ainsi alors que c'est mon fiancé maintenant, mais je ne peux rien faire pour détourner l'attention de Carmen cette semaine. Il y aura suffisamment de temps pour célébrer ma nouvelle après son mariage.

— Ah, c'est officiel, alors ?

— C'est officiel. J'ai hâte que tu les rencontres. Et il faut que tu saches qu'il est intéressé à financer le dispensaire.

Elle s'arrête au milieu d'une gorgée de sa boisson.

— Sérieusement ?

— Ouais. Je lui ai expliqué ce que nous faisons ici, ce que cela signifie pour moi et la communauté. Il est excité à l'idée d'en faire partie.

Miranda cligne des yeux plusieurs fois et je réalise qu'elle essaie de ne pas pleurer.

— C'est un miracle, dit-elle doucement. Je ne voulais rien dire, mais nous n'avons vraîment plus de fonds. J'ai prié la Sainte Vierge pour obtenir de l'aide...

Je vais vers elle et la serre dans mes bras, remplie d'amour pour elle et pour l'homme qui va alléger son fardeau.

— Je suis navrée que tu aies été si inquiète. Tu aurais pu me le dire.

— Je ne voulais pas que tu sois inquiète, toi aussi.

— Prépare-toi... Quand Austin s'engage, il le fait à fond.

Elle ventile son visage tout en essayant de contenir ses larmes.

Je lui tends un mouchoir en papier d'une boîte sur le comptoir.

— Il faut que je te prévienne qu'il est possible qu'il signe avec Seattle.

Son sourire faiblit.

— C'est terriblement loin de Miami.

— Je le sais et je vais probablement y aller avec lui.

— Ah, mi amiga, tu es amoureuse.

— Très amoureuse.

— Je suis si heureuse pour toi – et pour lui. C'est un homme chanceux.

— Nous avons tous les deux de la chance de nous être trouvés l'un, l'autre.

— Et de la manière la plus spéciale. Tu étais parfaitement compatible avec son enfant et il est parfaitement compatible avec toi. Quelle belle chose !

Notre réceptionniste, Angie, vient à la porte de la salle de repos.

— Maria, il y a un mec super sexy qui vient d'arriver avec la plus belle des gamines et ils te demandent.

— C'est son petit ami et sa fille, dit Miranda.

Les yeux d'Angie s'écarquillent.

— C'est vrai ?

— Il n'y a rien de plus vrai.

Ils sont en avance, mais je m'en fiche. Je suis Angie jusqu'à la réception, où Austin tient Everly et un gros sac de courses.

— Rie ! Manger !

— Voilà ma puce.

Je la lui prends et la serre dans mes bras.

— Rie ! Au lit ! Papa !

Pendant qu'Austin, Angie et Miranda éclatent de rire, je couvre doucement la bouche d'Everly.

— Chut, ne dis pas mes secrets au travail.

— Je m'appelle Austin, dit-il. Vous devez être Angie et Miranda.

En lui serrant la main, les deux femmes semblent un peu éblouies. Je ne peux pas leur en vouloir. Il a le même effet sur moi.

— C'est donc le dispensaire dont j'ai tant entendu parler.

— Ce n'est pas grand-chose, mais c'est notre deuxième maison, lui dit Miranda. Venez jeter un coup d'œil.

Pendant que je tiens Everly, Miranda lui montre nos deux salles d'examen et la salle de repos.

— Et voilà qui conclut le grand tour de cinq minutes.

— Combien de patients voyez-vous ici en une semaine ?

— Ça varie, mais pendant notre semaine la plus chargée, environ deux-cent-cinquante.

— C'est beaucoup.

— Nous ne pouvons jamais accueillir tout le monde en une journée, lui dis-je. Mais nous leur donnons des numéros pour qu'ils puissent revenir sans avoir à faire la queue à nouveau.

— Si vous aviez un endroit plus grand et plus de personnel, ça aiderait ?

Miranda le regarde fixement.

— Euh...

— Ça ferait une énorme différence pour notre communauté, lui dis-je.

— Alors faisons-le, d'accord ?

— Putain de merde, dit Angie. Un mec comme ça, ça existe ?

— Oui, oui, lui dis-je, débordante de fierté.

Il est tout à moi et je l'aime pour avoir fait ça.

— Il n'y a pas plus réel que lui, ajouté-je.

Pendant le déjeuner qu'Austin a apporté, nous discutons de son intention de financer la clinique à l'avenir, de fournir tout ce qui est nécessaire, y compris des nouveaux locaux plus grands.

— Il va falloir me laisser un peu de temps pour me faire à l'idée, dit Miranda. Je n'arrive pas à croire que cela soit en train d'arriver.

Austin couvre sa main avec la sienne qui est bien plus grande.

— C'est un plaisir absolu de pouvoir faire cela, Miranda. Je suis payé des sommes insensées pour jouer à un jeu. Pouvoir faire du bien avec cet argent est important pour moi – et cet endroit est important pour Maria. Alors, il est important pour moi.

— Oh, *meuf*, dit Angie.

Je lui adresse un sourire suffisant.

— Je sais, hein ?

— Nous avons eu beaucoup, beaucoup de chance quand Everly est tombée malade d'avoir accès aux meilleurs soins de santé que l'argent puisse acheter. Je ne peux pas m'occuper de tous ceux qui en ont besoin, mais je peux faire ceci.

— Merci beaucoup, dit Miranda. Merci infiniment.

Jason entre et s'arrête net quand il nous voit réunis autour de la table avec Austin et Everly. J'avais presque oublié que c'était son après-midi au dispensaire.

— Qu'est-ce qui se passe ? demande-t-il.

— On a un nouveau bienfaiteur, lui dit Miranda.

— C'est vrai ?

Jason sourit à Austin et ajoute :

— C'est génial et on en avait vraiment besoin.

— C'est ce qu'on m'a dit.

Il fait un geste vers les sandwichs sur la table.

— Prenez quelque chose.

— Avec plaisir. J'étais en retard et je n'ai pas eu le temps de manger.

Nous faisons de la place pour lui à table.

— Tu commences à être excité ? lui demandé-je.

— Tellement excité. Je ne savais pas que se marier était si amusant.

— Ce n'est amusant que lorsqu'on épouse la bonne personne, lui dit Miranda. Ce que tu fais.

— C'est bien vrai.

— Comment se porte la mariée ? demande Austin.

— Elle a l'air de bien aller, même si je sais que ce n'est pas la même chose pour elle que pour moi. J'essaie d'y être sensible.

— Quand on épouse une veuve, on n'épouse pas qu'elle, dit Miranda. Il y a aussi son défunt mari et la famille de celui-ci.

Jason acquiesce.

— Je le sais et j'adore la famille de Tony et la façon dont Carmen leur est dévouée et vice versa. C'est sa famille.

— Ça ira très bien, parce que tu comprends cela, dit Miranda. Et sur ce, nous devons nous remettre au travail. Austin, merci pour le déjeuner et pour tout le reste. J'ai hâte de travailler avec vous.

— De même. Vous avez mon numéro. On se reparle bientôt.

— Après le mariage. Cette semaine est consacrée à la célébration. On s'occupera des affaires la semaine prochaine.

— Ça me semble parfait. J'ai hâte d'avoir de vos nouvelles.

— Oh, vous en aurez, dit-elle par-dessus son épaule en quittant la pièce.

— C'est tellement, tellement incroyable ce que vous faites, dit Angie. Vous n'avez pas idée...

Elle le prend spontanément dans ses bras et dit :

— Et vous êtes super sexy.

Elle se sauve de la pièce pendant que nous autres rions.

— Voilà, ça c'est Angie.

— Elle est drôle.

— C'est incroyable ce que vous êtes en train de faire ici, Austin, dit Jason. Ils sont tellement dans le besoin.

— C'est très satisfaisant d'être impliqué dans quelque chose comme ça. Merci pour ce que vous faites, vous aussi.

— Comme vous le dites, c'est un travail très satisfaisant. Et sur ce, merci pour le déjeuner. Il faut que je m'y mette.

— Il y a toujours la queue devant la porte quand le docteur Jason arrive, dis-je à Austin après que Jason a quitté la pièce.

— Nous aurons besoin d'embaucher quelques docteurs Jason à nous, dit-il.

— Quoi qu'il arrive à l'avenir, je n'oublierai jamais ce que tu fais, là. Tu as gagné *des années* d'état de grâce marital avec cette action.

Son sourire est puissant, sexy et comblé.

— Dans ce cas, c'est de l'argent très bien dépensé.

Austin cuisine pendant que je me prépare pour une soirée avec les filles. Cela semble tellement familial, comme le sera le mariage. Quand je sors de la chambre vêtue d'une robe noire, de talons hauts à n'en pas finir et de plus de maquillage qu'Austin ou Everly n'ont jamais vu sur moi, il me fixe avec un regard de pur désir qui me fait regretter d'avoir des plans ce soir.

— Rie, jolie !

Je soulève Everly pour qu'elle puisse voir le maquillage de plus près.

— Rie est très jolie, dit Austin. Très, *très* jolie.

— Vous êtes bons pour l'ego d'une femme, vous deux.

— Ton ego devrait être très, *très* sain.

Il me vole un baiser et se met à servir du poulet, de la purée et de la farce qu'apparemment Everly aime encore plus que la glace, d'après son père.

Austin ne se contente pas de préparer le dîner, il nettoie aussi après, pendant que je vais me brosser les dents, remettre du rouge à lèvres et passer un coup de brosse dans mes cheveux.

Il arrive derrière moi, passe ses bras autour de moi et embrasse mon cou.

— Ce n'est pas juste que tu sortes aussi sexy que ça et que je ne puisse pas t'accompagner.

— Je suis désolée.

— On a besoin d'un vrai rendez-vous en amoureux.

— On a la répétition et le mariage.

— Ce qui sera génial, mais après ça, je veux du temps rien que pour nous deux. Beaucoup de temps à deux.

— Nous en aurons beaucoup.

— Tu me le promets ?

— Absolument.

Mon téléphone sonne avec un texto de ma sœur.

— Dee est ici et elle veut vous rencontrer, les gars.

Je me tourne et l'embrasse.

— Ne m'attends pas pour te coucher.

— Je vais t'attendre. Ne laisse pas un autre mec te séduire et se tirer avec ma nana.

— Je n'irai nulle part avec quelqu'un d'autre que toi et tu le sais.

Je lui prends la main, le menant au salon et le lâche pour ouvrir la porte à Dee.

Elle hurle et se jette sur moi, comme toujours quand on se voit pour la première fois depuis des semaines ou des mois. Elle n'a qu'un an de moins que moi et nous avons toujours été proches. Nous ne nous sommes jamais disputées comme le faisaient les autres sœurs que nous connaissons et, avec Carmen, elle est mon amie la plus proche. Elle fait environ cinq centimètres de moins que moi, mais sinon, on pourrait être jumelles. La seule vraie différence est que ses cheveux noirs bouclés ne sont pas aussi longs que les miens.

— Tu es canon, poulette !

— Je disais justement la même chose, dit Austin.

— En parlant de canon, tu dois être Austin. On se tutoie ?

— Mais oui. Ravi de te rencontrer enfin.

— Moi aussi.

Dee le serre dans ses bras, puis se penche pour parler à Everly, qui se cache derrière la jambe d'Austin.

— Et tu dois être Miss Everly. J'ai tellement entendu parler de toi.

— C'est la sœur de Rie, Dee, lui dis-je. Tu peux lui dire bonjour ?

— Bonjour.

— Elle est beaucoup plus bavarde quand elle apprend à mieux connaître les gens.

Dee joue à un charmant jeu de cache-cache qui fait rire Everly en un rien de temps.

— Rie ! Dee !

— C'est ça, ma puce. Dee est la sœur de Rie.

— Sœur.

Je lève les yeux vers Austin.

— Encore un nouveau mot !

— La liste ne cesse de s'allonger.

Austin la prend dans ses bras pour pouvoir nous accompagner à la limousine qui est garée dans l'allée et qui nous attend. Dee et moi avons claqué du fric sur la voiture pour qu'aucune de nous n'ait à s'inquiéter de conduire ce soir.

— Mesdames, amusez-vous bien.

— On va s'éclater.

Je les embrasse, Everly et lui.

— Je vous aime, tous les deux, dis-je.

— Rie ! Aime !

Le sourire d'Austin me fait regretter de ne pas pouvoir rester à la maison.

— Je t'aime aussi.

Quand nous sommes dans la limousine, je regarde par la lunette arrière et je les vois nous faire signe de la main.

— Euh, waouh ? dit Dee. Tu *l'aimes* ? Il t'aime ? C'est quoi ce bordel ? Je ne te parle pas pendant quelques jours et *l'amour* arrive ?

— Il y a déjà un bout de temps que c'est arrivé, en fait.

Je meurs d'envie de lui raconter la suite, mais je me mords littéralement la langue pour ne pas être tentée de tout déballer. C'est la grande semaine de Carmen. Ce n'est pas le moment. *Continue de tenir ta langue.*

— Il m'a demandé de l'épouser.

Elle crie si fort que le chauffeur sursaute.

— Désolée, dis-je à ce dernier tout en faisant taire Dee. Tu ne peux le dire à personne. C'est la semaine de Carmen. Je ne voudrais jamais lui voler la vedette. Il faut que tu me le promettes.

Elle se jette sur moi, m'étreignant si fort qu'elle manque de me briser les côtes.

— C'est tellement génial, Mari. Il est magnifique et cette petite... Mon Dieu, qu'elle est *adorable* !

— Il est magnifique ? Je n'avais pas remarqué.

— Tais-toi, va. Il faut tout me dire. Comment a-t-il demandé ?

— Euh eh bien, on était en train de... tu sais...

— Oh mon Dieu ! Ce n'est pas possible ! En plein milieu de la chose ?

— Ouais.

— C'est vraiment génial. Est-ce qu'il sait déjà où il va jouer l'année prochaine ?

— Peut-être Seattle.

— Pouah, Mari... C'est si loin !

— Crois-moi, je le sais, mais comme il le dit, ce n'est que la moitié de l'année et son contrat sera probablement pour six ans. Je peux faire n'importe quoi pendant la moitié de l'année pendant six ans. Nous passerions les hivers ici.

— Jusqu'à ce que vous ayez des enfants à l'école et là, ce ne sera plus aussi simple.

Son commentaire fait l'effet d'une épingle qui frappe un ballon gonflable.

— Comment ai-je pu ne pas penser à l'école ? Everly a déjà trois ans...

— L'école, c'est bientôt.

— Alors je suppose qu'on passera l'hiver prochain ici. Après ça, on ne pourra plus.

Cette découverte est dévastatrice.

— Mais il a dit qu'il était d'accord pour que je rentre à la maison dès que j'en aurais envie.

— Ce sera quand même difficile, répond Dee. Tu n'as jamais voulu vivre ailleurs et ce, pour une bonne raison. C'est ici qu'est ton cœur.

— C'est vrai, mais s'ils sont à Seattle, c'est là-haut que sera mon cœur. Il est allé à Baltimore pendant cinq jours pour faire ses bagages et revenir pour l'hiver et je suis presque devenue folle tellement ils me manquaient.

— Soupir, dit-elle en faisant le son qui va avec le mot. C'est tellement incroyable, Mari. Tu as attendu si longtemps pour cela. Je ne pourrais pas être plus ravie, sauf pour la partie où tu déménages à Seattle.

— Ne le dis à personne. Rien n'est finalisé et ça ne le sera pas avant un moment.

— Comment allons-nous cacher ça à Carmen ?

— Je n'aurais pas dû te le dire.

— Comme si tu pouvais garder ça pour toi pendant deux longs jours.

— Deux longues minutes seraient de trop.

— Tu devrais simplement le lui dire. Elle n'est pas du genre à s'inquiéter de devoir partager le feu des projecteurs.

— Je ne veux pas le lui dire avant le mariage.

— C'est ta nouvelle et elle ne l'apprendra pas de moi. Je dis juste... Elle voudrait savoir.

— En parlant de choses que les gens voudraient savoir, elle et moi voulons te parler de Marcus.

Dee se fige complètement.

— Quoi à propos de lui ?

— On a entendu dire des choses...

— Quelles choses ?

— Je devrais probablement attendre Car. C'est elle qui l'a entendu.

— Pourquoi vous ne me l'avez pas dit ?

— On attendait que tu sois là, parce que tu ne pouvais rien faire depuis New York.

— À propos de quoi ?

— Tu sais donc qu'il a rompu avec sa salope, hein ?

— Oui.

— Eh bien, Car a parlé à Bonita et elle dit qu'il est dans tous ses états.

— Qu'est-ce que ç'a à voir avec moi ?

— Apparemment, il n'est pas mal en point à cause de sa salope. C'est une catastrophe parce qu'il a réalisé que te laisser partir était la plus grosse erreur de sa vie.

Son visage devient blême avec le choc.

— Il n'a pas dit ça.

— À en croire sa sœur, c'est ce qu'il a dit.

— Je ne peux pas entendre ça.

— On a pensé que tu voudrais le savoir.

— Maintenant, oui.

— Que vas-tu faire ?

— Je ne vais rien faire du tout. C'est fini depuis longtemps.

— Ah bon ? Vraiment ?

Je ne l'ai jamais vue sortir avec quelqu'un d'autre depuis qu'elle a rompu avec Marcus. Ou alors, elle ne me l'a pas dit et elle me l'aurait dit. On se dit tout entre nous.

— Oui, vraiment. Parlons d'autre chose. Comment s'est sentie Car cette semaine ?

Bien que je sois inquiète de la voir choquée par la nouvelle de Marcus, je prends exemple sur elle.

— Bien, d'après moi.

Je lui ai déjà fait part des inquiétudes de Jason.

— Elle n'a rien dit qui me laisserait penser qu'elle est tout sauf ravie, ajouté-je.

— Vous avez de la chance, les filles. Vous avez tout sous contrôle.

— Pas tout.

— Les choses importantes.

La limousine s'arrête en douceur devant l'immeuble où vivent Carmen et Jason à Brickell. Ils nous attendent dehors et quand Dee sort du véhicule, Carmen court vers elle sur ses talons aiguilles et saute dans ses bras.

— Punaise, ma belle, dit Dee. Tu as failli me faire tomber.

— Je savais que tu tiendrais le coup.

Après avoir posé Carmen par terre, Dee prend Jason dans ses bras.

— Bienvenue à la maison, dit-il.

— Merci. C'est toujours un plaisir d'être ici.

Personne d'autre, à part Carmen, ne remarquerait que Dee est sous le choc de ce que je lui ai dit à propos de Marcus. Dee va tenter de le cacher, mais je la connais trop bien, tout comme la connaît Carmen.

— Passez un bon moment et soyez prudentes, lance Jason avant d'embrasser Carmen avec passion. Si vous finissez en prison, appelez Austin, pas moi.

— Hihihi, dit Carmen en lui donnant un petit coup dans le ventre. Personne ne va aller en prison. Pas ce soir, en tout cas.

Elle monte dans la voiture et nous suivons son exemple.

Jason reste sur le trottoir pour nous saluer.

Carmen se retourne et regarde jusqu'à ce qu'il soit en sécurité à l'intérieur de leur immeuble avant de se rendre compte que nous l'observons.

— Quoi ?

— C'est quoi ce délire ? demande Dee.

— Rien. Je voulais juste vérifier qu'il allait bien.

— Il va bien, Car, et il va *continuer* à bien aller, dit Dee.

— Je le sais.

— Et toi ?

Je pose la question gentiment, car Dieu sait que je comprends ce qu'elle ressent. Perdre Tony a été l'une des pires choses qui soit jamais arrivée à un membre de notre famille. Le fait qu'elle soit passée outre et qu'elle en soit arrivée au point de pouvoir tenter à nouveau sa chance en amour n'est rien de moins qu'un miracle. Pendant un temps, nous nous sommes demandé si nous allions la perdre, elle aussi.

— Je m'inquiète pour lui. Je suppose que c'est normal.

— Bien sûr, dis-je, un peu d'inquiétude saine est à prévoir. C'est ce que c'est ?

— C'est peut-être un peu plus que ça, mais je gère la situation. Je ne veux pas parler de ça ce soir. Dis-moi tout, Dee ! Quoi de neuf ?

— Je lui ai dit pour Marcus.

— Et ?

— Et rien, dit Dee. C'est terminé.

Carmen lève un sourcil, ce qui veut tout dire. Elle ne la croit pas plus que moi.

— Et Mari s'est fiancée.

— Dee ! *Bordel de merde !*

Je devrais être furieuse, mais elle m'a évité l'effort extraordinaire qu'il aurait fallu que je fasse pour garder secrète la plus grande nouvelle de ma vie pendant deux jours de plus.

Carmen se retourne brusquement pour me regarder.

— Tu t'es fiancée ?

— Oui, mais j'attendais après le mariage pour te le dire.

— Mais non ! C'est dingue !

Elle se jette sur moi et nous nous enlaçons, crions, pleurons et faisons ce que nous faisons toujours quand l'une de nous a une grande nouvelle.

— J'en suis *tellement* heureuse, dit-elle. Je l'aime *tellement*, lui, et Everly... C'est la meilleure chose depuis Jason et moi.

— Je nage dans le bonheur.

Et je suis soulagée que mes deux amies les plus proches au monde soient au courant, même si je vais frapper Dee à la première occasion pour avoir ouvert sa grande gueule.

— Il lui a demandé pendant qu'ils étaient en train de faire la chose, ajoute Dee en me tirant la langue.

Carmen rit et tape dans ses mains.

— C'est incroyable. J'adore ! Tu n'as pas besoin de garder le secret, Maria. Dis-le au monde entier.

— C'est ta semaine.

Elle se penche par-dessus l'espace entre les sièges, prend ma main et la tient fermement.

— C'est *notre* semaine. La meilleure semaine de tous les temps.

CHAPITRE 24

AUSTIN

*L*ors de la répétition et du dîner qui suit, j'ai un aperçu intime de la famille que je vais rejoindre et je dois dire que je suis impressionné. Ils sont chaleureux, drôles, aimants, loyaux et n'ont pas peur d'offrir leur amour à tous ceux qui les entourent, moi y compris. Nous devions garder notre grande nouvelle secrète jusqu'après le mariage, mais apparemment Dee a vendu la mèche et maintenant tout le monde est au courant.

Mes parents, Everly et moi avons emménagé aujourd'hui dans la maison de Gables Estates, nous installant pour un hiver de plaisir au soleil. J'ai hâte de passer le plus de temps possible avec Maria et sa famille.

Au dîner de répétition, je demande à passer un moment seul avec le papa de Maria, Lorenzo. Tout le monde l'appelle Lo, mais je l'appelle Monsieur Giordino.

Le dîner de répétition a lieu chez Jason et Carmen, et Monsieur Giordino et moi allons prendre un verre sur l'immense terrasse qui donne sur la baie de Biscayne.

— Sacré endroit, dit-il, l'air impressionné.

— C'est magnifique.

— Vous ne m'avez pas fait venir ici pour parler de la vue, cependant, n'est-ce pas ?

— Non, monsieur. Je voulais avoir la chance de m'excuser auprès de vous.

— De quoi ?

— De ne pas vous avoir parlé avant de demander à Maria de m'épouser. Je sais que j'aurais dû le faire, mais la demande a été quelque peu spontanée, alors je suis là, après coup, pour vous demander votre bénédiction.

— Je devrais vous faire souffrir, mais vous me trouvez de bonne humeur.

En riant, je dis :

— Eh bien, c'est heureux. Je veux que vous sachiez que j'aime profondément Maria et pas seulement parce qu'elle a sauvé la vie de ma fille. Bien sûr, c'est comme cela que tout a commencé, mais je l'aime pour tout ce qu'elle est et pour son grand cœur.

— Ce sera difficile pour elle de vivre ailleurs qu'ici.

— Je le sais et je lui ai dit qu'elle pourra rentrer à la maison dès qu'elle en aura envie ou besoin. Nous passerons autant de temps que possible ici.

Il a l'air un peu triste, ce qui me touche, alors j'ajoute :

— J'essaie d'imaginer ce que ça ferait qu'un type vienne m'enlever ma fille et je n'arrive pas à me le représenter.

— C'est triste pour nous, mais excitant pour elle. Elle rayonne de bonheur autour de vous et de votre fille. Nous l'avons tous vu. Mais comme vous l'avez dit, elle se soucie tellement des autres, ce qui signifie qu'elle est aussi facilement blessée.

— Mon seul but dans la vie sera de la rendre heureuse. Vous avez ma parole.

— Alors vous avez ma bénédiction. Et il est temps qu'on se tutoie tous.

Je serre sa main tendue, soulagé d'être pardonné de ne pas avoir respecté le protocole avant de demander sa fille en mariage.

Carmen sort sur la terrasse et s'approche de nous.

— Je te cherchais, me dit-elle.

Elle est très jolie dans une robe blanche laissant ses épaules dénudées. Ses cheveux sont défaits et bouclés et elle sourit jusqu'aux oreilles.

— Oh là, dit Lorenzo. Qu'est-ce que tu as fait de mal pour sourire comme ça ?

— Hihihi, Oncle Lo. Tu es très drôle. Est-ce que je pourrais emprunter Austin pendant une minute ?

— Bien sûr.

Lorenzo embrasse sa nièce et se dirige à l'intérieur.

Une fois que nous sommes seuls sur la terrasse, Carmen dit :

— As-tu déjà une bague ?

— Justement, Everly et moi sommes allés en chercher une aujourd'hui.

— C'est génial, parce que voilà ce que je pense que tu devrais faire...

MARIA

Le mariage est incroyable, de la réaction de Jason devant Carmen dans sa robe, à l'oncle Vincent et à la tante Viv en larmes lorsqu'ils la conduisent à l'autel, en passant par le fait que tous ceux que nous aimons sont réunis au même endroit pour une journée parfaite d'amour, de fête et de secondes chances.

Jason et Carmen font pleurer tout le monde avec leurs serments sincères.

— Je n'ai jamais imaginé que quelque chose comme ça m'arriverait à nouveau, dit Carmen à son beau mari. Je pensais que j'avais connu mon seul grand amour. Imaginez ma surprise d'en trouver un second. Merci d'être ma deuxième chance, de me permettre de garder mon cher Tony avec moi dans notre mariage et de toujours respecter sa place dans mon cœur. J'allais bien avant notre rencontre, mais depuis, j'ai découvert qu'il y a une grande différence entre être bien et vraiment heureuse en termes de joie. Je t'aime tellement et je t'aimerai toujours.

Carmen essuie les pleurs de son visage tandis que nous luttons tous contre nos propres larmes.

Je suis debout à côté de Carmen avec Dee à ma droite et Betty, l'amie de Jason, qui était là le jour de leur rencontre, de l'autre côté de Dee. Les parents de Tony sont assis au premier rang avec les parents de Carmen, Nonna et Abuela, ce qui est une façon si gentille de les honorer. Ben, le frère de Jason, est son témoin et deux de ses amis de l'école de médecine sont ses garçons d'honneur.

Jason prend sa main et l'embrasse.

— J'étais au point le plus bas de ma vie quand je t'ai rencontrée et après quelques heures avec toi, je me sentais mieux que depuis des semaines. C'est à cette vitesse fulgurante que tu as changé ma vie. C'est arrivé en un jour. Et depuis, chaque jour est comme sorti d'un rêve, car c'est de mieux en mieux. Je t'aime, j'aime la façon dont tu aimes Tony et sa famille, j'aime la façon dont tu aimes tous ceux qui comptent pour toi et je me sens merveilleusement chanceux d'être aimé par toi. Je suis pressé de passer l'éternité avec toi, ma douce Rizo, mi amor.

Rizo signifie *boucles* en espagnol et c'est le surnom parfait qu'il lui donne.

Quelques heures plus tard, après avoir pris un million de photos et dégusté le délicieux repas composé de filet mignon et de queue de homard avec une variété d'accompagnements italiens et cubains, c'est l'heure des discours. Dee et moi avons tiré à pile ou face et j'ai perdu, donc je dois faire le discours de demoiselle d'honneur pour nous deux. Pas que nous ne serions pas toutes les deux heureuses de le faire. C'est juste que parler en public nous rend nerveuses.

— Pour ceux d'entre vous qui ne me connaissent pas, je suis Maria, la cousine de Carmen. Ma sœur Dee et moi sommes ses demoiselles d'honneur, mais ne vous inquiétez pas, vous n'entendrez qu'une seule d'entre nous.

— Merci pour ça, Dieu, dit Nico, comme seul un frère peut le faire.

— Tais-toi, Nico.

Tout le monde rit et applaudit parce que personne ne mérite plus d'être remis à sa place que mon frère.

— Cette journée de célébration a été tellement incroyable et, Carmen, tu dois savoir combien cela est important pour nous tous de te voir heureuse, souriante et amoureuse d'un homme aussi formidable. Je ne doute pas un instant que Tony est ici avec nous aujourd'hui et qu'il aime Jason autant que toi, autant que nous tous. Jason, tu m'as dévoilé ton cœur très tôt, quand tu es venu travailler au dispensaire et que tu as continué à revenir longtemps après que nous puissions faire quoi que ce soit pour t'aider. Je sais que je n'ai pas besoin de te dire à quel point Carmen compte pour nous tous, alors s'il vous plaît, prenez bien soin l'un de l'autre et donnez-nous beaucoup de bébés à aimer.

Je lève mon verre en leur honneur.

— À Carmen et Jason, puissiez-vous avoir une longue et heureuse vie ensemble, pleine d'amour et de toutes les bonnes choses. Nous vous aimons tous les deux.

Carmen et Jason dansent sur « Unchained Melody » et je pleure à chaudes larmes en les regardant, car les paroles de « God speed your love to me » me touchent au cœur par leur caractère poignant. Je suis obligée de croire que Dieu, Tony, des tas de prières et des tonnes d'amour ont conduit Carmen à son bonheur pour la vie avec Jason. Après cela, mes tâches de demoiselle d'honneur sont terminées et je suis prête à danser avec mon homme sexy, qui est encore plus sexy que d'habitude aujourd'hui dans son costume gris.

Il a enlevé sa veste et je passe mes mains sur le gilet qu'il a gardé. C'est un bon look pour lui, mais il serait beau dans un sac à patates.

— La demoiselle d'honneur la plus sexy que j'aie jamais vue, me chuchote-t-il à l'oreille. Cette robe est de la *dynamite*.

— Ce machin-là ?

La riche soie bleu marine laisse peu de place à l'imagination.

— Je dois me rappeler que je n'ai pas le droit de laisser mes mains aller où elles veulent.

— Pas encore. Mais plus tard, elles le pourront.

— Et elles le feront.

Il me serre aussi fort qu'il le peut, mais ce n'est pas assez.

— Tout était parfait aujourd'hui, surtout toi dans cette robe. J'ai failli m'étouffer avec ma propre langue quand tu es arrivée à l'autel.

— Ne fais pas ça ! C'est l'une de mes parties préférées de ton corps.

— Quelles sont les autres parties que tu aimes le plus ?

Bien que nous soyons entourés de gens, j'ai l'impression que nous sommes dans notre bulle à nous.

— Tes lèvres, tes yeux, ton sourire... Tes mains... Ton cœur.

— Combien de temps devons-nous rester ici ?

— Un certain temps. Je suis demoiselle d'honneur.

Il presse son érection contre moi.

— N'oublie pas cette partie.

— Comme si je pouvais.

Nous dansons toute la nuit et je vois que je l'impressionne avec mes mouvements sur la piste, surtout quand Dee, Carmen, mes frères et mes cousins se joignent à moi et que nous nous déchaînons comme nous le faisons toujours quand nous sommes ensemble. Austin recule d'un pas et me regarde bouger et je fais un spectacle juste pour lui.

Je suis en train d'essuyer la sueur de mon visage quand Carmen prend le micro du DJ.

— J'espère que tout le monde s'amuse bien !

Nous applaudissons et acclamons la mariée qui est absolument rayonnante.

— Alors, je ne suis pas la seule ici à avoir une grande nouvelle cette semaine. Mon adorable cousine Maria s'est *fiancée* !

Tandis que les invités applaudissent, je n'en crois pas mes yeux de voir Everly s'avancer vers moi, vêtue d'une jolie robe de soirée, les cheveux relevés et attachés par un nœud. Je me penche pour l'embrasser et la prendre dans mes bras lorsque j'aperçois les parents d'Austin qui m'observent le sourire aux lèvres. Que se passe-t-il ?

Elle me serre fort, ses bras potelés enlaçant mon cou.

— Tu es si jolie, ma puce.

— Rie ! Jolie !

— Oui, tu l'es, dis-je en riant. Qu'est-ce que tu fais là ?

— Maria pensait qu'elle pouvait garder cette grande nouvelle secrète jusqu'après mon mariage, dit Carmen, mais nous savons tous comment les secrets marchent dans cette famille.

Je me retourne pour trouver Austin et je pousse un cri quand je réalise qu'il a posé un genou à terre et que c'est lui qui tient maintenant le micro.

— Ma belle Maria... Avec l'aide de Carmen, j'avais tout prévu et j'avais mémorisé tout ce que je voulais te dire. Mais maintenant que le moment est arrivé et que tu tiens dans tes bras ma fille, dont tu as sauvé la vie avant de sauver la mienne, tout ce que je sais, c'est que je te veux dans nos vies pour toujours. Everly et moi t'aimons tellement. Veux-tu bien nous épouser ?

Il sort une boîte en velours avec une bague en diamant étincelante à l'intérieur.

— Rie ! Épouser !

Je ris, je pleure et je hoche la tête.

— Oui, je veux bien vous épouser.

Austin se lève pour nous serrer toutes les deux dans ses bras avant de me relâcher pour m'embrasser et glisser la bague sur ma main gauche.

— Maintenant c'est officiel.

AUSTIN

L'idée de Carmen était parfaite. Tous ceux que nous aimons étaient là pour voir notre grand moment. Ma mère a pris une vidéo pour mes frères, qui ont envoyé leurs félicitations. Ils sont impatients de rencontrer Maria et j'ai hâte, aussi. Ils vont l'aimer autant que moi.

Nous présentons mes parents au reste de la famille de Maria et permettons à Everly de rester un peu pour danser avec nous avant de l'envoyer au lit.

La Nonna de Maria les a invités à se joindre à la famille pour le brunch demain, ce qui, je le soupçonne, fera partie de notre routine hebdomadaire pendant que nous serons à Miami. Cela me convient parfaitement. J'aime être entouré de la famille de Maria.

Une fois que nous quittons finalement le mariage, je ne me soucie de rien d'autre que de ma belle fiancée et l'after-party privée que j'ai prévu pour nous.

— Où allons-nous ? demande-t-elle lorsque nous nous dirigeons vers le nord sur la route I-95.

Il y a des heures que j'ai arrêté de boire pour être capable de conduire.

— Tu verras bientôt, mon amour.

J'attrape sa main et la porte à mes lèvres, déposant un baiser juste sous sa nouvelle bague.

— La bague est bien ?

Elle éclate de rire.

— Ah, oui, Austin, la bague est bien.

J'ai peut-être un peu exagéré avec un diamant carré de près de trois carats entouré d'autres diamants plus petits.

— Est-ce que c'est trop ?

— Probablement, mais je l'aime quand même. Merci d'avoir réussi à me faire une si belle surprise.

— C'était l'idée de Carmen. Elle voulait t'honorer.

— Je l'aime tellement. La voir heureuse comme elle l'était aujourd'hui est ce qu'il y a de mieux après tout ce qu'elle a subi.

— Ils forment un couple magnifique.

Un peu plus tard, nous arrivons au Ritz-Carlton Bal Harbour, situé dans la partie nord de Miami Beach. J'avais dit à Maria de préparer un sac d'affaires pour rester quelque part ce soir et, après avoir remis ma voiture au voiturier, je porte nos deux bagages à l'intérieur et me dirige tout droit vers l'ascenseur.

— Nous n'avons pas besoin de nous enregistrer ?

— Je me suis occupé de ça plus tôt.

— Regarde-moi ça, tu as tout prévu.

— Je voulais que ce soir soit spécial pour toi.

— C'est spécial pour moi parce que je suis avec toi. J'espère que tu sais que je n'ai besoin de rien d'autre.

— Je le sais, c'est pourquoi je veux tout te donner.

Elle appuie sa tête contre ma poitrine et murmure :

— Je n'ai besoin que de toi.

Et voilà l'une des nombreuses raisons pour lesquelles je sais avec certitude que j'aimerai cette femme pour le reste de ma vie. Dans l'ascenseur, je garde mon bras autour d'elle alors que nous montons au sixième étage, où j'ai réservé une suite face à l'océan. Nous pourrons profiter de la vue demain.

— C'est superbe ! dit-elle de la chambre.

J'espérais que ce serait OK de l'amener ici. Je ne suis pas très sûr de moi quand il s'agit de la surprendre avec quelque chose de luxueux après sa réaction aux maisons que nous avons visitées, mais ce soir, il fallait quelque chose de spécial.

Je la suis sur la terrasse, d'où nous entendons les vagues de l'océan se fracasser sur la plage et respirons l'odeur du sable et de l'eau salée.

— Que dirais-tu d'un peu de champagne ?

— Dans une minute.

Elle enroule ses bras autour de ma taille et lève les yeux vers moi.

— J'ai juste besoin de cela d'abord.

— Je suis toujours heureux de te donner cela.

Je l'embrasse comme j'en meurs d'envie depuis l'instant où je l'ai vue dans cette robe sexy. Il n'y a rien au monde de comparable à l'euphorie que je ressens en l'embrassant.

— Il faut que je te parle de cette robe.

— Qu'est-ce qu'elle a ?

— Tu m'as fait bander dans une église, Maria. Si je vais droit en enfer, ce sera entièrement de ta faute.

Elle pouffe de rire, incapable de se retenir.

— Ce n'est pas ce qui s'est passé.

— Si, c'est arrivé ! J'avais peur d'être frappé par la foudre ou quelque chose comme ça.

J'embrasse son cou et enfouis mon visage dans ses cheveux parfumés.

— Tu étais tellement, tellement, tellement éblouissante aujourd'hui. Je veux dire, tu l'es toujours, mais aujourd'hui c'était tout simplement *waouh*. Et te regarder danser... Mmmm, tellement excitant.

— Tu ne penses jamais que tout ça n'est qu'un rêve ? Que d'une minute à l'autre, on va se réveiller et découvrir que ce n'était qu'un très beau rêve ?

— C'est ce que je ressens aussi : comment une chose aussi incroyable peut-elle être réelle ? Mais c'est tellement réel. C'est la chose la plus trop réelle qui soit.

Elle affiche un grand sourire.

— La plus trop réelle, ça se dit ?

— Si ça ne se dit pas, ça devrait se dire.

Je prends sa main.

— Allons voir le reste de la chambre, d'accord ?

— Emmène-moi.

J'attrape la bouteille de champagne qui est au frais sur une des tables et je mène Maria à la chambre. Après avoir fait sauter le bouchon, on boit tous les deux à même la bouteille.

— Regarde-nous. Quelle classe !

Je ris et bois encore un coup.

— Pourquoi le verser dans un verre quand c'est déjà dans du verre ? demandé-je.

— Bien vu.

Elle prend une autre gorgée et puis elle rote.

On éclate de rire. C'est si bon de rire avec elle, d'être complètement moi-même avec elle et vice versa.

— À toi, moi, Everly et à l'éternité ensemble.

— Je trinque à cela.

Elle me passe la bouteille.

— Austin, tu crois qu'un jour je pourrais l'adopter ?

— Ce serait... murmuré-je avant que ma gorge ne se serre autour d'un nœud d'émotion. Ouais, mon cœur. Faisons en sorte que ça arrive.

— Seulement si c'est ce que tu veux aussi.

— Bien sûr que c'est ce que je veux. Tu es déjà sa mère, Maria. Tu es celle qu'elle aime.

— Je suis si heureuse, dit-elle avec un soupir. Plus heureuse que je ne l'ai jamais été de ma vie.

— Moi aussi. Je ne savais pas que ce genre de bonheur existait.

J'embrasse son épaule, descends le long de sa clavicule et de son cou avant de capturer ses lèvres dans un autre de ces baisers doux et sexy qui sont devenus si indispensables pour moi.

— Comment puis-je t'enlever cette superbe robe ?

Elle lève son bras pour me montrer la fermeture éclair qui longe son flanc.

— Je vais avoir besoin de beaucoup de photos d'aujourd'hui pour ne jamais oublier comment tu étais dans cette robe.

— Je peux faire en sorte de te les procurer. J'ai des contacts.

Sous la robe, elle ne porte qu'un soutien-gorge sans bretelles et un string assorti.

— Je veux juste te regarder pour toujours.

— Je peux rendre cela possible, aussi.

Elle tend la main pour déboutonner mon gilet et la chemise qui est en dessous.

— Donne-moi ce torse sexy et dépêche-toi.

J'enlève mes vêtements aussi vite que possible, faisant sauter un des boutons de ma chemise au passage, ce qui fait rire Maria.

— Je suis douée avec du fil et une aiguille. Je peux te le réparer.

— C'est le dernier de mes soucis pour le moment.

— Tu as des soucis ? Quels sont-ils ?

— Le premier est que j'ai peur de ne pas pouvoir tenir longtemps après avoir bandé pour toi depuis l'église.

— Ne parlons plus du fait que tu bandais à l'église. Je n'irai pas en enfer avec toi.

— Oh, allez ! Ce ne sera pas drôle sans toi.

— De quoi d'autre t'inquiètes-tu ?

— Sincèrement ?

— Toujours.

— De ce que tu puisses être heureuse ailleurs qu'ici avec les tiens. Je t'ai vue dans ton élément aujourd'hui et ça m'a tout simplement... Ça m'a fait réfléchir. La dernière chose au monde que je veux faire, putain, c'est quelque chose qui te rende malheureuse – et je crains que t'éloigner d'eux ne te rende malheureuse.

— Je t'aime tellement parce que tu t'inquiètes de cela, mais j'ai fait quelques recherches sur Seattle et ça a l'air d'être un endroit très sympa pour vivre. Je pense que cela me fera du bien de vivre ailleurs pendant un certain temps et de découvrir la vie en dehors de Miami. Ma famille va me manquer, mais on rentrera lui rendre visite et quand tu auras fini le baseball, peut-être qu'on pourra revenir ici ?

— Nous le pourrons. Absolument. Donne-moi six à dix ans ailleurs et je te donnerai l'éternité ici.

— C'est une très bonne affaire.

— Je veux que tu sois heureuse, Maria.

— Je te promets que je peux être heureuse à Seattle si toi et Everly y êtes.

— Est-ce qu'on sera assez ?

— Mon Dieu, Austin, *oui*. Vous êtes tout pour moi. Tu dois le savoir maintenant.

— Nous ne sommes pas tout. Ta famille est une si grande partie de ta vie.

— Et maintenant, vous aussi. Tout ira bien tant qu'on sera ensemble.

Elle me séduit avec un baiser qui me fait oublier tout le reste, sauf ce qui se passe ici et maintenant, ce qui est plutôt incroyable.

Je relâche l'agrafe de son soutien-gorge et j'admire la vue de ses seins spectaculaires et de ses tétons qui se tendent sous mes yeux. Je l'aime à la folie et la seule chose qui compte pour moi, c'est qu'elle le sache toujours. J'adore chaque centimètre de sa peau délicieuse, ses bouts de sein serrés, son ventre plat qui frémit sous mes lèvres. Ses jambes sur mes épaules, je l'embrasse, je la caresse et je l'amène à une série d'orgasmes qui la laissent haletante et qui me rendent désespérément désireux de participer à l'action en me glissant en elle.

Elle m'enlace et me tient fermement tandis que nous nous déplaçons ensemble dans le genre d'harmonie parfaite qui me faisait défaut jusqu'à ce que je la trouve. Rien n'a jamais été comme cela, comme elle.

— Mon Dieu, Maria... Je t'aime. Je t'aime tellement.

— Moi aussi. Je t'aime.

Elle est essoufflée, les joues rouges, si sexy et toute à moi pour toujours.

Je me sens tellement bien dans la magie que nous créons ensemble que je crois, à tort, que rien ne pourra jamais nous séparer.

Je vais découvrir bien assez tôt à quel point j'ai tort à ce sujet.

CHAPITRE 25

MARIA

*A*près le brunch, mes parents veulent nous voir, ma sœur, nos frères et moi et ne veulent pas dire pourquoi. Le message énigmatique de mon papa nous demande de passer à la maison – juste nous – après le brunch.

Dee m'envoie un texto tout de suite après. *Euh, c'est quoi ce bordel ?*

Aucune idée.

Ils sont en train de divorcer ?

Non ! S'il y a une chose dont je suis sûr, c'est cela. Mes parents forment un couple solide. Ils l'ont toujours été et le seront toujours. Je refuse de croire autre chose.

J'aimerais n'avoir nulle part où aller et rien à faire aujourd'hui pour pouvoir me prélasser au lit avec Austin toute la journée, mais le brunch d'aujourd'hui marque la fin du week-end des noces et tout le monde sera là pour voir Carmen et Jason partir en lune de miel aux îles Turquoises. Ils séjournent dans un complexe hôtelier super cool et je serais verte de jalousie si je n'étais pas si ravie pour eux deux.

Mais maintenant, cette histoire avec mes parents me pend au nez alors qu'Austin me ramène chez moi pour récupérer ma voiture. J'avais prévu de passer la journée avec lui et Everly chez eux, à nager et à me détendre au bord de la piscine. Et maintenant, je n'ai aucune idée de ce que cette journée va m'apporter et cela me laisse déstabilisée.

— Je suis sûr que ce n'est rien d'affreux, dit Austin. Ils étaient tous les deux de bonne humeur hier.

— Je sais. Je n'arrive pas à imaginer de quoi il s'agit.

— Tu le sauras bientôt.

— Pas assez tôt à mon goût.

Le brunch, qui est habituellement le moment le plus attendu de ma semaine, va être une torture aujourd'hui.

Chez moi, il attend que je rentre en courant pour prendre mes clés, puis je le suis jusqu'au restaurant où ses parents et Everly nous retrouvent. Je suis occupée à leur présenter des personnes qu'ils n'ont pas rencontrées hier et j'arrive à oublier, l'espace d'un instant, la réunion de famille qui assombrit une journée qui devrait être placée sous le signe de la fête.

Nico et Milo m'attrapent quand je sors des toilettes.

— Qu'est-ce qui se passe avec Maman et Papa ? demande Nico.

— Je n'en ai aucune idée. J'en sais autant que vous.

— Tu sais toujours ce qui se passe, dit Milo.

— Pas cette fois.

— Est-ce que tu balises ? demande Milo.

— Un peu.

— Je ne me sens pas mieux du coup, dit Nico.

— Désolée.

Il me serre l'épaule.

— Dee pense qu'ils vont divorcer.

— Mais non. S'il y a une chose dont je ne m'inquiète pas, c'est ça.

— Faisons-les barrer d'ici rapidement, dit Milo. Je n'en peux plus de m'inquiéter de ce qui se passe.

— D'accord.

Il est plus de 14 h quand on arrive à la maison de mes parents. J'étais tellement sur les nerfs que j'ai à peine pu manger au brunch, mais j'ai malgré tout l'estomac dérangé. Ils ne nous feraient pas ça à moins que quelque chose de grave ne se produise et une partie de moi n'a pas envie d'entendre ce que c'est, surtout quand tout va si bien pour moi ces derniers temps.

Nous nous retrouvons dans le salon, mes parents assis l'un à côté de l'autre sur la causeuse, ce qui me semble être une preuve supplémentaire qu'ils ne vont pas divorcer.

— Assieds-toi, Maria, dit Papa.

— Je préfère rester debout. Qu'est-ce qui se passe ? Vous nous faites paniquer.

Papa jette un coup d'œil à Maman et elle acquiesce lorsqu'il lui prend la main.

— Nous voulions attendre la fin du mariage pour vous annoncer que votre mère a été diagnostiquée avec un cancer du sein.

Comme si quelqu'un avait ouvert une trappe sous moi, le monde semble basculer sur son axe tandis que je l'écoute dire des mots que personne ne veut jamais entendre associés à un être cher : triple négatif, stade trois, mastectomie, reconstruction, chimiothérapie, radiothérapie.

Mon cerveau se bloque et mon cœur se brise. J'en sais assez pour être sérieusement préoccupée par la bataille qui attend ma mère et une pensée très claire me vient à l'esprit : je n'irai pas à Seattle, ni nulle part ailleurs.

Dee sanglote tandis que Nico et Milo regardent fixement mes parents, qui font un gros effort pour être forts pour nous.

— Nous avons les meilleurs médecins et nous sommes convaincus que nous allons nous en sortir, dit Papa tandis que Maman pleure en silence à côté de lui.

— Je suis vraiment désolée de vous faire ça les enfants, dit-elle.

Nous nous déplaçons tous au même moment, allant vers elle, la serrant dans nos bras, la rassurant.

— Nous serons avec toi à chaque instant, Maman, dit Nico. Ne t'inquiète de rien.

— Je vais revenir à la maison, dit Dee. Je vais rester ici et aider à tout faire.

— Je ne veux pas que vous bouleversiez vos vies pour moi, dit Maman.

— Trop tard, répond Dee. C'est comme si c'était fait.

— J'irai à tous les rendez-vous, à tous les traitements, à tout, lui dis-je en essayant de ne pas me briser en mon for intérieur à l'idée qu'Austin et Everly soient à Seattle sans moi. Tu auras ta propre infirmière privée.

J'ai du mal à ne pas pleurer à chaudes larmes sur elle, mais elle n'a pas besoin de cela maintenant. Elle a besoin que nous soyons forts pour elle et que nous la soutenions alors qu'elle se bat pour sa vie.

— Nous ne le dirons pas au reste de la famille avant que Carmen rentre de son voyage, dit Maman. Nous ne voulons rien faire qui puisse gâcher ce moment de bonheur pour elle. S'il vous plaît, promettez-moi que vous garderez ça entre nous pour l' instant.

Nous acceptons toutes ses demandes et passons une heure de plus ensemble, jusqu'à ce que Maman dise qu'elle se sent fatiguée et qu'elle aimerait aller s'allonger un peu.

Nous sortons tous les quatre, engourdis par le choc et la peur viscérale qui accompagne toujours un diagnostic de cancer.

— C'est grave ? me demande Dee.

— Ce n'est pas génial. Le stade trois signifie qu'il s'est déjà propagé aux ganglions lymphatiques et le triple négatif est une saloperie. On ne peut pas l'appeler autrement.

Ma sœur s'effondre à nouveau à cette nouvelle.

Je l'enlace et nos frères se joignent au groupe.

— On va la sortir de là. On va les aider tous les deux à traverser ça.

Je leur dis ce qu'ils ont besoin d'entendre, ce que nous avons tous besoin d'entendre, même si je suis désespérée au fond de moi. Tout était parfait.

Jusqu'à ce que ça ne le soit plus.

Parce que nos parents nous ont poussés à poursuivre nos projets pour la journée, Dee décide d'aller retrouver ses amis du lycée comme prévu, et mes frères se rendent dans un parc local pour jouer au basket avec un groupe avec lequel ils jouent presque tous les dimanches.

Je monte dans ma voiture, avec l'intention de me rendre chez Austin, mais je finis par revenir chez moi, ayant besoin d'être seule. Je me glisse dans le lit et sanglote sur mon oreiller, le cœur brisé et terrifiée pour ma mère, mais aussi un peu le cœur brisé pour moi-même et Austin. C'était trop beau pour être vrai. C'est tout ce à quoi je pense sans cesse. Juste au moment où tout se mettait en place pour nous, cette bombe explose dans ma vie et me retient à Miami – et ce n'est même pas le plus bouleversant. Penser à ce que ma mère va endurer me brise.

Mon portable sonne dans l'autre pièce et je suis sûre que c'est Austin, mais je ne peux pas me résoudre à bouger ou à faire autre chose que de pleurer. En l'espace de quelques heures, je suis passée du summum du bonheur à ce que j'espère être le pire de ce que je vivrai. Même si je sais que je les perdrai tous les deux un jour, je ne peux tout simplement pas imaginer la vie sans mes parents au centre. Elle a cinquante-deux ans. Ce n'est pas possible.

Mais ça l'est et je suis tout simplement dévastée pour elle, pour mon papa, pour notre famille et pour moi aussi. J'avais commencé à me faire à l'idée de Seattle, à m'y imaginer avec Austin et Everly. Et maintenant...

Je souffre comme jamais auparavant.

AUSTIN

Cela fait trois heures que j'ai quitté Maria après le brunch et je m'attendais à avoir de ses nouvelles à cette heure. Je commence à m'inquiéter, surtout qu'elle ne répond pas à son téléphone. Everly est couchée pour sa sieste et mes parents regardent le golf à la télé pour éviter la chaleur de l'après-midi.

— Vous pouvez surveiller Ev ? leur demandé-je. Je vais voir comment va Maria.

— Bien sûr, dit Maman. J'espère que tout va bien.

— Moi aussi.

C'est très étrange qu'elle n'ait ni envoyé de SMS, ni appelé, ni ne soit venue à la maison comme nous l'avions prévu. Elle ne peut pas être encore avec sa famille des heures après qu'ils ont quitté le restaurant, non ?

J'essaie de deviner et je décide d'aller chez elle d'abord. Quand je vois sa voiture dans l'allée, mon anxiété augmente encore plus. Que se passe-t-il, bon sang ? Je monte les escaliers deux par deux jusqu'à chez elle et je frappe à la porte.

Il n'y a pas de réponse, alors je prends le risque d'essayer la porte. Elle n'est pas verrouillée et cela m'inquiète car Maria m'a dit un jour que personne ne laisse sa porte ouverte à Miami. Inquiet, j'entre.

— Maria ? Ma chérie, es-tu là ?

Son sac à main est sur le sol près d'une chaise, ses clés par terre à côté, ce qui me fait froid dans le dos. Je me dirige tout droit vers sa chambre, où je la trouve sur le lit, endormie.

Le soulagement m'envahit quand je vois qu'elle va bien, ou du moins il me semble. Pourquoi est-elle ici et pas chez moi, comme prévu ? Je m'assois au bord du matelas et pose doucement ma main sur son épaule, en prenant soin de ne pas la faire sursauter.

Son visage est boursouflé, comme si elle avait pleuré.

— Maria, mon cœur.

J'embrasse son épaule, puis sa joue.

Ses yeux s'ouvrent et je vois qu'ils sont également rouges et gonflés.

— Ma chérie, qu'est-ce qui ne va pas ?

Je balaie les cheveux de son visage et je remarque que de nouvelles larmes remplissent ses yeux.

— Ma mère a le cancer du sein.

— Oh non. Maria...

— C'est grave. Stade trois et une forme agressive. Elle ne voulait pas nous le dire avant le mariage.

— Je suis vraiment désolé de l'apprendre.

J'enlève mes chaussures et m'allonge à côté d'elle, en mettant mon bras autour d'elle et souhaitant pouvoir faire plus pour l'aider que de la tenir.

— Sait-elle déjà ce que le traitement va impliquer ?

Je ne peux pas nier que mon propre stress post-traumatique refait surface à cette nouvelle.

— Mastectomie, reconstruction, chimio, radiothérapie. Une épreuve longue et compliquée.

J'entends ce qu'elle ne dit pas, haut et fort – elle ne va pas à Seattle. Elle ne peut pas être ailleurs qu'ici, avec sa mère et sa famille.

— Nous allons trouver une solution, ma chérie. Ne t'inquiète pas.

— Qu'est-ce qu'on va faire ? Tu vas rester à Seattle pendant au moins trois ans, mais probablement plus longtemps, et je vais être à l'autre bout du pays, sans pouvoir aller nulle part.

— Je n'ai signé avec personne pour l'instant. Tout peut encore arriver.

— Tu as travaillé si dur pour ce moment, Austin. Tu ne devrais rien laisser entraver le meilleur contrat possible pour toi et ta fille.

— Et pas pour ma fiancée, aussi ? Qu'en est-il de ce qui est le mieux pour elle ?

— Il ne s'agit pas de moi. Il s'agit de toi, de ta carrière et de cette période passionnante.

— Ne sais-tu pas que sans toi, il n'y a rien d'excitant ?

Elle s'effondre en sanglots déchirants qui me détruisent. Si elle a mal, j'ai mal.

Hier soir encore, nous étions sur un nuage et maintenant on nous ramène sur terre de la manière la plus cruelle qui soit.

— Je ne veux pas que tu prennes des décisions basées sur moi, Austin. Ce serait de la folie. Tu as une si grande opportunité d'obtenir tout ce que tu mérites. C'est ce que je veux pour toi. Ce serait peut-être mieux si nous, tu sais, faisions une pause dans notre relation...

— Non. Ça n'arrivera pas.

— S'il te plaît, Austin. Ne rends pas cela plus difficile que ça ne l'est déjà. Il faut que je sois ici et ta carrière va t'emmener loin de moi. Cela rendrait les choses encore plus difficiles si je pensais que je t'empêchais de réaliser ton plein potentiel.

— Crois-tu honnêtement que je serai capable de réaliser mon plein potentiel sans toi ? Je ne veux plus entendre parler de faire des pauses ou d'aller de l'avant sans toi. Sans parler du fait que ta mère se sentira mal si elle pense qu'elle a causé notre rupture.

Le désespoir me fait jouer toutes les cartes que j'ai en main.

Les sanglots continuent de résonner dans son corps, mais elle ne dit rien d'autre. Je suis tout de même rempli d'effroi, sachant que la conversation est seulement reportée, pas terminée. Si elle pense qu'elle peut se débarrasser de moi quand les choses tournent mal, elle va découvrir qu'il en est autrement. Je vais me battre pour elle et pour nous de toutes mes forces. Après avoir trouvé mon âme sœur, je ne peux pas imaginer la vie sans elle.

MARIA

C'est drôle comme la vie continue tout autour de soi quand on vit son propre enfer personnel. Le soleil se lève et se couche, les jours passent, on va au travail, on emmène sa mère à ses rendez-vous chez le médecin, on cuisine, on mange des aliments qui n'ont aucun goût, on s'occupe de ses parents, de ses patients et on voit Austin et Everly, et pendant tout cela, on est tout simplement engourdie. On ne ressent rien d'autre que la peur. Elle plane sur chaque souffle que l'on prend, sur tout ce que l'on fait, sur chaque moment où l'on est éveillée.

J'ai une toute nouvelle appréciation de ce qu'Austin a enduré quand Everly était malade. Aussi pénible que cela puisse être de voir ma mère traverser cette épreuve, je ne peux pas imaginer à quel point cela doit être plus difficile lorsque c'est son enfant qui est malade. Ma mère souffre et, malgré le soutien de notre merveilleuse famille et de nos amis, il n'y a pas grand-chose que nous puissions faire pour elle, à part prier pour que le traitement fonctionne.

Son opération est prévue tout de suite après le Jour de l'An et nous devrions en savoir plus sur son pronostic d'ici mars, ce qui est une attente interminable.

Austin devient officiellement un agent libre le jour d'Halloween, mais il garde son attention sur Everly ce jour-là alors qu'elle essaie de se décider entre se déguiser en sirène, en licorne ou en Elsa de *La Reine des neiges*. Finalement, elle choisit Elsa et nous l'emmenons faire la tournée des maisons de Gables Estates et du quartier de mes parents. Ils la gâtent énormément et la traitent comme leur petite-fille, ce qui est adorable. J'essaie de ne pas me demander si ma mère vivra assez longtemps pour voir d'autres petits-enfants.

Début novembre, nous apprenons qu'Austin est finaliste pour son quatrième American League Cy Young Award, qui récompense les meilleurs lanceurs des deux ligues.

Lorsque la saison des transferts commence officiellement début novembre, Austin passe la majeure partie de ses journées au téléphone avec Aaron, à prendre des rendez-vous avec les directeurs généraux et les représentants des diverses équipes qui s'intéressent à lui.

Je n'arrive pas à tout suivre, mais d'après ce qu'il me dit il semblerait que Seattle fasse la meilleure offre et lui donne toutes les chances de jouer dans une équipe championne. Il y a toutes sortes d'autres choses qui se passent dans les coulisses, mais Austin me dit que rien ne sera décidé avec certitude avant la mi-décembre, lorsque les réunions d'hiver auront lieu et qu'Aaron pourra parler aux directeurs généraux face à face pour conclure un accord.

Alors j'essaie de faire abstraction de tout cela jusqu'à ce que la décision soit prise, mais ce processus ne fait qu'alimenter le sentiment diffus d'appréhension qui me pèse en permanence. Quelle importance où il finit ? Lui et Everly vivront si loin de moi que je ne pourrai jamais les voir.

À la mi-novembre, Austin remporte le Cy Young Award de la ligue américaine, tandis que Joaquin Garcia, des Marlins, est le vainqueur de la ligue nationale. Cette récompense est un grand coup de pouce pour Austin à un moment où les négociations s'intensifient. Aaron est apparemment ravi, car ce prix leur donne encore plus de poids dans les négociations. Je suis très fière d'Austin et j'essaie de faire preuve de l'enthousiasme attendu, mais cela tombe à plat.

Depuis que j'ai appris la maladie de ma mère, il continue d'être inébranlable dans son soutien envers moi et ma famille dans ces moments difficiles. Jason et lui se sont chargés des travaux de jardinage à la maison de mes parents et ont passé tout un samedi récemment à remplacer des planches affaissées sur leur terrasse arrière.

Il est officiellement devenu le principal bienfaiteur du dispensaire. Miranda est extrêmement enthousiaste, cherchant un bâtiment plus grand pour abriter la nouvelle installation qu'Austin a promis de construire pour nous. Je suis ravie pour Miranda et la communauté que nous servons, mais comme avec tout le reste en ce moment, je n'arrive pas à trouver l'enthousiasme nécessaire même pour cela.

Des chiffres ridicules circulent dans les médias spécialisés dans le baseball et dans les conversations que j'entends, mais celui qui revient le plus souvent est celui de 120 millions de dollars pour trois ans avec Seattle.

En tant que fan de baseball de longue date, j'ai essayé d'imaginer gagner des millions de dollars pour travailler six mois de l'année. Mais après avoir passé du temps avec Austin et avoir vu à quel point il travaille dur en salle de sport et les lancers légers qu'il fait dans le jardin avec son père qui attrape pour lui au moins une fois par jour afin de garder son bras souple, je crois qu'il mérite toutes les largesses qu'il recevra.

Je suis bien consciente que notre relation est différente depuis le jour où j'ai appris que ma mère était malade. Je me suis éloignée de lui, me préparant à la vie sans lui et Everly, et il le sait. Il a été très patient avec moi et, bien sûr, cela ne fait que renforcer mon amour pour lui.

À la mi-décembre, je me suis glissée dans ma nouvelle routine : travailler, aller voir mes parents, cuisiner pour eux, passer du temps avec Austin et Everly dès que je le peux et, en général, avoir l'impression de courir dans cinquante directions différentes en même temps. Le fait d'avoir Dee à la maison a fait une énorme différence, puisqu'elle vit chez mes parents, mais j'essaie d'aider autant que possible aussi, pour que tout ne lui retombe pas dessus. C'est grâce à elle que je peux voir Austin un tant soit peu.

Je suis en train de rentrer chez moi après avoir pris des nouvelles de mes parents après une journée frénétiquement chargée au dispensaire. Les jeudis sont toujours les jours les plus chargés parce que Jason est là l'après-midi. Ce soir, mon objectif est de finir la lessive que j'ai commencée hier soir, de faire un peu de cuisine pour que mes parents et Dee aient de quoi manger tout le week-end et de me coucher tôt.

Ma radio est réglée sur Power 96 et je suis ailleurs, comme je le suis toujours quand je suis prise dans les embouteillages de Miami. Un présentateur arrive entre deux chansons et attire mon attention lorsqu'il dit : « Il y a une grande nouvelle pour les fans des Marlins de Miami ! Le lanceur Austin Jacobs, lauréat du Cy Young Award, vient de signer un contrat de quatre ans et de quatre-vingt millions de dollars pour jouer avec les Marlins ! En tant que l'un des agents libres les plus recherchés de cette intersaison, personne n'a vu cela venir. Lorsqu'on lui a demandé pourquoi Jacobs avait choisi Miami, son agent s'est contenté de dire qu'il avait des liens personnels avec la ville. Au nom de tous les fans des Marlins, laissez-moi être le premier à souhaiter la bienvenue à Austin Jacobs à Miami ! Avec deux lauréats du Cy Young Award dans la rotation des lanceurs, attendez-vous à ce que Miami soit déchaînée la saison prochaine ! »

Je suis tellement choquée que je me retrouve presque dans le caniveau. Il était censé aller à Seattle pour cent-vingt millions ! Mais qu'est-ce qu'il fait ?

Dès que j'en ai l'occasion, je fais demi-tour et me dirige vers Gables Estates.

AUSTIN

Le marché est donc conclu et Aaron est absolument *furieux* contre moi. Il a même menacé de me laisser tomber comme client si j'acceptais le contrat de Miami. Je lui ai dit de faire ce qu'il avait à faire, ce que j'ai moi-même fait. Maria a besoin d'être à Miami, j'ai besoin d'être avec Maria, alors en fait la décision était toute prise. J'ai fait ce qui était le mieux pour notre famille, la nouvelle famille qu'elle et moi allons créer ensemble.

Seuls mes parents et mes frères savaient à l'avance ce que j'avais l'intention de faire et, après avoir passé du temps avec Maria et sa famille, mes parents ont approuvé sans réserve et ont compris ce que je faisais et pourquoi. Ils l'ont fait accepter à mes frères, qui étaient plus sceptiques au début. Ils ont changé d'avis quand ils ont réalisé que je l'aimais trop pour vivre sans elle, même pendant la moitié de l'année. Et avec Everly qui va commencer l'école dans deux ans, passer les hivers à Miami ne sera bientôt plus envisageable de toute manière.

C'était la seule façon d'avoir tout ce que je veux et ce dont j'ai besoin et je suis très heureux du résultat.

Une fois que j'aurai couché Ev pour la nuit, j'ai prévu d'aller chez Maria pour lui parler de tout cela. Pour l'instant, je suis complètement concentré sur Everly et j'ignore la sonnerie incessante de mon téléphone. Tous les journalistes de baseball à qui j'ai parlé essaient de me joindre, ainsi que les médias de Miami et d'autres qui veulent en savoir plus sur les raisons pour lesquelles j'ai accepté un contrat moins avantageux pour jouer à Miami.

Ils le sauront bien assez tôt.

Everly et moi sommes en train de jouer à la dînette dans le salon après le dîner quand Maria arrive, se précipitant dans la pièce. *Oh là là.* On dirait qu'elle a déjà entendu la nouvelle et elle ne semble pas contente. Ce n'est pas grave. Je suis prêt à l'affronter. Pour l'instant, je fixe ma superbe infirmière dans la tunique médicale bleu clair qu'elle porte au travail. Sur elle la tunique est presque aussi sexy que la robe de demoiselle d'honneur.

— Rie ! Manger ! Fête !

Everly court vers elle, comme elle le fait toujours.

Maria la prend dans ses bras, lui donne un baiser et lui fait un câlin.

— Coucou, ma puce.

— Joue à la dînette, Rie !

— On passe aux phrases, dit-elle en continuant à porter son attention sur Everly. Mais le point d'exclamation est toujours de rigueur.

Elle frotte son nez contre celui d'Everly, qui est ravie de sa présence comme d'habitude, avant d'ajouter :

— Nous ne voudrions pas qu'il en soit autrement.

Bien que je sente que Maria est énervée contre moi, elle s'assoit et prend du thé et des biscuits avec Everly avant que je dise à ma fille qu'il est l'heure d'aller se coucher. Pendant qu'elle court dire bonne nuit à mes parents, qui sont au bord de la piscine, j'observe longuement Maria.

Elle me lance un regard noir et je l'aime à la folie.

— Mais qu'est-ce que tu as fait, *bordel* ? demande-t-elle.

— Je te le dirai quand on aura mis Ev au lit.

Everly revient à l'intérieur et nous supervisons le brossage des dents, la lecture d'histoires et les câlins du soir que nous aimons tous tellement.

Nous sortons de la chambre d'Everly sur la pointe des pieds près de quarante-cinq minutes après l'arrivée de Maria. Je lui prends la main, l'emmène dans ma chambre et ferme la porte.

— Le plus important d'abord.

Je pose mes mains sur ses épaules, remarquant qu'elles sont tendues, et je l'embrasse.

— Bonsoir, dis-je.

Elle se détourne de mon baiser.

— Commence à parler. Tout de suite.

— J'ai signé avec Miami.

— Je suis au courant ! *Comment as-tu pu faire ça ?* Tu allais te faire *cent-vingt millions* avec Seattle !

Je hausse les épaules, ce qui ne fait que l'exaspérer davantage.

— Quelle différence entre quatre-vingts et cent-vingt ?

Ses yeux magnifiques me fusillent du regard.

— *Quarante millions !*

Je souris de son indignation.

— C'est ce que tu vaux pour moi, ma douce Maria. Je n'ai pas besoin de ces quarante millions, mais j'ai besoin de toi, tout comme Everly a besoin de toi. L'idée d'être à cinq mille kilomètres de toi était tout simplement insupportable. Et si quelqu'un comprend le besoin d'être proche d'un être cher qui se bat contre une maladie grave, c'est bien moi. Au final, Miami est la seule équipe que j'ai considérée.

— Aaron doit être furieux.

— Il a menacé de me virer comme client si j'acceptais le marché de Miami. Je lui ai dit de faire ce qu'il avait à faire.

Elle pose sa tête sur ma poitrine.

— Je ne peux pas croire que tu aies fait ça.

— Vraiment ? Tu ne peux pas le croire ? Tu ne dois pas savoir à quel point je t'aime si tu ne peux pas croire que je veux être là où tu es, où que ce soit.

— Tu aurais pu obtenir un contrat bien plus avantageux ! C'est ta saison...

— Et toi, tu es ma raison d'être. La mienne et celle d'Everly. Elle t'aime autant que je t'aime. Comment pourrais-je l'éloigner de sa Rie, la seule mère qu'elle connaîtra jamais ?

Elle s'effondre en sanglots tandis que je la serre plus fort dans mes bras.

— Accroche-toi à moi, douce Maria. Je suis là pour toi. Je suis là et je ne suis pas près de partir.

Je passe mes doigts dans ses longues boucles.

— Nous allons nous marier et vivre dans une maison trop imposante que je vais acheter pour nous et fonder un foyer, une famille et une vie ici même dans ta ville. Je devrai toujours voyager avec l'équipe pendant la saison, mais peut-être que vous pourrez venir avec moi.

Elle secoue la tête.

— Tu n'es pas obligée de venir si tu ne veux pas.

Elle lève la tête et me regarde, les yeux rouges et gonflés par les larmes. Elle me coupe le souffle.

— Si, je veux venir.

— Alors quoi ?

— Je n'arrive toujours pas à croire que tu as renoncé à *quarante millions de dollars* pour moi.

— Je l'ai fait pour moi, aussi et pour Ev. Je l'ai fait pour nous tous, Maria. Avant d'accepter ce contrat, j'avais déjà tout ce dont j'ai besoin, tout ce dont j'aurai jamais besoin. J'ai été sage avec l'argent que j'ai déjà gagné. Si je ne joue plus jamais, je suis tranquille. Nous sommes tranquilles. Quatre-vingts millions, c'est une vraie fortune. Vingt millions par an pour faire ce que j'aime et vivre avec la femme que j'aime ? Je suis partant.

— Tu aurais dû m'en parler d'abord.

Je prends son visage dans mes mains et la regarde.

— Pour que tu puisses m'en dissuader ou rompre avec moi dans une tentative malavisée de faire ce qui est le mieux pour moi ? Non, merci. *Toi,* tu es ce qu'il y a de mieux pour moi. *Miami* est ce qu'il y a de mieux pour moi. Au cas où tu ne l'aurais pas remarqué, j'aime être ici. J'aime être avec ta famille. J'aime le brunch du dimanche au restaurant et te rendre visite quand tu y travailles. J'aime le dispensaire et le travail important que nous y faisons. J'aime le golf, le soleil, la piscine et la plage. J'aime même les palmiers. Mais plus que tout, c'est toi que j'aime.

— Tu as signé avec Miami.

Je souris et hoche la tête.

— J'ai signé avec Miami.

— Tu es *fou.*

— Peut-être, mais la folie n'a jamais été aussi bonne.

— Tu aurais pu être le champion à Seattle.

Encore une fois, je hausse les épaules.

— Qui s'en soucie ? Joaquin va me forcer à améliorer mon jeu et à ne pas devenir paresseux et brouillon.

— Tu ne serais jamais comme ça.

— Ce sera tout de même bien d'avoir une concurrence saine pour la première place sur la liste et les Marlins sont ravis d'avoir les deux gagnants du Cy Young Award de cette année dans leur roulement. Cela améliore considérablement nos chances d'aller loin dans l'intersaison, ce qui était un autre de mes objectifs en choisissant une nouvelle équipe. Tout est parfait, ma chérie.

Elle relâche une profonde inspiration.

— Je n'arrive pas à croire que tu aies fait cela.

Cela me fait rire, car je me rends compte qu'il va lui falloir du temps pour comprendre ce que j'ai fait et pourquoi je l'ai fait. Mais ce n'est pas grave. Nous avons tout le temps du monde à passer ensemble et avec Everly, et c'est ce qui me rend le plus heureux.

— Marions-nous cet hiver. On ira dans un endroit génial. On emmènera tout le monde avec nous. Qu'est-ce que tu en penses ?

— Je, euh...

Je l'embrasse.

— Tu es mignonne quand tu es sans voix. Mais bon, tu es toujours mignonne.

Je l'aide à enlever sa tunique, j'enlève mon T-shirt et mon short et je la suis jusque dans le lit. Quand nous sommes blottis l'un contre l'autre, je balaie les boucles rebelles de son visage.

— Je sais que ces dernières semaines ont été terribles pour toi. Entre la maladie de ta mère et le fait d'attendre que je mette au point mon plan, tu as été prise dans tout cela.

— J'essayais de me préparer à votre départ.

— Je sais et tu n'as pas idée combien de fois j'aurais aimé te rassurer et te dire que je négociais avec Miami, mais tant que ce n'était pas fait, je ne voulais rien dire. J'avais peur que ça tombe à l'eau à la dernière minute ou quelque chose comme ça.

— Je n'arrive pas à croire que tu aies fait ça.

Le sourire aux lèvres, je l'embrasse.

— Tu peux y croire. Je suis là pour rester et la seule chose qui m'ait jamais rendu plus heureux que maintenant, a été d'entendre qu'Everly était en rémission.

— Tu ne vas pas me détester un jour pour t'avoir coûté quarante millions, hein ?

— Jamais.

Je l'embrasse encore et pour la première fois depuis des

semaines, elle me rend mon baiser comme elle le faisait avant que son monde ne s'écroule.

— Tu veux savoir autre chose ?

— J'ai presque peur de demander...

— J'aurais signé pour soixante.

ÉPILOGUE

MARIA

Ma mère se fait opérer en janvier. C'est une longue journée car elle subit une double mastectomie et une reconstruction en même temps. C'est une sacrée opération, mais elle voulait en finir d'un coup plutôt que faire traîner les choses sans fin, comme elle dit. Sa force d'âme et son courage sont une source d'inspiration pour tous ceux qui l'aiment. Elle refuse de s'apitoyer sur son sort et consacre toute son énergie à retrouver sa pleine santé.

Je reste chez mes parents pendant les deux premières semaines de son retour pour pouvoir m'occuper d'elle personnellement tout en travaillant autant que possible au dispensaire. Dee m'aide avec tout, et mes frères vont et viennent tous les jours, apportant des provisions, du vin, des ordonnances et tout ce dont nous avons besoin ou envie. C'est un travail d'équipe et notre famille se montre à la hauteur de la situation.

Austin et Everly viennent me rendre visite tous les jours, mais nous n'avons pas beaucoup de temps ensemble juste tous les deux car la maison est toujours pleine de membres de la famille et d'amis qui apportent de la nourriture et la bonne humeur dont nous avons tant besoin. Bien que je sois entourée d'êtres chers, je ne me suis jamais sentie aussi seule et j'aspire à passer du temps avec Austin et à revenir à la normale.

Je me répète qu'il ne s'agit pas de moi, mais de ce dont Maman a besoin, ainsi que Papa par extension. Il s'agit d'utiliser mes compétences d'infirmière pour qu'elle se sente aussi à l'aise que possible et de prendre soin d'elle comme elle l'a toujours fait pour moi.

Cependant, même si je vois Austin tous les jours, mon amour et le temps que nous passions en tête-à-tête me manquent terriblement, sans mentionner à quel point me manque Everly.

Quand elle ne dort pas, la seule chose dont ma mère veut parler, c'est mon mariage. Elle a rapidement démoli notre projet de nous marier quelque part cet hiver.

— Je ne veux pas avoir l'air malade sur les photos, a-t-elle dit et le tour était joué.

Je ne veux pas de cela pour elle non plus. Nous avons donc fixé une date pour début novembre, lorsque la saison d'Austin sera terminée et que ma mère aura, je l'espère, passé le pire du traitement.

Je passe la majeure partie de mes journées avec Dee, qui est un rayon de soleil dans une période autrement difficile. Cela fait des années que nous n'avons pas passé autant de temps ensemble et cela me rappelle combien nous nous sommes amusées en grandissant comme les deux larronnes en foire que nous étions, comme dirait Nonna. Dee refuse de parler de Marcus ou de dire si elle lui a parlé, alors nous évitons soigneusement ce sujet, même si je vois bien que quelque chose ne va pas chez elle.

Elle n'en parle pas.

La famille a apporté le brunch chez nous aujourd'hui pour que Maman puisse participer sans avoir à se déplacer. Ils sont partis il y a peu de temps et, après avoir nettoyé la cuisine, Dee et moi nous échappons sur la terrasse pour prendre le soleil, l'air frais et passer du temps entre sœurs.

— Tu vas emménager chez Austin ? demande-t-elle entre deux gorgées de vin.

— Je suppose que c'est déjà fait puisque j'y étais plus souvent que chez moi avant l'opération de Maman.

Elle me regarde.

— Je peux vivre chez toi ?

Sa demande me surprend.

— Et New York ?

— New York tournait mal avant que je vienne ici. J'ai été licenciée du cabinet du médecin quand il a pris sa retraite en août et je n'ai pas réussi à trouver quelque chose de comparable ni de près, ni de loin, ce qui signifie que je ne peux pas payer le loyer. Dom m'a soutenue, mais il doit trouver un nouveau colocataire qui puisse payer sa part.

— Tu n'as rien dit !

Elle hausse les épaules.

— J'étais gênée. Je ne voulais pas rentrer à la maison en étant un échec.

— Personne n'aurait pensé cela.

— Si, ils l'auraient pensé. Toi non, mais d'autres, oui. Alors la maladie de Maman m'a fourni une porte de sortie et dès que je pourrai retourner à New York, je ferai mes valises et laisserai Dom trouver un nouveau colocataire. J'ai parlé à Oncle V et il a dit qu'il me mettra sur le planning dès que Maman ira mieux.

— Je déteste que tu sois triste à cause de New York, mais je suis si heureuse de t'avoir à la maison.

— Je suis heureuse d'être ici. Je pense que j'étais prête à revenir, même avant que le docteur Tillis prenne sa retraite. Rien ne vaut la maison, tant que je n'ai pas à vivre chez mes parents.

— Tu n'es pas obligée de vivre chez eux. Bien sûr que tu peux avoir mon logement.

Je la regarde.

— Je peux te dire un secret ?

— Bah bien sûr. T'as intérêt, même.

— Je suis toujours en colère contre Austin pour s'être contenté de moins que ce qu'il aurait pu avoir dans une autre équipe, mais je suis *tellement heureuse* de ne pas avoir à déménager d'ici. Je l'aurais fait pour lui, mais ça m'aurait tuée.

— Oui, c'est sûr. Tu as toujours été si casanière.

— Et toi, tu as toujours été une aventurière. Je suis jalouse de ce que tu aies vécu à New York pendant six ans.

— Ne le sois pas. Je n'en ai absolument rien tiré, à part une énorme dette de carte de crédit. Je n'ai même pas de voiture à moi.

— Tu peux utiliser celle de Maman jusqu'à ce qu'elle se rétablisse.

— C'est ce qu'elle a dit, elle aussi.

— Alors, tu leur as dit que tu revenais vivre ici ?

Dee hoche la tête.

— Maman a pleuré. Elle a dit qu'elle n'a jamais voulu que je sache à quel point elle s'inquiétait pour moi quand j'étais là-bas.

— Oh, c'est tellement adorable. Personne ne nous aimera jamais comme elle. Enfin, sauf Nonna et Abuela.

Dee rit.

— C'est vrai.

Papa sort par la porte coulissante.

— J'adore entendre mes filles rigoler ensemble. C'est comme au bon vieux temps, quand je devais aller dans votre chambre vingt fois par nuit pour vous dire de dormir, bon sang.

— On ne le faisait jamais, dit Dee.

— Je le sais ! Je vous entendais chuchoter toutes les nuits. Ça me manque maintenant que vous êtes grandes.

Il prend un siège face à nous.

— Nous n'aurions jamais pu traverser cette épreuve sans vous deux. Merci beaucoup pour tout.

— Tu n'as pas à nous remercier, Papa, dit Dee. Nous serons toujours là quand Maman et toi aurez besoin de nous.

— Et nous apprécions beaucoup cela, mais nous voulons que vous retourniez à vos vies. Nous allons bien et je vais travailler à la maison jusqu'à ce qu'elle se déplace mieux. Tout va bien et nous sommes prêts à nous débrouiller seuls à nouveau. Vous devez être prêtes aussi, les filles.

C'est seulement parce que ma mère s'est fait retirer ses drains vendredi que j'envisage de partir, mon cœur s'emballant à l'idée de retrouver Austin et Everly pour plus longtemps qu'une visite rapide par-ci, par-là. D'après Austin, Everly est très grincheuse sans sa Rie.

— Vous êtes sûrs ? demandé-je.

— Sûrs et certains. On a les meilleurs enfants du monde, mais on le savait déjà avant que tout cela ne se produise.

Je dois admettre que je suis un peu excitée d'être libérée de mes obligations.

— Si vous êtes sûrs, je pense que je vais aller voir ce que font Austin et Ev.

— Vas-y, dit Dee. Je serai là en cas de besoin.

Papa se lève et me prend dans ses bras.

— Merci, Maria. Merci beaucoup. Nous sommes tellement, tellement fiers de l'infirmière compétente et compatissante que tu es.

— Merci, Papa. Je vous aime tous les deux.

— Nous t'aimons aussi.

— Dis à Maman que je passerai la voir après sa sieste, d'accord ?

— Je n'y manquerai pas, trésor. Va profiter de ta nouvelle famille. Tu dois leur manquer.

C'est le cas, même s'ils n'ajouteraient jamais à mon fardeau en le disant trop souvent. Je cours à l'étage, mets mes vêtements et mes affaires de toilette dans un sac, trouve une tenue médicale propre pour le travail de demain et, dans ma hâte, oublie presque les baskets que je porte au dispensaire. Dix minutes plus tard, je suis dans la voiture et je me dirige vers Gables Estates. Je décide de leur faire la surprise plutôt que de dire à Austin que je suis en route.

J'ai hâte d'être là, de les voir, d'aider à mettre Ev au lit et de dormir enveloppée dans les bras d'Austin pour la première fois depuis des semaines. Il m'a tellement manqué, ce qui semble idiot puisque je l'ai vu tous les jours. Mais ce n'était pas pareil.

Je suis soulagée de voir la voiture d'Austin dans l'allée quand j'arrive et je me gare derrière . Je prends mon sac et entre par la porte de garage ouverte qui mène à la cuisine, où Deidre surveille quelque chose sur le feu. Ils ne sont pas venus au brunch aujourd'hui car ils craignaient d'accabler ma mère.

— Bonjour, ma belle, dit-elle. Comment va Elena ?

— Elle va beaucoup mieux.

— Dieu merci. Tu vas être choquée d'apprendre qu'Austin et Everly sont dans la piscine.

Cela me fait rire, parce qu'ils sont toujours dans la piscine.

— Je vais les retrouver.

Je dépose mon sac et mes clés dans le salon et je me dirige vers l'immense patio et la terrasse de la piscine. J'ai encore du mal à me faire à l'idée de vivre dans un palace, mais peu importe où nous vivons, tant qu'Austin et Everly sont là.

Elle me voit la première et laisse échapper son cri caractéristique.

— Rie ! *Nage !*

Austin, qui me tourne le dos, pivote et un grand sourire illumine son visage.

— Bonjour, mon amour. Tu es à la maison. C'est une belle surprise.

Il guide Everly vers les marches et sort de la piscine derrière elle, se penchant pour m'embrasser sans me mouiller.

Everly s'en moque et se jette sur moi.

Les vêtements mouillés sont le dernier de mes soucis quand je suis de nouveau avec mes amours.

— Coucou, ma puce.

Je la prends dans mes bras et j'embrasse sa joue baignée de soleil. Elle me rend un baiser humide et bruyant tandis que je l'aide à enlever les boules de protection qu'elle porte depuis son infection de l'oreille.

— Tu es là pour combien de temps ? demande Austin.

Je m'assure de le regarder droit dans les yeux quand je dis :

— Indéfiniment.

Ses yeux s'écarquillent de joie.

— Vraiment ?

— Ouais. J'ai été libérée de mes fonctions.

— Jusqu'à demain ?

— Non, pour de bon. Papa a dit que ça allait maintenant, merci beaucoup et...

Avant que je puisse finir la phrase, il m'embrasse, contournant Everly pour arriver jusqu'à moi.

— Papa ! Bisou ! Rie !

Nous nous séparons en riant et nous nous serrons dans un câlin collectif à trois plein de soulagement et du bonheur d'avoir retrouvé notre petite famille.

Bien plus tard, après avoir dîné avec ses parents et Everly, avoir donné son bain à Everly et lui avoir lu quatre histoires, nous sommes blottis l'un contre l'autre dans le lit d'Austin. Rien ne m'a jamais semblé aussi bon que d'être à nouveau avec lui.

— Ça m'a tellement manqué, murmure-t-il en m'embrassant

comme s'il ne m'avait pas vue depuis un an. Tellement, tellement, tellement.

— Moi aussi. Je n'arrêtais pas de me demander comment je pouvais me sentir seule sans toi alors que je te voyais tous les jours.

— Pareil, mon amour. C'était brutal de ne pas pouvoir te tenir, t'aimer et être avec toi comme ça.

Il est si sexy, doux, chaud et tout simplement tout pour moi lorsqu'il me fait l'amour pour la première fois depuis des semaines.

— Tu vas devoir voyager avec moi pendant la saison. Je ne supporterai pas d'être loin de toi.

— Je ferai les longs voyages.

— Vraiment ?

— Dès que possible.

Grâce à lui, Miranda va pouvoir engager deux autres infirmières et un médecin à plein temps. Elle a dit que je pouvais les remplacer quand j'étais en ville et siéger au conseil d'administration qui est en train de se former pour superviser notre programme récemment agrandi, pour que je puisse continuer à être impliquée dans le dispensaire. Il m'a fallu un certain temps pour m'adapter au changement de circonstances qu'entraîne ma vie avec Austin, mais je suis soulagée d'avoir trouvé un moyen de rester active au dispensaire et de pouvoir voyager avec lui quand je le souhaite. Nous aimerions aussi avoir des bébés dans un avenir proche, pour qu'ils ne soient pas très éloignés en âge d'Everly.

— Ce serait génial. Comme ça, tu ne me manqueras jamais.

Nous sommes absolument affamés l'un de l'autre et quand nous nous effondrons en sueur sur le lit, je suis épuisée, exaltée et pleine d'excitation pour tout ce qui nous attend.

Il se met sur son flanc et glisse son bras autour de moi.

— Je t'aime tellement. Encore plus qu'avant de devoir dormir sans toi pendant deux semaines.

Je me tourne vers lui, soulagée d'avoir à nouveau ses bras autour de moi, et je couvre son torse de baisers.

— Moi aussi, je t'aime. Plus que tout.

C'est si bon d'être à la maison.

DEE

Une heure après le départ de Maria, mon téléphone vibre en recevant un texto de la *seule* personne dont je ne veux pas avoir de nouvelles.

— Quoi de neuf ?

J'aurais dû le bloquer. La seule raison pour laquelle je ne l'ai pas fait est que c'est un bon ami de Jason et je n'ai pas besoin que Jason et Carmen sachent que je l'ai bloqué. Alors maintenant je dois supporter qu'il m'envoie des textos.

J'ai fait une très mauvaise chose après le mariage et là, j'en paie le prix. S'il a mon numéro, c'est parce que j'ai bu trop de champagne et que j'ai été prise d'une rage folle pendant des jours quand j'ai entendu que mon ex se languissait de moi après m'avoir brisé le cœur en épousant sa salope.

Le champagne et la colère font mauvais ménage. Je n'avais aucune idée d'à quel point jusqu'au mariage de Carmen, quand j'ai fini au lit avec l'un des garçons d'honneur de Jason, qui veut maintenant avoir de mes nouvelles.

Je fixe l'écran pendant un long moment, essayant de décider si je dois lui répondre ou non, mais avant que je puisse le faire, il m'envoie un autre texto.

Je voulais te dire que je reviens à Miami pour un entretien d'embauche à M-D General la semaine prochaine. Je reste chez J et C et j'espère te revoir.

Je sursaute comme si j'avais été frappée par un taser. Il a *un entretien à Miami-Dade ?* Il est censé être à Phoenix et pas du tout près de Miami ! Ce n'est pas possible.

Je suis en train de m'effondrer complètement lorsque mon téléphone sonne avec un message de plus. J'ai en fait peur de regarder, mais la curiosité l'emporte.

Marcus : Est-ce que tu vas me parler un jour ?

Achevez-moi tout de suite.

Merci d'avoir lu *Combien tu comptes* ! J'ai aimé Austin et Maria depuis l'instant où j'ai eu l'idée de cette histoire jusqu'aux dernières secondes de l'épilogue. Ils ont tout simplement pris vie pour moi et pour vous aussi, j'espère ! Je suis très heureuse d'écrire cette nouvelle série qui se déroule à Miami et de la poursuivre l'année prochaine avec l'histoire de Dee dans *Combien je t'aime*.

Un grand merci à la merveilleuse équipe qui me soutient chaque jour dans les coulisses : Julie Cupp, Lisa Cafferty, Tia Kelly, Nikki Haley et Ashley Lopez. Merci à Dan, Emily et Jake de toujours soutenir ma carrière d'auteur et merci à ma fantastique équipe éditoriale composée de Linda Ingmanson et Joyce Lamb, ainsi qu'à mes bêta-lectrices Anne Woodall, Kara Conrad et Tracey Suppo.

Un grand merci à Sarah Hewitt, infirmière diplômée, pour avoir toujours vérifié tout ce qui touche à la médecine.

Et un grand merci à mes bêta-lectrices de Miami pour toute leur aide : Miriam Ayala, Angelica Maya, Dinorah Shoben, Stephanie Behill, Mona Abramesco, Isabel Acevedo, Gwendolyn Neff, Emma Melero Juarez et Carmen Morejon.

Merci d'avoir soutenu cette nouvelle série et tous mes livres. J'apprécie mes lecteurs plus que vous ne le saurez jamais !

Avec tout mon amour,

Marie

REMARQUES

CHAPITRE 1

1. L'aéroport de Baltimore/Washington International Thurgood Marshall Airport, souvent appelé BWI.

CHAPITRE 3

1. Un joueur en fin de contrat ou joueur autonome.

CHAPITRE 5

1. Au baseball, une balle rapide coupée ou « cutter » est un type de balle rapide qui se brise vers le côté gant du lanceur, lorsqu'elle atteint le marbre (une plaque au centre du terrain).
2. Les World Series ou Série mondiale est la série finale de la Ligue majeure de baseball (MLB) nord-américaine. Elle a lieu en octobre, après la saison régulière et oppose les champions de la Ligue nationale et de la Ligue américaine.

CHAPITRE 10

1. Un café cubain.

CHAPITRE 11

1. **Major League Baseball Most Valuable Player Award**, ou MVP, prix qui récompense le meilleur joueur de l'année.
2. Moyen de paiement américain appartenant à Paypal.

CHAPITRE 14

1. House and Garden TV, une chaîne de décoration et jardinage.

CHAPITRE 19

1. Association proposant de mettre en relation un jeune issu d'un milieu défavorisé avec un bénévole de l'association qui agit comme mentor.

CHAPITRE 23

1. Société de création et vente d'ustensiles et accessoires de cuisine.

AUTRES LIVRES DE MARIE FORCE

Série Les nuits de Miami

Livre 1 : Combien je ressens

(Carmen & Jason)

Livre 2 : Combien tu comptes

(Maria & Austin)

Livre 3 : Combien je t'aime

(Dee & Wyatt)

Livre 4 : Combien je veux

(Nico & Sofia)

La Série Quantum

Livre 1: Virtuous

(Flynn & Natalie)

Livre 2: Valorous

(Flynn & Natalie)

Livre 3: Victorious

(Flynn & Natalie)

Livre 4: Rapturous

(Addie & Hayden)

Livre 5: Ravenous

(Jasper & Ellie)

Livre 6: Delirious

(Kristian & Aileen)

Livre 7: Outrageous

(Emmett & Leah)

Livre 8: Famous

(Marlowe)

L'île de Gansett

Livre 1: Quand on est fait pour l'amour
(*Maddie & Mac*)

Livre 2: Quand on est fou d'amour
(*Joe & Janey*)

Livre 3: Quand on est prêt pour l'amour
(*Luke & Sydney*)

Livre 4: Quand on rencontre l'amour
(*Grant & Stephanie*)

Livre 5: Quand on espère l'amour
(*Evan & Grace*)

Livre 6: Quand vient la saison de l'amour
(*Owen & Laura*)

Livre 7: Quand on aspire à l'amour
(*Blaine & Tiffany*)

Livre 8: Quand on attend l'amour
(*Adam & Abby*)

Livre 9: Quand Vient le Temps de l'Amour
(*Daisy & David*)

Livre 10: Quand on est Destiné à l'Amour
(*Jenny & Alex*)

Livre 10.5: Quand Surgit L'Amour
(*Jared & Lizzie*)

Livre 11: Gansett à la tombée de la nuit
(*Owen & Laura*)

La série Rester à Flot

Livre 1: Rester à Flot
Livre 2: Marquer le pas
Livre 3: Tout recommencer
Livre 4 : Le retour
Livre 5: L'amour pour toujours

Titres Uniques

Cinq Ans Sans Lui

Un An Plus Tard

A PROPOS DE L'AUTEUR

Marie Force est l'auteur de plus de 70 romances contemporaines parmi les meilleures ventes du New York Times, y compris la série Fatal publiée par les Éditions Harlequin et la série de l'Ile de Gansett. Elle est également l'auteur des séries Butler, Vermont, et La Montagne Verte ainsi que de la série de romance érotique Quantum. En tout, ses  livres se sont vendus à plus de 9 millions d'exemplaires dans le monde!

Ses buts dans la vie sont simples — finir d'élever deux jeunes adultes heureux, en bonne santé et productifs, continuer à écrire des livres aussi longtemps qu'elle le pourra et ne jamais prendre un vol qui fera la une des journaux.

Inscrivez-vous à la liste de diffusion de Marie Marie's mailing list *marieforce.com* pour être avertis quand de nouveaux livres sont disponibles et recevoir des nouvelles d'événements dans votre région. Suivez-la sur Facebook *http://facebook.com/MarieForceAuthor* et Instagram *http://instagram.com/marieforceauthor/*. Contactez Marie par mail à l'adresse *marie@marieforce.com*.

www.ingramcontent.com/pod-product-compliance
Lightning Source LLC
Chambersburg PA
CBHW061103190726
48286CB00006B/1859